おかげで、死ぬのが楽しみになった

遠未真幸

サンマーク出版

おかげで、死ぬのが楽しみになった

思いがけず、死の淵《ふち》に立っている。
そして、わかったことがある。

ああ、やっぱり人生は悲劇だ。

努力は報われないし、
気持ちはすれ違うし、
後悔は何度も傷をえぐり返すし、
いつまでたっても、楽にはならない。

でもそんな、理不尽で、いじわるで、
救いのない世界だからこそ、

ふいに輝く未来が、息を呑《の》むほど美しく、
どうしようもなく心を揺り動かす。

きっとそうなのだ。
希望から絶望が生まれるように、
絶望からまた、希望は生まれる。

だからオレは、
いま、
こんな悲劇のど真ん中で……、
死ぬのが楽しみでたまらない。

登場人物

主人公、全員70歳。

巣立進《すだち・すすむ》

ちょび髭でずんぐりむっくりの恵比寿顔。コメディアンを夢見ていたが、銭湯を継ぐ。希の祖父。70歳で亡くなったが、親友たちに「応援団を再結成してほしい」と遺言を残す。

引間広志《ひきま・ひろし》

犬顔の元公務員。定年退職して、妻と二人暮らし。自分のことをなんの才能もないと思っており、公務員時代にも苦い思い出がある。持病は老眼、白内障、冷え性、貧血、狭心症の疑い。

宮瀬実《みやせ・みのる》

元美容師の優男。離婚して25年がたつ。心に残った言葉をメモしている。持病は糖尿病。認知症予備軍の疑いあり。

板垣勇美《いたがき・いさみ》

ソース顔の熱血団長。「ガンバレ」を最高の言葉と崇めている。元教師だが、あることがきっかけで教師を辞めた。好きな食べ物は「50度以上のもの」。持病は腰曲がり。杖をついている。

巣立希《すだち・のぞみ》

巣立進の孫。美大に通っていたが、中退。祖父の銭湯を継いでいる。祖父の遺言で再結成された応援団「シャイニング」のマネージャー的存在。

目次

ブックデザイン　轡田昭彦＋坪井朋子
装画　石野点子
校閲　鷗来堂
編集　池田るり子（サンマーク出版）

第一話

シャイニングスター

引間《ひきま》広志《ひろし》の世間は狭い

高校卒業以来、52年ぶりに訪れた巣立湯《すだち》は、何も変わっていなかった。瓦屋根から伸びる煤《すす》けた煙突も、中央に「ゆ」の字が浮かぶ色褪《あ》せた紺暖簾《のれん》も、奥にある巣立の家に続く雑草だらけの裏道も。

ほっと漏《も》れかけた息が、止まる。

巣立進《すすむ》通夜式

入り口の看板には、大切な仲間の名が記されていた。

「おーい、引間広志《ひきまひろし》副団長」

呼ぶ声に振り返ると、高校時代に応援団で共に汗を流した宮瀬実《みやせみのる》の顔があった。美容師の彼は忙しく、会うのは十数年ぶりだ。しかし、再会の喜びよりも先に、困惑が口をつく。

「その髪の毛……」

ハットの下から肩口まで伸びる髪が、見事なピンク色に染め上げられていた。

「美しいカラーでしょ。イメージは――」

かろうじて花が残る桜の木を見上げ、宮瀬は優雅に言った。

「チェリーフロッサム」

老眼鏡越しに、彼の顔をまじまじと見る。フランス人の血が混じった甘いマスクに、無垢《むく》な笑みが浮かんでいた。独創的な言い間違い癖は健在ということか。私は高校時代に戻ったつもりで言い返す。

「チェリーブ、い、い、フロッサム、だな。フロッサムだと、宮瀬家の風呂場が寒いのかと心配になるだろ。高齢者ほどヒートショック現象には気をつけないと」

私の指摘に、「あ、ブロッサムね」と宮瀬は頬を赤くする。

「相変わらず、宮瀬は言い間違いが大胆だな」

「相変わらず、引間はツッコミが几帳面《きちようめん》だね」

同時に吹き出す。宮瀬の顔に、くしゃくしゃっとした皺《しわ》が寄った。人懐っこい笑顔も、健在のようだ。

「天国の巣立に見せたくてね」宮瀬がハットの先をつまみ、深く被《かぶ》り直す。

「フランスでは『私を忘れないで』っていうのが、桜の花言葉なんだよ」

ピンクの後ろ髪が、風になびく。

「外見は、内面の一番外側だからさ」

「その道50年の美容師の言葉は、説得力があるな」

「ああ、それなんだけど」宮瀬が何かを言いかけた時、巣立湯の中から「どういう意味だよ」と怒声が聞こえた。二人で顔を見合わせる。このしゃがれ声は、団長の板垣勇美《いたがきいさみ》だ。

急いで入り口を抜け、男湯の暖簾をくぐる。脱衣場のロッカーの前に、杖《つえ》をつき、腰が90度近く曲がった板垣がいた。「ソース顔を煮詰めて若干焦《じゃっかん》がした」と評される顔面を紅潮させ、二人組の若い男性に詰め寄っている。しかも上着は真っ赤なアロハシャツ。板垣レッドに宮瀬ピンク、我が応援団はいつからヒーロー戦隊になったのだ。小言がこぼれそうになるのをこらえ、「板垣、落ち着け」と声をかけた。

「おお、ちょうどいいところに来た。おまえらも怒れよ」

「よし、任せとけ。プンスカプン！　ってなるわけないだろ」

「くわー、引間広志副団長は相変わらず冷静だこと。いや、冷静を通り越して、冷え性だぜ」

「それは私の体質だろうよ。それとも、冷え性が辛《つら》くて『内面まで冷えがちってことか』

「どうしてこのおじいさんに絡まれちゃったのかな？」

宮瀬がやわらかな声で訊《き》いた。

20代半ばくらいの若者だった。一人は背が低く、モヒカン頭で、トゲトゲが無数についた黒革のライダースジャケットを着ている。もう一人は縦にも横にも大きく、ライオンのタテガミのような、うねったパーマ頭だった。雰囲気からして、巣立の友人には見えなかった。

「えっと、70歳で死ぬのはかわいそうって言ったら、急に……」

モヒカンの彼が、横目で板垣を窺《うかが》う。

「かわいそうだと?」板垣の太い眉毛がつり上がる。「おまえらはあれか、まわりより長く生きれば幸せで、そうじゃなければかわいそうと言うんだな」

タテガミの彼が、眉をハの字に曲げた。しかし高校時代に「歩く活火山」と異名を取っていた板垣は、真っ赤な顔で語気を強めていく。

「平均寿命、平均年収、平均台、なんでも平均に踊らされやがって。他人との比較でしか幸せを感じられないおまえらの方が、よっぽどかわいそうだっての」

「かわいそうなのは、とばっちりをくらった平均台だ」

口を挟んでみるものの、板垣は止まらない。地団駄を踏むように杖で床を叩《たた》き、「人生は、どのくらい長く生きたか、じゃねえぞ。どのくらい必死に生きたか、だ。短くても精一杯やった奴《やつ》の人生を、『かわいそう』なんて一言で片づけられてたまるかよ」と喚《わめ》いている。

「かわいそうって言われたくらいで、ここまで怒ることはないのにね」

宮瀬が困ったように笑う。

「こんな時に巣立がいればな」

私は、天国へ行ってしまったちょび髭《ひげ》の、丸々とした笑顔を思った。

「あのー、お取り込み中のところ失礼します」

顔を向けると、喪服を着た若い女性がほほえんでいた。くりっとした大きな瞳に、小動物を思わせる小さな顔。鼻先が丸く、かわいらしいが整いすぎていない顔立ちに、なぜか親近感が湧《わ》く。

「受付がまだのようでしたら、あちらでどうぞ」と彼女が番台を指す。すばらしい助け舟だ。私は二人組に目配せする。彼らはほっとした表情で、足早に去っていった。

「今日は喧嘩《けんか》じゃなくて、お別れをしにきたんだからね。一言では片づけられない気持ちを、巣立に伝えなきゃ」

宮瀬に促され、板垣はしぶしぶ番台へと歩き出した。

受付をすませ、まわりを見渡す。男女の脱衣場を仕切る衝立《ついたて》が外され、浴場を背に祭壇が設置されていた。

祭壇の前に並ぶパイプ椅子に腰をかける。遺影を直視できず、祭壇を飾る花の花びらの数を1枚ずつ数えていく。しばらくすると、僧侶が登場し、お経を唱えはじめた。脱衣場に低い声が伸びる中、三人で焼香の列に並ぶ。

「板垣、喪服は普通、黒だろうよ」

まわりの視線を感じ、赤い背中に抗議する。

「俺は熱血教師だったからな。喪に服す時は赤って決めてんだ」

板垣の勝手な決めつけ癖も、大いに健在らしい。学校は常識を教える場なのに……。さぞ教え子たちは振り回されたに違いない。

列が進み、私の番になる。のろのろと目線を上げ、遺影と対面した。焼香に伸ばした手が止まる。遺影の巣立は、高校時代のあどけない面影を残したまま――。いや、丸顔のちょび髭に詰襟とリーゼント。まさに応援団の現役当時の写真だった。しかもその口もとは、ニヤニヤと締まりなくゆるんでいる。

「こんなのいつ撮ったんだ？　もっとまともな写真もあったろうに」

笑いをこらえきれず、鼻息で焼香が舞う。

「覚えてないけどさ、きっとこのニヤニヤ顔が一番のお気に入りなんだよ」

宮瀬が目を細め、何やらメモを取る。板垣も「巣立らしいぜ」と頷《うなず》いた。

口もとをゆるめる彼の表情に、ある迷言が思い出された。

あれは高校を卒業する日のことだ。


「これでおしまいか……」

手にしたフィルムカメラを眺め、巣立がため息をついた。先ほど撮った、安《やす》永《なが》先生の馬鹿げた冗談に沈黙した四人の写真が、最後の1枚だったらしい。

私は卒業証書をバッグにしまい、「そうだな」とだけ返す。

「どんな未来が待ってるだろうね」

校門に背を預け、宮瀬が空を見上げる。その顔に笑みはない。

「ホットな未来に決まってんだろっ」

板垣が太陽に向かい叫ぶ。やはり笑顔はなかった。

いつもは誰かが埋めるはずの間が、ぽっかりと空く。

急に肌寒く感じ、私は学ランの袖を無理矢理に伸ばした。

「どんな未来でもへっちゃらだろー」

ふいに、のんきな声が場を満たす。

見ると、ずんぐりむっくりの恵比須顔が胸を張っていた。

「巣立はずいぶん余裕だな。コメディアンこそ茨の道だろうに」

明日から、場末のパブでバイトをしながら芸の修業に励むらしい。

「オレには、人生の極意があるからなー」

巣立は短い首を目一杯に伸ばし、「知りたい?」と私に迫る。

「そんなものがあるならな」

板垣と宮瀬も顔を近づけ頷《うなず》く。巣立は「よろしい」と言ってカメラを鞄《かばん》に戻し、両手を広げた。そして、仰々しく告げる。


——ラブ・ニヤニヤ。

「なんだ、それ」

皆が吹き出す。人生の極意にしては、なんとも軽く、間の抜けた迷言だ。

「ごめん、つい横文字が出ちゃったわー。和訳すると、口もとのゆるみを愛して進め。応援団での3年間がそうだったみたいに、思わずニヤニヤしちゃう方へ進んでさえいれば、人生はオールハッピーになる」

のほほんとした、それでいて一点の曇りもない声色だった。

「この先、世界が敵に回ったとしても、オレがオレの味方でいてやればいいってわけよ」巣立は私たちの顔を見つめ、「オレにはオレがついている。だからオレは一人じゃないんだなー」としみじみつぶやいた。

オレにはオレがついている――。だから一人じゃないってのは無理があるだろ、とも思ったけれど、それを上回る心強さに満たされた。

「ニヤニヤこそが生きる道標になるってわけか」

私は背筋を伸ばす。

「その先でフラフラになるまでがんばればいいってわけだ」

板垣が胸を張る。

「そしたら最後にはキラキラと奇跡が舞い降りるってわけね」

宮瀬がウインクを添える。

「いささか都合がいい気もするけどな」

「引間、気にするなよー。どうせ世界は、オレらの都合なんか無視して進もうって魂胆なんだから。少しくらいこっちの都合に寄せても、バチは当たらないって。3年間、鼓手としてバチを握り、バチと蜜月を過ごしてきたオレが言うんだから、間違いない」

巣立が責任感たっぷりに無責任な発言を放った。

皆に倣って、少し胸を張り、空を仰ぎ見る。やわらかな光をまとう青空に向かい、さっきから気になっていたことを意見する。

「18歳で人生を極めるのは早すぎるし、ニヤニヤは横文字じゃなく日本語だ」

こんな迷言を覚えているのは、後に身に沁《し》みたからだ。口もとのゆるみを頼りに天文学者を目指すより、公務員の親が敷いたレールに乗り、市役所に勤めた私の人生は、幸せとは言い難かった。

巣立の極意は正しかった。残念なのは、私がそれを信じなかったことだ。

遺影の巣立と目が合う。ワンサイズ大きめを選んだはずの喪服が、窮屈に感じられた。

お経を唱え終えた僧侶が退席する。「通夜ぶるまいのお席へどうぞ」というアナウンスに促され、私たちも移動した。

会場である女湯の洗い場には、カエルのキャラでおなじみの黄色いプラスチックの椅子が並び、その前に食事が用意されていた。女湯をじろじろと見回すのも気が引けて、椅子に腰かけながら、さりげなく視線を巡らせる。造りは男湯とさほど変わらなかった。

「応援団をやっていた頃を思い出すな」

練習帰りには必ず、巣立湯で汗を流したものだ。

「僕なんか、いまだに覚えてるからね。野球部の都大会準決勝」

「あの試合は忘れるわけないだろうよ」

「そりゃそっか」

ことさら笑みを浮かべた宮瀬は、茶碗《ちゃわん》蒸し用のスプーンをマイクに見立て、実況中継を始める。

「延長12回の裏、1点ビハインドで迎えた我が校の攻撃。炎天下で叫びつづける応援団も、疲労がピークを迎えているようです。おっと、ここで団員たちが何か叫んでいます」

突然マイクを向けられ、「シャイニングしてきたぞっ」と応えてしまう。

「でたー。必死にエールを叫び、酸欠になったことで、目の中で星がキラキラと瞬く現象。人呼んで、シャイニングエール！」

「シャイニングした時は、必ずミラクルが起きる」

当時の興奮がよみがえり、呼吸が速くなる。あの日、我が校は怒涛の連打を畳み掛け、逆転勝利をおさめた。

「あの夏が、人生のクライマックスだったな……」

黙っていた板垣が口を開く。目尻に寄った深い皺が、笑みではなく、憂えているように見えた。クライマックスという表現が、その後の人生が下り坂であったことを裏づけている気がした。

「応援したい相手がいて、迷いなくエールを口にできて、張り上げた声がそのまま相手の力になる」宮瀬がぽつりと言った。「がんばればがんばった分だけ結果に表れるなんて、贅沢《ぜいたく》なことだったんだよね」

「あの頃はよかった、なんて言う人間には絶対ならねえと思ってたぜ」

板垣が自嘲する。

高校時代、あんなに輝いていた板垣や宮瀬でさえも人生を悔いていることに、やるせなくなった。

「失くさないと持っていたことにも気づけない。それが人生だな」

私は肩を落とした。

「衰えないと価値があったことすら見出《みいだ》せない。それが人生だよ」

宮瀬が肩をすくめた。

「下り坂になって山頂であったことを思い知る。それが人生かよ」

板垣が肩を怒らせた。


時計に目をやると、21時を過ぎていた。

「ちょっと、小便」

板垣が杖を手に取り立ち上がった。そそくさと浴室を出て行く。

「板垣が小便っていう時って、たいてい、なんか隠してたよね」

宮瀬の目がきらりと光る。

「そんなこと、よく覚えているな」

「そんなことだけはね……」

宮瀬はため息をつき、板垣の後を追う。私も慌ててついていく。

脱衣場では、板垣が首を伸ばし、祭壇の奥側を覗《のぞ》き込んでいた。

「どうした？」

顔を上げた板垣は、必死さをごまかすように、へらへらと口を歪《ゆが》めた。

「実は巣立が生きていて、どっかに隠れてるんじゃねえかって」

「相変わらず、団長の辞書に『あきらめる』の文字はないんだね」

宮瀬がおどけた声で返す。

「けど見当たらねえわ。本当に、巣立は天国へ巣立っちまったのかもな」

「笑えない冗談だ」と私は苦笑する。

いつもなら、板垣が突っかかってくるところだが、返事はなかった。

沈黙が私たちを繫《つな》ぐ。

間を埋めようと、息を吸う。

浮かんだ軽口を発する前に、板垣の頰を水滴が流れ落ちた。

誰よりも大きな声で選手を鼓舞してきた団長は、音も立てずに泣いた。

人は死ぬ。

この歳なら、当たり前のこととして受け入れなければならない。

けれど板垣の涙を見た途端、目の奥が焼けるように熱くなる。

もう二度と、巣立に会えない。

にじむ遺影に、祈るように手を合わせる。

巣立は死ぬ直前も、ニヤニヤと笑っていられただろうか。

私がしてやれたことはなかっただろうか。

10年前に再会した時は、あれが最後になるなんて思わなかった。

巣立からは、毎年のように「いつかみんなで集まろう」と書かれた年賀状が届いていたのに……。別に会う用事などない、と返事をしなかった。でも本当は、老いてなお、人生にニヤニヤできる巣立が眩《まぶ》しすぎて、会うのを避けたのだ。自分のプライドを守るために、彼の気持ちを踏みにじり、無視しつづけた。

「みんなは巣立に会ってたの？」

宮瀬の声に、顔を上げた。

「いや……」

私は言葉を濁す。10年も音信不通だったとは言えなかった。

「僕も……」

宮瀬が弱々しく同意する。

「俺も……」

板垣の掠《かす》れた声が重なる。

美容室が忙しい宮瀬はともかく、団長も会っていなかったとは。

「次にみんなで集まれるのは、いつになるだろうね」

宮瀬が寂しそうに眉尻を下げ、唇を噛《か》んだ。

「この中の誰かが死んだ時じゃないか」私は答える。

誰かが死ぬくらいでしか、もう私たちが集まる理由が見当たらない。

「帰るか」

板垣を先頭に玄関へ歩き出そうとした、その時、「応援団の皆さん」と私たちを呼び止める声がした。喪服の女性が駆け寄ってくる。板垣活火山の鎮火の助け舟を送ってくれた娘だ。

「あの、わたし、巣立進の孫の希《のぞみ》です」

記憶が繋がる。ぱっちりとした目と薄く上品な唇は、巣立の奥さんである陽《よう》子《こ》先輩に似ているのだ。

彼女は「おじいちゃんの遺言です」と言って、封筒を差し出した。

皆で戸惑ったように顔を見合わせる。

板垣が受け取り、便箋を取り出した。

慎重に開くと、そこにはたった一行、こう書かれていた。

応援団を再結成してほしい　一生のお願いだ

再結成？　おそるおそる隣を見ると、宮瀬にいつもの笑顔はなく、常に後先を考えず即答する板垣でさえ、遺書に視線を落としたまま固まっている。少しだけ開いた窓から、木々を揺らす風の音がざわざわと聞こえた。

「今更応援団なんて、無理だろうよ」

私の言葉に、板垣が顔を上げた。険しい顔で、深い息を吐く。老体に応援団が酷なことぐらい、熱しやすい板垣でも理解できたのだろう。

「どうしても、ダメでしょうか」

巣立の孫娘は目を潤ませ、「遺書はこの1通だけ。皆さんにしか頼れなかったんだと思うんです」と訴える。

すると宮瀬が遺書をつまみ取り、丁寧《ていねい》に折り畳んだ後、なかったことにするかのように、板垣のアロハシャツの胸ポケットに差し入れた。困ったような笑みを浮かべ、「申し訳ないけど――」と応える。

宮瀬は正しい。どれだけお願いされても、無理なものは無理だ。

「来月からでもいい？　今、お店の引き継ぎで忙しくてさ」

「そうだよな、来月だったら大丈夫……はあああ？」

思わず大きな声を出してしまった。

「宮瀬、時期の問題じゃないだろうよ。70歳の応援団なんてありえない」

「引間の臆病風も、相変わらずだねえ」

「臆病風じゃない。事実を言ってるんだ」

「久しぶりなんだよ。何かを頼まれたの」

宮瀬の声に力がこもる。

「この歳になるとさ、店のスタッフは誰も、僕に頼みごとなんかしてこないんだよね。こっちはまだやれるつもりなのに。ねえ、老人《ぼくら》は支えられるだけで、誰かを支えちゃいけないのかな？」

その言葉に、市役所に勤めていた頃、廊下に貼り出してあったポスターが頭に浮かぶ。

――高齢者に優しい社会を目指します。

一見、善意に満ちた標語だ。けれど、「社会から優しくされないと高齢者は生きていけない」というメッセージにも思えた。

「必要とされるのって嬉《うれ》しいじゃない。それが仲間の最期の頼みなら、なおさらだよ」

巣立が誰を応援してほしいのかは、わからない。しかし、一生のお願いと言って託すほどの心残りがあった……。

遺影を見上げる。きっと巣立は、ニヤニヤしながら死ねなかったのだ。何らかの後悔に、苦しみ、絶望し、追い詰められた。なのに、疎遠だった旧友ぐらいしか頼れる人がいない。彼の孤独を思い、加害者の分際ながらも、胸が痛む。

「力になってやりたいとは思う」私は正直に答えた。「でもそれは、あくまで自分のできる範囲内での話だ。応援団の再結成なんて、完全に大気圏外だろ」

「じゃあまず、やるかどうかの話し合いをするってのはどうですか。場所は巣立湯を使ってくださいよ。わたしがおじいちゃんの跡を継いで、5月から営業再開するんで」

孫娘の妥協案に板垣は俯《うつむ》き、「家で、もう一度、遺書を読んでみるわ」と支離滅裂なフォローを口にする。私も、「まあ、話し合うだけなら」と一応の返事をした。

何回読み返したところで、応援団が無理だという事実は変わらない。

「なんだかワクワクしてきたね」

宮瀬がとびきりの笑顔を見せた。

私は苦笑で応え、遺影に向かい、さっきから気になっていたことを意見する。

「一生を終えてる奴が、一生のお願いをするのはずるいだろうよ」


5月。

自宅のある西国分寺から中央線の各駅停車に乗り、三《み》鷹《たか》に向かった。南口を出て、ロータリーを抜け、さくら通りを進む。一本入った路地に、巣立湯はある。銭湯が開く16時の30分以上前。まだ早かったか。役所を退職してずいぶんたつのに、待ち合わせ時間には余裕を持っていないと不安になる。

男湯の暖簾の隙間から中を覗くと、緑色のジャージを着た金髪の女性が脱衣場にモップをかけていた。こちらに気づき、「えーと、引間さんでしたっけ？」

と私の名を呼んだ。聞き覚えのある声だ。

「あっ、巣立のお孫さんですか」

「希でいいですよ」

彼女は気さくな笑みを浮かべ、首に巻いたタオルで額の汗を拭った。

「ずいぶん雰囲気が違いますね」

「お通夜では黒く染め直してただけ。こっちが本当のわたしです」

本当のわたし。言葉とは対照的に、蛍光灯に照らされた人工的な金色は、彼女から浮いて見えた。

「ごきげんよう」

暖簾がひらりとめくられた。ハットの下からピンクの髪をなびかせ、宮瀬が入ってくる。

「わお。希ちゃん、めっちゃゴールド」

口ぶりは軽いが、注がれる視線は仕事人のそれだ。都内で数店舗の美容室を経営しているだけはある。「今度、僕のサロンに来なよ。もっとパルフェットな髪にしてあげる」と宣伝も抜かりない。

「ういっす。団長、参上」

杖をつき、腰が折れ曲がった板垣が、暖簾を揺らすことなく現れた。「まだ他の客はいねえな」と一直線で脱衣場のロッカーに向かい、服を脱ぎはじめる。

「団長」私は丸まった背中に声をかけた。「風呂じゃなくて、遺言の話だろ」

「はあ？　銭湯に来て風呂に入らないのは、ボリビアに行って、ゲバラの墓参りをしないのと同じだ」

「せめて、三鷹に来たのにジブリ美術館を観《み》ないのと同じだ、にしてくれ」

「引間、抵抗するだけ無駄だよ」

宮瀬もいそいそと服を脱ぎだす。

裸になった二人を浴室に見送り、私もロッカーの扉を開けた。

浴室に入ると、巣立湯名物、レオナルド・ダ・ヴィンチの『最後の晩餐《ばんさん》』が広がった。巣立が親父さんから継いだ時に、三保の松原から塗り替えた壁絵だ。

理由を尋ねると、「ユダもほっこりして裏切るのをやめるくらい、いい湯だ」と力説していたのを思い出す。

シャワーで汗を流し、湯船に入る。

「巣立湯だけ時が止まってるみたい」

肩まで湯につかった宮瀬が、うっとりと漏らす。

「そうだな」と言いかけ、ふと正面の壁の一部に違和感を覚えた。老眼鏡を外したせいかと思ったが、違った。

「ここだけ、やけにリアルだね」

宮瀬も気づいたらしい。『最後の晩餐』の画面中央からやや左、裏切り者のユダを描いた部分が、本物のような迫力をたたえている。緻密な筆遣いに見入ってしまった。

「希ちゃん、ユダだけ生きてるみたいなんだけど」

宮瀬の声に、希さんがドアの隙間から気まずそうな顔を覗かせた。

「そこだけペンキが剝《は》げちゃって。おじいちゃんに頼まれて、わたしが修復したんですよ」

「えっ、希ちゃんが描いたの？」

「その頃は美大に通ってたんで」

「こりゃプロになれるぞ」

板垣も、彼女の技術に唸《うな》り声を上げる。

「いや、中退しちゃいましたし、もう絵はやめましたから……」

「もったいない。本当に上手ですよ」

お世辞ではなかった。しかし、私の言葉に、彼女の瞳から光が消えた。刹那《せつな》、記憶の欠片《かけら》が胸を突く。失敗に終わったプロジェクト。土下座した先に広がった絨毯《じゅうたん》の、のっぺりとした灰色がフラッシュバックする。視界が揺れ、たまらず目を閉じた。

「大丈夫？」

目を開けると、宮瀬がこちらを覗き込んでいた。

「ああ、大丈夫だ」

私は湯船を出て、足早に脱衣場へ向かった。

洋服に着替え、老眼鏡をかける。視界がクリアになり、いくらか落ち着きを取り戻した。

「引間、のぼせた?」

宮瀬が冷たい濡《ぬ》れタオルを差し出す。その気遣いを無下にはできず、「助かるよ」とタオルを首筋に当てた。

番台の横、脱衣場の角に設けられた休憩スペースへ向かう。

「団室も変わらないねえ」

宮瀬が両手を広げる。通夜の時は片づけられていた丸テーブルと丸椅子が置かれ、壁際には冷蔵ケース、奥の窓側の棚には雑誌や新聞が並んでいた。応援団には部室がなかったので、当時はこの休憩スペースを団室と称し、よく四人でたまっていた。

「久しぶりに一杯やろうよ」

宮瀬が冷蔵ケースからコーヒー牛乳とミックスジュースを取り出し、丸椅子に腰かけた。私も向かいに座る。ジュースの蓋を開け、一口、口に含んだ。懐かしい甘さが喉に染み渡り、心まで潤されていく。

「かあー、いい湯だった」

角ばった顔の端々から湯気を放ち、板垣がやってきた。これまた巣立湯名物の、唐辛子をしこたま浮かべ、湯温が50度もある五右衛門《ごえもん》風呂、通称「拷問《ごうもん》風呂」に入っていたのだろう。

冷蔵ケースには目もくれず、テーブルに杖をかけ、奥の丸椅子に座る。リュックから水筒を取り出しコップに注ぐと、吹き出すように湯気が昇った。

不思議そうに眺める希さんに、「板垣の好物はなんでしょう」と突然宮瀬がクイズを始めた。

「ではご本人、お答えをどうぞ」

熱燗《あつかん》のようにちびちびと白湯《さゆ》を飲んでいた板垣が、声高に宣言する。

「50度以上のものだ」

希さんはぽかんとしていたが、私が「人類で初めて、好物を『温度』で答えた漢《おとこ》。それが板垣勇美です」と解説を添えると、むせるように笑った。

「おうよ。俺が人類を背負って、先頭を走ってやる」

板垣は胸を張り、一気に白湯を流し込んだ。通夜で感じた残念な晩年の姿を払拭する、頼れる団長がよみがえる。

「んで、応援団の名前だけどよ」

「ちょっと待った」私は慌てて口を挟む。「応援団、やるのか？」

「もちろん」

まさか遺書を読み返した結果、結論が変わるなんて。

「遺書に、誰を応援してほしいか書いてあったのか？」

「いや、あれ以外は何も」

板垣は首を振る。

「でも、あいつのために、俺は応援団をやる」

力強く、そう宣言した。

「さすが団長。仲間思いだねえ」

宮瀬が板垣の肩を叩く。

「そうでもねえよ」

「板垣が謙遜するなんて珍しい。具合でも悪いのか？」

「そうかもな。けどよ、たとえ背骨がなくたって、俺はやるぞ」

「背骨はあるだろうよ。曲がってるだけで。国語教師だったんだから、言葉は正しくな」

私の指摘に、板垣は下唇を突き出し、不貞腐《ふてくさ》れたように言った。

「引間は、あの頃に戻りたくねえのか」

「本当に戻れるならな。この年齢で夢みたいなこと言ってると、認知症を疑われるぞ。それに常識的に考えて体がもたないだろ。私なんか、老眼に白内障に冷え性に貧血、狭心症の疑いまである」

するど宮瀬の目があからさまに泳いだ。

「宮瀬も持病あるのか？」

「僕は糖尿気味なのと」

「と？」

「物忘れが、ちょっとね」

「認知症の検査してみたのか？」

「まだ。昔のことはよく覚えてるんだけど、最近の記憶が……」

「本当に大丈夫なのか？」

「引間、宮瀬を追い込むなよ。ジビョハラで訴えられるぞ」

「なんだ、ジビョハラって」

「『持病全部言えよハラスメント』だろうが」

板垣と宮瀬は、「ジビョハラ反対！　ジビョハラなくせ！」と息の合ったシュプレヒコールを上げる。二人でひとしきり盛り上がった後、板垣がテーブルに手をつき、立ち上がった。

「俺だけだな、健康なのは」

「団長が一番不安だ。曲がった腰のせいで、歩くのに杖がいるなんて」

本来は180センチ近くある板垣だが、今は立っていても目線は座っている私とほぼ同じ。現役時代のように動けるとは思えない。

「家族だって心配するだろうよ」

「俺は、すでに呆《あき》れられてる」板垣が豪快に笑う。

「僕は、すでに独り身だしね」宮瀬は首をすくめる。

「あのう」

希さんが番台から身を乗り出す。大きな目が、私を捉えた。

「引間さんはどう思ってるんですか?」

「私、ですか?」

思いがけない質問に、声がうわずる。

「そうです。引間さんは、どう思ってるんですか?」

「私は……」

返事をしたものの、頭がうまく回らない。これまでの人生で受けてきた問いかけは、私ではなく、私の立場に対してのものだったからだ。

係長はどうお考えでしょうか？

親御様はいかがですか？

だから私は、係長として、親として、意見した。世間一般で考えられる、その立場にいる人間がふるまうべき言動の中で、自分の意に近いものを選択してきた。

目を閉じ、再結成した未来を想像する。

どう考えても、うまくいかないことは明らかだった。

やはり断るべきだろう。

そう思い、目を開ける。

すると、板垣と宮瀬が、含み笑いでこちらを見つめていた。

脱衣場の鏡に視線を移す。紛れもない自分の顔。その表情に、「ラブ・ニヤニヤ」と巣立の声が重なる。私はためらいながらも、唇の隙間に空気を送り、音にする。

世間でもなく、家族でもなく、立場上でもなく、私自身が望むことを。

「あの頃に戻ってみたい、とは思います」

口もとから現実へとこぼれた言葉に、鏡の中の自分も目を丸くした。

「決まりだね」

宮瀬がパチンと指を鳴らす。

「やるとは言ってない。戻ってみたいと言っただけで」

抵抗する私の手首を、板垣が杖の柄で押さえつける。ちらりと時計を確認し、周囲に告げた。

「15時55分、引間広志容疑者逮捕」

「団長、罪状は?」

「本音詐称及び、本心隠蔽」

板垣の言葉を、宮瀬がすかさずメモに取る。私は観念し、お縄を頂戴した。

「よし、団の名前を決めようぜ」

「板垣、遺書の謎を考えるのが先だろうよ。巣立が誰への応援をしてもらいたかったのか」

「そんなの最後でいい。人間は名前が9割、中身が2割って言うだろ」

「足したら10割超えてるぞ。十進法に謝れ」

「まあまあ」宮瀬が割って入る。「それで、名前のアイディアあるの？」

「昨日一晩眠って考えた、とっておきのやつがな」

「眠ったのかよ」

私の指摘も意に介さず、板垣は大きく息を吸い込み、その名を口にした。

「シャイニング」

ガタンッと椅子を鳴らし、私と宮瀬は同時に立ち上がった。

ダサい。衝撃的にダサい。確かに当時、目に星が瞬く酸欠現象を「シャイニング」と呼んでいた。でもそれは、何もかもが輝いて見えた青春時代で、英語を使ってみたいお年頃だったから、許されたのだ。70歳になる老人たちが「シャイニング」なんて名乗ったら、お迎えの光のことだと思われてしまう。

反対せねばと思い、宮瀬を見た。

「シャイニング。美しいね」

まずい。彼らが横文字に目がないのを忘れていた。これは、若者の感性で「ダサい」と切り捨ててもらうしかない。望みを託して、希さんに視線を送る。

――惚《ほう》けた顔をしていた。

希さん、おまえもか。カエサルも真っ青の悲劇だ。そういえば、最初に酸欠をシャイニングと言い出したのは、巣立だった。隔世遺伝、恐るべし。

「いい名前だろ。俺らの存在自体が、相手を輝かせるってわけよ」

「よっ、歩くスポットライト！」

宮瀬の声に「余が照らして進ぜよう」と手を振り応え、板垣は腰を下ろす。

私も息を整えながら、椅子に深く腰かけた。

「ただ、再結成するにあたって、１つ問題がある」

板垣が薄くなった頭に手をやった。場にいくらかの緊張が漂う。

「ご存知の通り、我が団は全員リーゼントってのが決まりだ。しかし毛根の諸事情により、リーゼントにはできない」

「そもそも、なんでリーゼントなんですか？」希さんが尋ねた。

「僕が提案したの」宮瀬が胸ポケットから櫛《くし》を取り出す。「顔の作りや骨格や肌の色は、自由に変えるのが難しいでしょ。でも髪型は、染めて巻いて逆立てることだってできる。なりたい自分に変わるための、トレビアンな魔法なのさ」

「単に、エルヴィス・プレスリーのファンだっただけだろ」

ただ、宮瀬の説明もまんざら嘘《うそ》ではない。初めてリーゼントにした時、逆立てた髪の分だけ、強くなれた気がした。他の三人と同じ髪型にすることで、私も輝けるのでは、と思った。しかしあの根拠のない自信は、髪の毛と同じように、気づいた時には取り戻せなくなっていた。

「掟《おきて》を作るなら70歳になった時のことも考えろ、と昔の俺に言ってやりたいぜ」

板垣が労《いたわ》るように頭皮をさする。

「フフフッ」

宮瀬が笑いをこらえ、下を向いた。

「なにがおかしい。宮瀬だって、リーゼントにはできないだろうよ」

ハットに隠された頭皮めがけて抗議する。宮瀬も立派な薄毛仲間なのだ。

「ごめんごめん。二人の落ち込みようがかわいくて」

宮瀬はハットをふわりと摑《つか》み取り、輝く頭皮を晒《さら》した。

「僕、今もリーゼントだよ」

「なにを適当なこと」

「実はね」宮瀬が流麗な手つきでピンクの後ろ髪に櫛を入れる。「リーゼントは、このサイドから後ろに撫《な》でつけた部分のことなんだよ。皆がリーゼントだと思っている、もっこりしたトサカは、ポンパドールと言うのですよ」

「ポンパドール……」

「つまり僕ら全員、サイドの髪は残ってるでしょ。だから『髪型はリーゼント』っていう団の掟は、守れるってこと」

「まじかよ。リーゼント万歳！」

板垣が杖を振り回した。そして「板垣勇美から、今まで世話になったポンパドールへ捧《ささ》げる、鎮魂の応援歌」と叫び、有名なプロレスラーの入場テーマをダジャレを交えて口ずさむ。

「イサミッ！　ポンパイエッ！　イサミッ！　ポンパイエッ！」

さらに、顎《あご》をしゃくれさせ、似ても似つかぬクオリティで「元気ですか！」と煽《あお》る。宮瀬が「病気がちです！」と応え、謎のコールアンドレスポンスが始まった。希さんも番台から降り、一緒になって金髪を振り乱している。

なんだこの光景は――。

あまりのくだらなさに、ため息混じりの笑いがこぼれた。「元気があれば何でもできる」なんて、昔は馬鹿にしていた。でも70歳の今は、身に沁みる。そして仲間と一緒にいると、その元気が戻ってくる気がした。

「そういえば、学ランはどうするんだ」

皆に尋ねる。団の学ランなんてもう手元にはない。

電池が切れたおもちゃのように、板垣がぱたりと動きを止めた。「好きな服でいいだろ」とぶっきらぼうに言い、赤いアロハを指でつまむ。

「学ランはなくしちまったしな」

「嘘でしょっ。あの一張羅、なくしちゃったの？」

宮瀬がのけぞる。驚くのも無理はない。座右の銘の「ガンバレ」を背中に刺《し》繍《しゅう》した学ランは、板垣団長の魂そのものだったはずだ。

「もう一度探してみたら？　大切な思い出の品でしょ」

宮瀬が心配そうに眉尻を下げる。

「別にいいっての。俺が勤めてた高校だって、生徒は私服も可だったからな。今流行の、アップデートってやつよ」

らしくない説明を重ねる板垣に、「『応援団たるもの、風呂に入る時も詰襟』と言ってたのはどこの団長だ」と横槍《よこやり》を入れる。

「ほう、詰襟か」

板垣が首を伸ばした。眉をくいっと上げ、アロハの襟を立てる。

「これなら、詰襟の伝統も守れる」

宮瀬が「ウィ」と首肯し、シャツの襟を立てた。番台に戻った希さんも、ジャージのファスナーを首まで上げる。私も首元に手をやる。Tシャツだった。

「いや、髪型や学ランなんてどうでもいい。一番の問題はこれだ」

私は遺書をテーブルに広げた。

「巣立は誰への応援を、私たちに託したのか」

「肝心の相手を書き忘れるなんて、巣立らしいけど」宮瀬が笑いながらメモ帳を手に取る。「贔屓《ひいき》のプロ野球チームとか？　なわけないか」

「逆に身近な奴だったら、俺らに託すなんて回りくどいことしねえもんな」

板垣の顔が険しさを増す。

「巣立湯を継いでくれる希ちゃんのことだったりして」

急に話を振られ、希さんは「わたしではないです」と慌てたように答えた。

「巣立湯の常連客とかじゃねえか。例えば——」

開店時間を過ぎ、入ってきた男性客に、板垣が杖を向けた。私たちと同世代くらいだろうか。突然注目の的となった男性は、ひどく驚いた様子で、手に持っていたキャップを落とした。

「板垣、人様を勝手に指さすな」

「指じゃねえ、杖だ」

「杖もダメだろ」

板垣の代わりに頭を下げ、その場を取り繕う。

「わざわざ僕らに託すってことは、この三人が知ってる人かもね」

宮瀬のペンが止まる。「もしかして安永先生とか？」

高校の担任だ。

「とっくに死んでるだろ」

板垣がしかめ面を作る。安永先生と板垣は犬猿の仲だった。「安永の冗談は笑えない」と悪態をついていたのを覚えている。

その後も、巣立が遺書に託してまで応援したい人物は思い当たらなかった。

「応援団は普通、所属している団体を応援するものだけどな」

「もうどこにも所属してないもんね」宮瀬が肩をすくめた。「学校も卒業、仕事も引退、僕にいたっては家庭もないし」

「美容師、引退したのか？」

「理想の美しさを提供できなくなる前に、自ら幕を引こうかと」

美しいままで散る。髪だけでなく、生き方もチェリーブロッサムらしい。

「つまり俺たちは全員、『無所属、老人』だな」

板垣が偉そうに言う。

「選挙にでたら、一発で落ちるだろうよ」

応援すべき対象がいないのは、社会の中で居場所がないことを示されているようだ。

と、そこで閃《ひらめ》いた。「国は？　皆、日本には所属してるじゃないか」

「ごめん。実は僕、フランス国籍」

「俺も生まれは四国だし、巣立なんて今、天国だろ」

「多国籍だことっ。というか、四国は日本だし、天国は国じゃない、概念だ」

すると板垣が目を見開き、「そうか。あったぞ、俺たちの所属」と杖を連打した。

「人類だ」

「はあ？」

「フランスだろうと四国だろうと天国だろうと、人類には属してるだろ？　巣立が応援したい奴だって、人類には違いねえ。俺が、人類を丸ごと応援してやんよ」

　そして、得意げな顔で名乗りを上げた。

「全人類、もとい、全ホモ・サピエンスにエールを送る応援団。その名も——シャイニング！」

　この横文字の響き、嫌な予感がした。案の定、宮瀬も希さんも惚けた顔で復唱している。

「どっかにいいホモ・サピエンスはいねえか」

　すると希さんが、「ちょうどいいホモ・サピエンスを知ってますよ」と切り出した。同じタイミングで、板垣の視線が壁に貼られたチラシを捉える。

「希、あれはなんだ？」

「えっ、ああ、ミラクルホークスっていう少年野球チームのメンバー募集チラシです。友達がコーチをやってるんで」

「ミラクルホークス。奇跡が舞い降りてきそうな、熱い名前じゃねえか。気に入ったぜ。さっそく連絡を取ってくれ。シャイニングの応援第一号に選ばれましたよってな」

板垣がテーブルを叩く。気圧《けお》されるように「はい……」と希さんが頷いた。

「野球応援で復活って、映画みたいな展開だね」

宮瀬がとろけたように目を細め、手のひらを合わせた。

高校時代に戻れる——。期待が団室を満たし、遺書の謎を隅に追いやった。

「また後で考えればいいか」

ミックスジュースのビンを口に運ぶ。が、いつの間にか空になっていた。

7月に開催される、6年生最後の大会で応援する約束を取りつけ、巣立湯を出ると、すっかり日が暮れていた。

「俺はバスだから」

板垣が右手を振り、「また、明日な」と念を押すように言った。明日が来るのが当然ではないことを、この歳になると思い知る。

宮瀬と並び三鷹駅へ歩く。途中、洋菓子屋の横を通りかかった。懐かしい匂いが鼻腔《びこう》をくすぐる。

「ここのシュークリーム好きだったよな。買ってくか？」

「僕、もうシュークリームは食べないからさ」

糖尿気味だと言っていたから、禁止されているのだろうか。

「そんなことより、少年野球の応援、楽しみだね」

「いざ決まると、不安しかない」

内心に吹いた臆病風に身を縮め、夜空を見上げた。

「引間って、昔から星が好きだよね。練習帰りに巣立と観に行ってたじゃん」

「そうだったな」

巣立が流れ星を見たがり、私のお気に入りの場所に連れて行ったこともある。

「夜空を見ていると安心するんだ」

太陽が圧倒的な存在感を放つ昼間に比べ、控えめに瞬く光たちが好きだった。

「じゃあ、今から天体観測しようよ」

「データを残すわけじゃないから、天体観望だな」

「引間は真面目だねぇ」

「悪かったな。生まれてこのかたずっと真面目で」

「えっ、真面目は長所でしょ」

宮瀬の瞳がこちらに向き、言葉に詰まる。「真面目」を否定の言葉だと感じるようになったのはいつからだろう。

「ぼやっとしてないで、観望スポットにレッツゴー」

「それなら」と駅前のロータリーを左に曲がる。線路沿いを進むと陸橋が見えてきた。線路をまたぐように南北を繋いでいる。30段近くもある階段を、息を切らし上った。

「わお、いい眺め」

宮瀬がフェンスを摑み、のけぞるようにして夜空を見上げた。

「好きな星とかあるの？」

私は迷いながらも、「しいて言うなら、木星」と返事をした。

「なんでまた？」

いつもなら、望遠鏡を覗いて初めて見つけた星だから、と答える。ただなぜか本音が口をついて出た。

「私に似てるから」

「へえ」

宮瀬は訝《いぶか》しがるどころか、目を輝かせた。私は、「天文学者の間で、木星がなんと言われているか知ってるか？」ともったいぶったように間を取る。

「太陽になり損ねた星」

「なり損ねた？」

「木星は太陽とほぼ同じ物質でできてるんだ。もっと大きければ、太陽のような恒星になっていたという説もある」

「それのどこが、引間なのさ」

「宮瀬と巣立は太陽と同類。自ら輝ける恒星だ」

華麗なルックスと身のこなしで観客席を魅了する宮瀬、まっすぐな背筋と言葉で選手を鼓舞する板垣、数々の迷言で皆を笑顔に変える巣立。なんの取り柄もない私とは対照的に、光り輝く才能を持っていた。

「皆と同じ練習をして、同じ風呂に入り、同じ時間を過ごせば、自分も輝けるんじゃないかと思ってた。実際、応援団での3年間は最高に輝いていた」

宮瀬は頷き、小さく笑みを浮かべた。

「でも卒業して気づいた。あれは、私が輝いていたんじゃない。皆のおこぼれを浴びていただけだ。凡人の私一人では、ろくな成果も上げられなかった」

12年前の失態を思い出し、夜空に向かってため息をついた。

「私は、恒星になれると勘違いした木星なんだよ」

だから高望みをせず、身の程をわきまえて生きてきた。

「ふうん」宮瀬は唇を尖《とが》らせた。「引間にとっては、恒星と惑星は違うんだろうけどさ。僕には、夜空の星は全部輝いて見えるけどね」

　一瞬、星たちの輝きが増したように見えた。

「僕ね、高校3年間で一番印象に残ってる応援があるんだ」

　宮瀬がにっこりと笑い、「都大会の三回戦」と告げた。

「三回戦？　なんでまた」

「あの試合、引間が初めてリーダーを任されたでしょ。でも声は上ずるし、手は震えてるし、ぐだぐだで。観客もバカにしたように笑っててさ。最高だった」

「人の失敗を喜ぶとは、いい趣味だな」

「違うよ。最高だったのは、その後」宮瀬が目を細める。「普通、失敗したら、自分は悪くないって言い張るんだよ。誰かのせいにしたり、物にあたったり、環境に文句を並べたりさ。でも引間は大勢の観客に向かって、ただ頭を下げたの。『緊張して頭が真っ白になってしまいました。すみませんでした』って。僕が逆の立場だったら、あんな風にはできない。見栄《みえ》っ張りだからね」

「すぐ謝ってしまうのは、私が弱いだけだ」

「ううん。弱い人ほど、謝れないんだよ。強がることで自分を保ってる」

宮瀬の眉間に皺が寄る。心当たりがあるような口ぶりだった。

「素直に頭を下げられる方が、よっぽど強いのさ」

あまりにはっきりと言うので、思わず「そうか」と返事をする。

「昔から、引間は輝いてるよ」

心臓の脈打つ音が、どっどどっどっと鼓膜の内側を揺らす。

満天の星の下、敷かれたレールの上を走る列車を、じっと見つめた。

ゆ

翌日、午前10時。私たちは巣立湯の裏手にある児童公園に集合した。

ジャージの襟元に顔を埋め、あくびを噛み殺す。久しぶりの練習に緊張してしまい、夜中まで眠れなかった。

「稽古場も変わらないねえ」

宮瀬のはしゃいだ声が、眠気を押し出す。

住宅街の奥まった一角にあり、滑り台と砂場のみといういささか魅力に欠ける公園ゆえ、常に空いていて、練習に重宝した場所だった。今日も私たち以外は誰もいない。

「じゃじゃーん。強力な手ぶれ補正機能付きの最新機種を買っちゃった」宮瀬がビデオカメラを希さんに渡す。「記念すべき再始動の瞬間を残さなきゃね。さあ、練習スタート」

威勢よく始まった練習も、準備体操を終えただけで皆の息が上がる。宮瀬が「ちょっと一服」と砂場の脇にある木製ベンチに腰を下ろした。バッグからタバコを取り出すのかと思ったら、注射器だった。

「なんだそれ」

「インスリン」

宮瀬はシャツをめくり、慣れた手つきで腹部に針を刺した。「一日4回も打つんだよ」と顔をしかめる。

私も横に座り、「こっちは一日3回だ」と目薬を両目にさした。白内障を悪化させないため、と医者には念を押されている。この歳になると、薬は治すためではなく、現状を維持するために使う。

「おい、休憩じゃねえぞ」

板垣に促され、中央の広いスペースに移動する。

「もうバテたのかと思ったら、調子良さそうじゃねえか。ブルー」

私の顔を見て、板垣が悪戯《いたずら》な笑みを浮かべた。

「ブルー?」と希さんが首を傾《かし》げる。

「高校時代の、引間のあだ名だよ」

「汚名です」と訂正する。「大事な時ほど緊張してしまって、顔色が悪くなるもので」

「ブルーはほめ言葉なのに」宮瀬が頬を膨らませた。「緊張するってことは、強い気持ちで臨んでる証拠でしょ。どうでもよかったら、緊張しないから」

「炎だって、熱いほど青くなるって言うじゃねえか」

板垣が無理矢理なフォローを挟む。

「納得できるかっ。フォロー役としては、青二才ならぬ、青七十歳だな」

「青い顔の時ほど、ツッコミの調子も良いじゃない」

宮瀬が肘で突いてくる。それをかわし、「で、練習は何からやるんだ」と本題へ戻した。

「そうだな……」板垣が言い淀《よど》み、杖を握りしめる。「エンドレスエールでもやるか」

「いつものガンバレコールから始めないの?」

宮瀬が不思議そうに言う。

「いや、エールで」

板垣が言葉少なに返す。ずいぶん素っ気ない反応だ。52年ぶりの練習に、団長も緊張しているのだろうか。

「エンドレスエールってなんですか?」

「希、応援団にとって一番の武器は何だと思う?」

板垣が答えではなく、質問で返す。元教師の顔がちらりと見える。

「えっと、力強い動きとか？」

撒《ま》いた餌に生徒が食いついたとばかりに、板垣が答えを明かす。

「一番は――声だ」

「声？」

「想像してみろ。野球の試合中、選手はどこを見てる？」

「ボール」

「そう、全員ボールに集中してる。間違っても、俺のことなんて見てない。目が合う選手がいたら、試合に集中しろって叱り飛ばすぜ」

「はあ」

「俺がどれだけ力強く腕を振ろうと、試合中の選手の目には届かねえ」

板垣は空いている方の手で、自分の右耳をつまんだ。

「でもな、こっちは拝借できるだろ」

「ほえ」

希さんが大きな目を、さらに見開いた。

「声だけはいつ何時でも選手に届けることができる。応援団にとって最高の武器だ」

「エンドレスエールは、僕らのスペシャル発声練習なの」宮瀬が付け加えた。

「エールに合わせてひたすら声を出すだけですけど」私はさらに付け加えた。

現役時代は最低でも30分、長いと1時間以上も叫びつづけた。その甲斐《かい》あって、どの高校の応援団よりも声は通り、球場でもひときわ注目を集めた。

「やってみようぜ。あの頃みたいに」

板垣を頂点に三角形を作る。私は右、宮瀬は左、各々背中で両拳を合わせ、肩幅より一足だけ広く足を開いた。自然と顎が引かれ、背筋が伸び、骨盤が締まっていく。52年たっても体が基本姿勢を覚えていることに驚いた。

緊張が、期待に変わる。

軽く息を吸ってみる。肺が一回り大きくなったようで、意のままに空気を取り込めた。酸素が脳に行き渡り、老眼鏡を新調したみたいに、視界が引き締まる。己の体感覚に頼もしさを感じたのは、ずいぶん久しぶりだった。

期待が、予感に変わる。

板垣が胸元に右拳をつけ、エールの構えを取った。左手で握る杖が地面にめり込む。公園中の空気が張り詰める。希さんがカメラを向けた。

「ミラクルホークスのおおお、勝利をねがってえええ、エールを送るううう」

板垣が右拳を斜め45度の方向へ、ゆっくりと広げた。

「よいしょおおお」

唸り声が地面から突き上がり、脳天を貫いた。一瞬で体中が熱くなる。大きく息を吸い、それをすべて音に変えた。

「フレッフレッ。ミラクルホークス！　フレッフレッ。ミラクルホークス！」

腰を反り、全身のバネを使い、声を張る。

酸欠で脳みそがじんじんと痺《しび》れる。

苦しすぎて気持ちがいい。

息継ぎのタイミングが徐々に重なり出す。
それぞれの声の輪郭が混ざり合う。
一人の巨大な人間となり叫んでいるかのような、圧倒的な力強さに包まれる。
曲がっているはずの板垣の背筋が、雄々しく直立して見えた。
――本当に高校時代に戻れるんだ。
予感が、確信に変わる。
どのくらい叫びつづけていたのだろうか。
ようやく板垣が右手を下ろした。
まわりの雑音は消え、ひゅうひゅうと乾いた呼吸音だけが聞こえる。
朦朧《もうろう》とする中で、宮瀬と目が合った。私は無言で笑い返した。

「なんなら現役時代を超えちまったかもな」

板垣が、ベンチに浅く腰かける。

私は背もたれに体を預け、唾を飲み込む。喉の奥がひりひりと痛んだ。痛みを嬉しいと思えるのも久しぶりだった。「声はかれても、情熱はかれてなかった」と気障《きざ》な言葉が浮かぶも、さすがに呑《の》み込む。

「さっそくプレイバックしてみよう」

宮瀬が華麗なステップを踏むように脚を組み替えた。けれど希さんは、「いや……」と後ずさる。撮影に失敗したのだろうか。

「少しぐらいアングルが変でも、声は録《と》れてるでしょ」

宮瀬がカメラを受け取り、再生ボタンを押した。しかし映像は映っているのに、小鳥がさえずる音しか聞こえない。

「ボリューム上げろよ」

板垣が顎をしゃくり、宮瀬が音量ボタンを連打する。

「あれ？　これ以上大きくならないや」

すると希さんが気まずそうに返す。

「皆さん、思っているより声が出てなくて……。なんなら、ウィスパーボイスです」

「ウィスパーボイス！」

全員がベンチから立ち上がった。板垣と宮瀬は眉間に皺を寄せつつも、若干、惚けている。横文字め。

「そんなわけあるかっ」

正気に戻った板垣が、杖で地面を叩いた。私は喉をさする。喉の痛みと動画の現実が繋がらず、混乱していた。

「あっ、終わっちゃった。エールの途中は撮らなかったの？」

宮瀬が引きつった笑顔で訊いた。

「これで全部です」希さんが肩をすぼめた。「エンドレスエール、3分も続きませんでした」

「嘘だろ」

板垣があえぐように言った。

「それじゃあカップ麵も作れないよ」

宮瀬が冗談めかして言うものの、頰が痙攣《けいれん》している。

久しぶりに感じた希望が、いつもの失望に塗り替えられていく。

重力が倍になってのしかかってくるようで、立っていられず、ふらふらとベンチにもたれた。

「高校時代に戻れるわけないか……」

確信が、幻に変わる。

天を仰ぐも、刺すような太陽光が目に染みて、また下を向いた。

「団室に戻るぞ」

虚《うつ》ろな目をした板垣が一人で歩き出す。

さらに昇らんとする太陽とは対照的に、心は沈む一方だった。

団室は、窓を開けてあるのに、風は流れず、ため息が沈澱《ちんでん》していく。

「カメラに思い出補正機能があればよかったけどな」
皮肉が口をつく。自分たちは70歳で、高齢者で、老人だということは十分に理解していたつもりだ。でもどこかで、まだやれるのではないかという淡い希望を抱いていた。これでは木星に合わせる顔もない。

――ガンバレって言うおまえがガンバレよ。

テレビから、甲高い声が飛んできた。板垣が顔を上げ、画面を睨《にら》みつける。バラエティ番組だろうか、学ラン姿の二人組がコントを披露している。応援団を揶揄《やゆ》したこのギャグは、一昔前に流行語にもなった。当時は応援団OBとして、物申したい気持ちにもなった。ただ、今は反論もできない。私たちの応援を見たら、誰だってそう言うはずだ。
気まずそうな顔でチャンネルを変える希さんに、「少年野球の応援って、キャンセルできたりするかな?」と宮瀬が尋ねる。

「妥当だな」私も同意する。「こんな声じゃ、この先いくら努力したところで本番は厳しい」

顔を上げると、番台の後ろの壁に飾られた巣立の遺影と目が合った。いつだったか、巣立が言った「努力は裏切らないって」という甲高い声が再生される。

「巣立、努力は人を裏切るよ」

また脳裏に、のっぺりとした灰色が広がった。12年前、定年まであと2年の時の話だ。

ゆ

「市民課の引間さん、市長室にお願いします」

始業前のフロアに、市長の秘書の声が響き渡った。同僚が一斉に私を見る。呼び出されるようなことをしただろうか。記憶を探るが、身に覚えはなかった。

ドアをノックして入ると、吉峰《よしみね》市長は満面の笑みで出迎えてくれた。一回りも年齢が上なのに、肌の血色も良く、私よりよっぽど若々しく見える。

「引間君、すっぱらしいよ」

差し出されたのは、私が応募した「天空の市民公園」の企画書だった。

3ヶ月ほど前だったろうか。市長肝いりの新規事業のアイディアを募る、という案内が職員に配られた。普段は企画など求められる立場にない私には、魅力的だった。

業務の合間を縫い、アイディアを練りつづけた。しかし、提出期限間近になってもまとまらない。途方に暮れていた私に、部下の村下《むらした》が言った。

「好きに書いたらいいんすよ。引間さんのアイディアなんて、当てにされてないですから」

この適当かつ適切なアドバイスが光明となった。私の好きなこと——天体観望だ。そしてでき上がったのが、駅前ビルの空いている屋上を、市民公園として活用する企画だった。忙《せわ》しなく人が行き交う駅前に、誰もが一息つける場所があったらいい。「天空の市民公園」の目玉は、広場中央に設置した大型テントで見るプラネタリウム。営業は夜まで。仕事帰りにもプラネタリウムが観たい、という個人的な妄想を書き連ねた。

「夜空は、誰にでも平等に広がっている——。このキャッチコピーも秀逸だよ。屋上に作ることで、夜にプラネタリウムから出ると本物の星空が広がるってのも、ロマンチックだね。天文台がある我が市のイメージにもぴったりだ。さすが天体観望が趣味なだけはあるなあ」

吉峰市長は、ウンウンと頷き、恰幅《かっぷく》の良い体を揺らす。私のような目立たない職員の趣味まで覚えてくれていた。

「最近、目の前の現実ばかりに追われていてね。人間には、ぼけーっと立ち止まって、夜空を見上げることも必要だよな」

吉峰市長はにこやかな笑みを収め、ふと遠い目をした。

「きっと私たちは、夜空に自分自身を映して観てるんだろうな」

「そうですね」

昼間では埋もれてしまう小さな光も、夜空なら見つけることができる。

「というわけで、君を特命部長に任命する。新規事業の責任者としてがんばってくれたまえ」

「私がですか？」

「君の企画だ。産んだ子の責任は取らなきゃね」

吉峰市長はガハハと笑った。

市長室を後にし、私は頭を抱えた。矢面に立つのは苦手な性分だ。匿名部長ならまだしも、特命部長だなんて。

自席に戻ると、部下の村下が「顔、真っ青っすよ。横領がバレたんすか」と軽口を叩く。

「違うわ。ただ、絶体絶命のピンチなのは認める」

「その割に、口もとはニヤけてますけどね」

咄嗟《とっさ》に顔を触る。私は唇を結び直し、半笑いの村下に告げた。「こっちは猫の手も借りたいくらいなんだ。とことん手伝ってもらうぞ」

「犬顔の俺で良ければ、よろこんで」

村下は小さく敬礼をしてデスクに戻った。30代半ばの彼とは、親と子ほど歳が離れているが、馬が合った。色白の犬顔同士で馬が合うというのは、妙な感じもするが。

村下は誰のことも役職ではなく、「さん」付けで呼ぶ。市長ですら「吉峰さん」だ。敬意が足りない、と注意する職員もいるが、私は好感を持っていた。彼は役職ではなく、一人の人間として接してくれる。以前、「引間さんの敬語は、敬意じゃなくて敬遠っすよ」と忠告されて以来、役所内で敬語を使わずに話す、唯一の相手でもある。

それからというもの、特命部長として奔走し、迷走を重ね、逃走したくなるくらい、忙しなく走り回った。予算規模も宇宙のように桁違いに大きく、調整すべきことは星の数ほどあった。毎日残業し、各所に協力を求め、下げられる頭はすべて下げた。プラネタリウムのことを考えすぎて、ベッドで目を閉じても目の前がチカチカして眠れない、「眼球プラネタリウム」も味わった。私の貧弱な胃腸は、このプレッシャーに耐えられるわけもなく、食事は喉を通らず、そのくせ吐き気は止まらなかった。村下には「プラネタリウムダイエットっていう本を出版しましょうよ」と笑われた。そう言う彼も、目の下にブラックホールみたいなクマが貼りついていた。通常業務もあるため、村下との作業はどうしても夜にずれ込む。子供が生まれたばかりと言っていたのに、家族と過ごす時間も取れていないはずだ。

「申し訳ない、今日も遅くなってしまって」

消灯した市民課に二人で残り、卓上ライトをつけ、資料のホチキス留めをする。明日は駅前ビルのオーナーへのプレゼンだ。

「いいっすよ。なんなら今、夫婦仲が微妙なんで、好都合です」

村下が束ねた資料の角を揃《そろ》えながら言った。

「私のせいじゃないのか？　毎晩残業ばかりさせて」

「自意識過剰ですって」村下がへらへらと笑う。「俺の人生に、そこまで引間さんの影響力ないですから」

「人の心配を仇《あだ》で返すな」

「いや、妻が怒ってるのは完全に俺のせいなんすよ。いっそ引間さんのせいにできたらなあ」

「やめてくれよ」

「子供が生まれたら、変われそうな気がしたんですけどね」

村下が指に力を込める。ホチキスのパチンッという乾いた音がフロアに響く。

「なんの努力もせず、子供に変えてもらおうとしている時点で、父親失格です」

どう返していいかわからず、曖昧に相槌《あいづち》を打つ。

「努力しない選手に、勝利の女神はほほえまないっすから。自分の力で変わろうとしない夫に、妻はほほえまないです」

「それじゃあ、たいていの奥さんはほほえまなくなるな」

「笑えない真実です」

村下は数え終えた資料の束を、私のデスクに置いた。「明日からまた、お願い行脚《あんぎゃ》っすね」

「頭を下げるのには、慣れてるんだ」

「さすが、粘りの引間。納豆、おくら、引間。『世界三大粘り』っすね」

「帰るぞ」

村下の軽口に被せるように、卓上ライトのスイッチを消した。

外に出ると、心地よい夜風が頬を撫でた。

村下が空を見上げる。

「俺、引間さんに結構感謝してるんですよ」

「なんだ急に」

「このプロジェクトをやり遂げたら、今度こそ変われる気がするんですよね」

村下は夜空を見上げたまま、少しだけ口もとをゆるめた。

「息子がプラネタリムを観て、『これパパが作ったの？』って目を輝かせる光景が浮かぶんすよ。一生に一度くらい、我が子に誇れる仕事をしたいじゃないですか」

「そうだな」

私も夜空を見上げる。プラネタリウムを観た子供たちの目が、まるで満天の星のように輝いている。その瞳の輝きこそが、社会の希望となる。個人的な妄想から始まったプロジェクトが、未来に繋がった気がした。

「あっ、流れ星」

村下が指をさす。

顔を向けるも、すでに流れ星は消えていた。

「うわー、願いごとするの忘れたー」

頭を抱える村下に、巣立の姿が重なった。

「高校時代の親友も、そのおまじないを本気で信じてたよ。練習帰りに陸橋の上で空を眺めていたら、ちょうど星が流れてな」

「その人、何を願ったんすか」

「流れ星が見たい」

「マジすか」

巣立の迷言に、村下は目を丸くした。

「本人曰《いわ》く、流れ星を見たいあまり、肝心の願いごとを考えるのを忘れてたらしい」

「最高っすね」

村下の見開いた目が、三日月みたいになった。

「最高の仲間だよ」

村下と別れ、駅に向かうバスに乗り込む。バスの揺れに合わせ、疲れが全身に覆い被さる。気力も体力も、とっくに限界を超えていた。それでもこの任務から降りなかったのは、もちろん降りられる立場ではないことが大きいのだけれど、どこかでこう思ったのだ。定年まで2年、最後に1つくらいは何かを成し遂げてみたい。この困難を乗り越えれば、今更かもしれないが、自ら輝ける恒星になれるのではないか、と。


社長室と記されたドアを開けると、革張りの椅子に男が座っていた。歳は40代半ばくらい。皺ひとつないグレーのスーツを着て、銀縁眼鏡の奥の瞳には、神経質さをにじませている。

「あなたが役所の担当者？」

彼は、値踏みするように一瞥《いちべつ》した。答えようとした私を手で制し、続ける。

「通知のとおり、屋上の賃貸契約の話は白紙ということで」

「そこをなんとか」

なぜこんなことに。私は混乱したまま、頭を下げた。

計画は順調だった。しかし土壇場になり、資材高騰のため工事費用が概算額を大幅に上回る、という一方的な通達が業者から届いた。1年がかりの予算調整は水の泡となった。そのため、各所との再調整に手こずり、工事の開始が大幅に延期された。

誤算は、延期している間に、駅前ビルのオーナーが亡くなったことだ。しかも先代に代わり社長に就任した息子が、「倍の賃料が払えないなら、屋上は他に貸し出す」という到底無理な条件を突きつけてきた。

「プロジェクトは、屋上であることにも意味があるんです。先代も、『このビルが皆さんを笑顔にできるなら』と快諾してくださいました。その約束を果たす義務が、私にはあります」

もう一度、頭を下げた。

「こっちには会社を儲《もう》けさす義務があるんですよ」

苛立った声が室内に反響する。

「ですが、空いていた屋上を活用するというのは、私共のアイディアなのでは」

「誰のアイディアかなんて、どうでもいいでしょう」

社長はバツが悪そうに口の端を歪めた後、「公園にプラネタリウム？　そんな子供騙《だま》しのために、大事な屋上を貸そうとするなんて。親父もボケちまったんだろうな」と吐き捨てた。

「そんな言い方……」

「だいたい、夜空なんか価値ないでしょ。星が代わりに金を稼いでくれるんですか？」

彼は鼻で笑い、プロジェクトの資料をゴミ箱に放り込んだ。

「あんたらの思い出作りに付き合うほど、こっちは暇じゃないんだ」

「そこをなんとか」

私は膝を折り、額を絨毯につけ、土下座の姿勢をとった。

「私からもお願いします」

声がして後ろを見上げる。村下がいた。

「なんでここに……」

「犬顔の手でも借りたいかなと思って」

私に倣い、床に膝をつき、絨毯に額を食い込ませる。

「迷惑なんですよ。そういうの」

頭上から、舌打ちが降ってくる。

「役所の仕事ってのは、頭を下げればなんでも通るんですか？　上司が上司なら、部下も部下だ。こんな話、進めなくてよかった。さあ、帰ってください」

どのくらいそうしていただろうか。「もう行きましょう」と村下の声がしても、私は顔を上げられなかった。

眼前にある絨毯の灰色が、のっぺりと世界を覆っていた。

ビルを出たところで、村下が立ち止まった。

「今度こそ、変われると思ったんですけどね」

明るさを装った声が、かすかに震えている。

映画の主人公だったら、悔しさに奮起して、奇跡のひとつでも起こすのだろう。しかし私は、「ああ」となんの足しにもならない反応しか返せなかった。

屋上ありきで進めていたプロジェクトは、凍結され、なかったこととなった。

限界まで努力をした。奇跡が起きる予感もあった。しかし努力は報われず、すり減らした精神の代わりに得たのは、眼科の診療券だけ。眼球プラネタリウムは、白内障の前兆だった。

結局、私は恒星にはなれず、いつもの自分のままだった。

「じゃあなんで、高校時代はがんばれたんですか？」

希さんの声に、意識を団室に戻す。たれた金髪の間から、すがるような視線が向いている。その瞳に、「若かったから」とありきたりに答えてはいけない気がして、口をつぐんだ。

「高校時代は全部のがんばりが報われた気がしてたけどさ、よく考えたら、裏切られた努力だってあったはずなのにね」

宮瀬が顎をさすりながら視線を宙に彷徨《さまよ》わせる。

「あの頃は」板垣が薄く目を開いた。「へばりそうになると、選手たちの顔が浮かんだんだ。泥まみれになって必死に練習する、あいつらの顔が」

窓から一筋の風が流れ込み、沈んでいた空気が動き出す。

「そうだね」宮瀬の同意が力強く場を満たした。「ボールが見えなくなるまでノックを受けて、手のマメから血を流しながら素振りするのを間近で見てたもん。応援団が先に音を上げるわけにはいかないよ」

彼らの存在が、私たちが声を出しつづける理由だった。

「選手を後押ししてるつもりだったけど、こっちが力をもらってたのかもな」

板垣のつぶやきに、長年解けなかった方程式の解が降りてきたかのように、はっとした。応援は、する側からされる側への一方通行の行為ではない。


私たちは支えることで、すでに受け取っていたのだ。


「だったら、ミラクルホークスのがんばりも見に行きましょうよ」

希さんの提案に、宮瀬と板垣の目に輝きが戻る。

「明日、土曜でしょ。さっそく練習を見に行こうよ」

「宮瀬、さすがに急じゃないか」

「いいじゃねえか。善は急げ。いや、後先短い老人は、全部急げだ」

板垣が右の口角だけを上げる。

「うまいだろ?　じゃないわ。ただ、『老いるほど何事も早めにやるべし』という主張には、同意する」

「おっ、調子が上がってきたな、ブルー」

「ブルーって言うな。かっとして、血圧が上がってしまう」

板垣は「血圧でも高みを目指すとは、いい心がけよのう」とご機嫌に杖を鳴らし、宮瀬と浴室へ行ってしまった。

一人になった私は、希さんに向き直り、頭を下げる。

「色々振り回してしまってすみません」

「そんな。急に謝らないでくださいよ」希さんがブンブンと右手を振る。「なんか引間さんって、みんなにツッコミまくってる時と、一人の時の印象が変わりますよね」

一瞬、言葉に詰まる。仲間たちといると、売り言葉に買い言葉で、別人のように熱くなってしまう。

「小心者のブルー。こっちが本当の私です」

「いいじゃないですか。わたし、ブルー好きですよ」希さんは声を弾ませた。

「私にまで、気を遣わなくていいですよ」

「違いますって。水、空、それに熱い炎まで表現できる。そんな色、他にはないですから」

彼女の必死のフォローに対して、「気持ちもですね」と言いかけて、やめた。椅子から立ち上がる。

明日か。正直、少年野球の練習を見たぐらいで、あの頃の熱い気持ちに戻るのは難しいだろう。

しかし私の予想は、当たらなかった。


家に帰ると、妻の和代《かずよ》が「あら、早かったじゃない。お昼は食べる？　昨日の残り物の煮物の余り物だけど」と訊いてきた。

「物々しい料理が出てきそうだな」私は苦笑する。「ありがたくいただくよ。一晩寝かせた煮物は、味が染みてて好きなんだ」

食器をテーブルに運び、椅子に座った。壁にかけたカレンダーに目を向ける。

遠目でも、予定欄が真っ白なのはわかった。定年退職して以来、余白が主役みたいな毎日だ。

テレビで情報番組が始まった。画面にたくさんの顔が並んでいる。今をときめくアイドルや芸人なのだろう。

「最近の若者は、皆、同じ顔に見えるな」

「それ、精神的老眼じゃない？」と和代が笑う。「心のピントが鈍ってるのよ。若い子だってよく見たら、全員違う顔してるのに」

「ああ」

同意とも反対ともつかない相槌がこぼれる。和代は近頃、娘たちより一回りも若いアイドルグループにぞっこんだ。

「最近の若者は、なんて言ったら、最近の老人は、って括《くく》り返されるわよ」

「ああ」

今度は完全なる同意だった。

画面がニュースに切り替わった。アナウンサーが溌剌《はつらつ》とした表情で速報を読み上げる。肘の手術から復帰した日本人投手が、海の向こうで勝ち星を挙げたらしい。「勝ち星」という響きに、こめかみの奥で記憶が立ち上がる。

市役所を定年退職した数日後、巣立と最後に会った時のことだ。

「また勝ち星を逃したー」

ビールをあおった巣立が、苦々しくこぼす。居酒屋の店内の隅に置かれたテレビが、プロ野球のオープン戦の結果を伝えている。今日の逆転負けで、贔屓球団の負け越しが決定したらしい。

「野球ぐらい、いいだろ。こっちなんか、人生を負け越してるんだ」

冗談のつもりだった。でも、見事に私自身を言い表している気がして、苦笑いがこぼれた。

「引間の人生、何勝何敗なの？」

「1勝9敗くらいだな」

「負けすぎでしょ。逆にその1勝は何よ。もしかして、応援団か？」

巣立が身を乗り出し、迫ってくる。

そうだ、と答えようとした。ただあの輝いていた日々も、他の三人が挙げた勝ち星のおこぼれに過ぎない。私は首を振り、「訂正、10敗だ」と言い直した。

「10敗はないだろー」

巣立がつぶらな目を見開いた。ビールの泡を口のまわりにつけたまま、店員におかわりを頼む。

「巣立、世界は不公平なんだ」

「珍しく言い切るね」

「天から二物も三物も与えられる人間がいる分、何も与えられない者もいる。そんな星の下に生まれた人間は、どれだけ努力したところで、報われない」

「引間、努力は裏切らないって」

巣立は、太陽のようにあっけらかんとほほえんだ。

「努力の年末調整がある」

「努力の年末調整？」

「払いすぎてた努力が、人生の節目にがばっと報われるんだ。神様だって、いつかは気づくだろ。『やばい、引間さんから努力をもらいすぎてた』って」

「だったら、努力してた時に報いればいいだろ」

「そりゃ酷じゃん。毎日、人間たちから、膨大な数の『努力申告書』が送られてくるんだ。全部やろうったって無理だから、目についたやつからやるしかない。いくら残業しても終わらない。天国なのに地獄だろうなー」

巣立は眉を寄せ、天井を仰ぎ見た。

「天国の労働環境まで慮《おもんぱか》るなんて、巣立は心が広い」

「夜空なみに、広いだろー」

「ああ、夜空なみだよ」

自分のことで精一杯の私とは大違いだ。

横のテーブルの学生たちに、並々と注がれた生ビールのおかわりが運ばれてくる。彼らの方が後に注文したはずだが。

「求めりゃすぐにご褒美が与えられるわけじゃない。そのほろ苦さこそが人生の味わいよ」

巣立は空のジョッキを手に、続ける。

「ただ、必死にがんばってきた分、すげぇのを期待していいと思うぞ。遅れた期間の利子とかもバンバンつくだろうし」

「適当に言うな」

「未来のことだから適当に言えるんだろー」

巣立は高校時代と変わらず、ニヤニヤと口もとをゆるめた。

心がささくれ立っていく。この歳になっても、人生に期待を抱く巣立を目の当たりにすると、引け目しか感じなかった。私はこぼれそうになった否定の言葉をビールで流し込み、「相変わらず、生きるのが楽しそうだな」と返す。

「そりゃ、死んだような顔で生きるのはもうごめんだよ」

「過去のことも適当に言うな。出会った時からニヤニヤしっぱなしなくせに」

巣立は大げさにかぶりを振って、「今のオレがいるのも、皆様のおかげですから」と見え透いたお世辞を口にした。

「じゃあお返しを期待しておこう」

私の冗談をまともに受け取ったのか、「引間がニヤニヤするためなら、なんだってするさ」と巣立は鼻息を荒くする。

「今更だ」私は首を振る。「情熱は一度冷めると戻らない。特にこの歳になるとな」

最近は、星を観たいとも思わなくなった。

「冷めたら、追い焚《だ》きがあるだろ」

食い下がる巣立に、「風呂水じゃないんだから」と苦笑が漏れる。

「年末調整が来世払いにならないように、私はせいぜい生き延びるとするよ」

「じゃあオレが先に死んだら、神様の事務手続きを手伝っておくわ」

巣立は卒業の日と同じように、責任感たっぷりに無責任な発言を放った。

「ごちそうさま」

煮物を食べ終え、箸を置き、ベランダに出た。空の青さに顔をしかめる。巣立も結局は、後悔しながら死んだ。努力の年末調整は間に合わなかったのだ。

私は太陽光の陰に隠れてしまった星たちに対して、「せめて、来世では努力が報われますように」と願う。しかし、ウィスパーボイスの私の願いなど、天には届かないだろう。

ゆ

「真っ昼間から、やってるな」

板垣の声が弾む。井の頭恩賜公園に併設された野球場では、少年たちが大声を出し、汗を流していた。希さんが友人のコーチから仕入れた情報を申し送る。

「ミラクルホークスは、ボーイズリーグに所属するチームで、全国大会の常連みたいです。今どき珍しい、勝ちにこだわる厳しい指導で有名なんですって」

「野球で勝負にこだわらなかったら、何にこだわるんだよ」と板垣が嘆く。

フェンスに近づくと、乾いた金属音がグラウンドにこだました。ボールが大きな弧を描き、外野の奥に飛んでいく。バッターボックスの少年はすぐさまボールを要求し、また快音を響かせた。

「彼が4番バッターの腰塚健斗《こしづかけんと》くんです。小学生なのに、甲子園の常連校にも目をつけられている、逸材です」

「僕らの学年の、弓削《ゆげ》くんみたいな感じだね」

「都大会のホームラン王か。プロのスカウトが視察に来てたもんな」

野球部のスターは、今頃どうしているだろうか。

快音の余韻が残るバッターボックスに、次の選手が立った。小柄で華奢《きゃしゃ》な男の子だった。真剣な表情とは裏腹に腰が引け、上半身と下半身の連動もぎこちなく、素人目にもセンスがないのがわかる。案の定、バットはボールにかすりもしない。

「榎木周《えのきあまね》くんですね。健斗くんと同じ6年生ですけど、唯一ベンチにも入ってないみたいです」

「エノキみたいに白くて細い、榎木周くんだ」

宮瀬がおどけた声で言うが、私は笑えなかった。彼の不器用さは、自分を見ているようだった。健斗くんというスターと、才能もなく自力では輝けない周くん。まさに恒星と惑星だ。

周くんが一礼をして、バッターボックスを離れる。結局、一球もバットに当てることができなかった。その後、他の選手が素振りをする中、グラウンドの隅を走りはじめた。もう、バットすら与えてもらえないらしい。

「あんな彼だって、努力は報われると思うか？」

天国に問いかけた。しかし返ってきたのは、「きっと最後には努力が実って、奇跡の逆転打を放つのさ。くう、泣けちゃう」という宮瀬の妄言だった。

「映画じゃないんだから、ありえないだろうよ」

黙々と走りつづける周くんを目で追いながら、宮瀬の妄想を否定した。

「バットにボールが当たらないのに、逆転なんて無理に決まってる」

グラウンドの熱気にのぼせたかのように、空が赤く染まり始めた。巣立湯の営業がある希さんは一足先に帰ったが、練習はまだ続いていた。

「小学生だから、もう少しぬるくやってるのかと思ってたけどよ」しわがれた板垣の声に、いくらか張りが戻る。「こいつら熱いな」

「集合」と声がして、グラウンドの中央に選手が駆け寄る。ようやく練習が終わるのかと思ったら、監督が白線を引きはじめた。20メートルほどの間隔を空けた2本のラインに、子供たちの顔が曇る。監督は右手をパーに開き、「50本」と短く告げた。片方の白線に沿って、選手全員が横一列に並ぶ。監督が手を叩くと、もう一方の白線めがけて一斉に走り出した。ラインに到達すると、すぐさま折り返し、スタート位置まで走って戻る。休む間もなく、また全速力で走り出す。

「練習の締めにダッシュ50本とは、えげつないね」

宮瀬の眉間に綺麗《きれい》な縦皺が寄った。

「自分はゆったりブレイクタイムかよ」

監督はベンチに座り、ドリンクを片手にコーチと談笑していた。

「最後までちゃんと見てやれよな。指導者失格だぞ」

板垣のこめかみに血管が浮き出る。元教師としては許せないようだ。

疲れがピークに達しているのか、選手たちの顔は歪み、足取りも重い。監督が見ていないのが、救いにも思えた。

満身創痍《そうい》のダッシュが続く中、一人が明らかに遅れていた。周くんだ。1本目からまわりについていけず、どんどん離されていく。

談笑を終えた監督が、ベンチから立ち上がった。ふらふらと走る周くんを見つけると、「榎木、手を抜くな」と一喝する。しかしペースは落ちる一方だ。監督は呆れたように冷たい視線を送る。私は心の中で、「限界までがんばったところで、どうせ追いつけない。ほどほどでやり過ごせ」と周くんにエールを送った。

他の選手からかなり遅れて、周くんは50本を走り終えた。最後の一往復は、歩いていると言った方がいいくらいだった。

青白い顔で倒れ込む周くんを、チームメイトがあざ笑う。

「アフレコするなら、『ちんたら走ってたくせに、苦しそうな顔するなよ』ってとこね」

宮瀬の声に彼らへの嫌悪感がにじむ。

「周くんは野球をあきらめた方がいい。彼とチーム、お互いのためだ」

「本当にそう思ってる？」と宮瀬が顔を覗き込んでくる。

私は黙ってグラウンドを眺めつづけた。


ようやく練習が終わり、少年たちが球場を後にする。私たちも帰ろうとしたが、グラウンドの隅に人影を見つけた。近づくと、周くんがスパイクの紐《ひも》を結び直している。

「何をしてるんですか」

思わず声をかける。彼の目に警戒の色が浮かんだ。近くで見ると、その顔はより幼く、頼りない。

すると板垣が、周くんの前に一歩出て、「俺らは」と名乗りを上げた。

「全ホモ・サピエンスにエールを送る応援団。その名も――シャイニング！」

警戒が恐怖に塗り替わる。無理もない。シャイニングと名乗る、怪しい高齢者に囲まれたのだ。

「練習は終わったんじゃないの？」

宮瀬がフォローする。

周くんは戸惑いながらも、「少しだけ残ってやろうかと」と答えた。

「もう5時半だよ。ご両親が心配するでしょ」

「母さんはまだ仕事だし、父さんは一緒に暮らしてないんで」

周くんの顔に暗い影が落ちた。

「そっか……」

「もう練習やってもいいですか」

地面のバットを拾う彼からは、特別な気概は感じない。居残り自主練は、いつものことなのだろう。

「バッティング練習、俺らが付き合ってやろうか？」板垣が言った。

「いいんですか！」

予想外の即答が返ってくる。猫の手ならぬ、老人の手も借りたかったらしい。

「俺が投げてやる」

「杖をついてちゃ無理だろうよ」

私は板垣の代わりにボールを受け取る。

「僕、キャッチャー」

宮瀬が周くんのグラブを拾う。

「それ、キャッチャー用のミットじゃないんですけど、大丈夫ですか？」

「もう鋏《はさみ》は置いたからね。手を痛めたって大丈夫さ」

球審の位置に入った板垣が、「引間の球なんか、ミットもなくたってへっちゃらだってての」と顔の右半分だけを歪めて笑った。ピッチャー交代を根に持っているのか。「歩くアルファァルファァ」と言われた怒りの根深さも健在のようだ。

観客席からは見慣れていたマウンドだが、立つのは初めてだ。思ったより高さがある。バッターボックスの周くんが、さらに小さく見えた。とにかく真ん中に。それだけを意識してボールを投げた。

勢いのないボールが、バットにかすることなく、グラブへ収まった。私でさえ、まったく打たれる気がしない。しかし周くんは、丁寧にグリップを確かめ、「次、お願いします」とバットを構える。

「なんで、そんなにがんばるんですか」

私は言葉を投げかけた。

周くんはバットを握ったまま身を固くする。

「努力したって、無駄になるだけでしょう」

昼間は大声が飛び交っていたグラウンドに沈黙が流れる。才能もなく、試合に出られる希望もない。身の程をわきまえない努力は、惨めさを生むだけだ。

彼は構えたバットをゆっくり下ろした。顔を上げ、私の目をまっすぐに見る。

「父さんと約束したんです。『笑われても、歩いてでも、走れ』って」

「なんですか、それは?」

「口癖です。父さんの」周くんの目に力が宿る。「速く走れるかは人によって違う。でも走るかどうかは自分次第。だから、笑われても、歩いてでも、走れ」

——走るかどうかは自分次第。

みぞおちが圧迫されるように、息が詰まる。

「くわー。痺れるぜ」板垣が唸る。「オヤジは教師に転職すべきだな」

「どうかな。今の仕事好きみたいだし」

周くんは自分がほめられたかのように、照れた様子で頭をかいた。

「父さんは、きっと今日も走ってるから。僕だけが約束を破るわけにはいかないんだ」

強く、芯の通った声だった。

もう一度、周くんがバットを構える。

私はボールを投げた。走ろうとする彼を止める権利など、私にはない。

バットは勢いよく空を切る。

それでも彼は懸命にバットを振りつづけ、私は応えるようにボールを投げた。

「ありがとうございました。僕、トンボがけしてから帰るんで」

練習が終わり、周くんは用具倉庫に向かう。

「一人でグラウンド整備するんですか」

この広さだ、ずいぶん時間がかかるだろう。

「周、抜け駆けはよくないぞ」

板垣は周くんの後を追って用具倉庫に向かう。

「鋏は置いたけど、トンボはまだ置いてないよ」

宮瀬も軽やかなステップを踏み、板垣の後に続く。

途中、ダッシュ、ダッシュで使っていた白線の横で、板垣が立ち止まった。

「周、ダッシュ、一番端っこでやってたよな」

「そうですけど」

「きつかったか?」

「死にそうでした」

「死にそうだったってことは、おまえが生きてる証拠だな」

「なにを当たり前のこと」

私が横槍を入れても、板垣は「まあな」と含み笑いを返すだけだった。

四人で一列になりトンボを引く。地面に刻まれたスパイクの跡が、綺麗に均《なら》されていく。流れた汗や努力はリセットされ、すべてなかったことになる。

隣では、板垣が「下を向いて歩こう。涙がこぼれて何が悪い」とあの名曲への逆上ソングを口ずさんでいる。先ほどから妙に機嫌がいい。

トンボをかけ終わり、グラウンドを出た。太陽が粛々と沈んでいく。


周くんと別れた後、皆で巣立湯に向かった。

暖簾をくぐると、希さんが「収穫ありました？」と声をかけてきた。

「応援したくなるような熱い奴はいたぜ」

「誰ですか」

「ちっさくて下手くそな周。あいつがチームで一番熱い」

板垣は言い切った。

先ほどの練習で情が移ったのか。居残り自主練をしているだけで、一番と断言してしまうことに、違和感を抱いた。

テーブルにあった新聞を何気なくめくっていると、「4番バッターの子じゃない？」と宮瀬が覗き込んできた。スカウトも注目するスーパー小学生、という見出しと共に、健斗くんが載っていた。地域欄とはいえ、一面級の扱いだ。

インタビューを読んでいくと、1つのコメントが目に留まる。

「一番のライバルはチームメイトです。必死にがんばる仲間を見て、自分を奮い立たせてます」

チーム内の競争の方が過酷なのだろう。強豪らしい発言に、胸がちくりと痛む。彼の言う「ライバル」に、あの周くんという不器用な少年は含まれていないだろうから。それ以上読む気にはなれず、新聞を閉じ浴室に向かった。

身体を湯船に沈める。ぼんやりとした視界の中で、壁絵のユダがせり出して見えた。湯気が水滴となり、涙のようにユダの頰をつたう。

裏切る方だって苦しいよな。

私は努力に裏切られた側なのに、ユダに感情移入してしまう。

隣では、板垣が涼しい顔で拷問風呂につかっていた。

「なぜ、周くんが一番なんだ」

私は先ほどの違和感をぶつけた。「居残り練習してるからか?」

「居残り練習なんて、自己満足だろ」

「じゃあ……」

「50本ダッシュの足跡だよ」

「足跡?」

「ラインの手前で折り返した足跡が、周だけなかった」

「本当に周くんだけなのか?」

「おうよ」板垣が頷く。「周の隣で走ってた健斗ですら、何本かズルしてたぜ」

「足跡なんて、よく気づいたね」

宮瀬がシャンプーの手を止めて、会話に加わる。

「俺様くらい徳が高くなると、すべてお見通しなんだってての」

「腰が曲がってるおかげで、目線が低かっただけだろうよ」

「まあ、他の奴らの気持ちもわかるぜ。ラインの手前で折り返しても、監督が見てるわけじゃねえし。1メートル手前ならまだしも、足の指分くらいだ。ただ——」

板垣は杖を手にして、目の前に一線を引いた。

「あのラインを超えたか、超えないかは、決定的に違う」

たった数センチ。他の選手たちも、手を抜いているなんて意識はないかもしれない。だからこそ、ラインを毎回確実に超えるのは、難しい気がした。

「人間は、無意識に力をセーブする生き物だ。限界まで追い込んだつもりでも、余力を残しちまう。だから、しんどい時にがんばれる奴は、本物だ」

板垣の言葉に、私は目を閉じた。のろのろと走っているように見えた周くんは、あれが彼の全速力だったのかもしれない。私が「ほどほどでやり過ごせ」と念じていた時もずっと、必死に走っていたのだとしたら。

これは想像でしかない。ただ、少しでも楽をしたかったら、わざわざ50本全部、白線を超えはしないだろう。ダッシュを終え、青白い顔で倒れ込んでいたことや、「死にそうでした」という言葉が、想像に真実味を与える。

「笑われても、歩いてでも、走ってる奴はよ、走ることをやめた奴より、よっぽど熱いわな」

板垣の独り言が、湿った浴室内にはっきりと響いた。

身体の奥底から、じわじわと熱がしみ出す。

湯船の水面に映る自分の影が揺れていた。

12年前のあの日から、ずっと自分を恥じていた。分際をわきまえず奔走し、失敗したあげく逃走した過去を消し去りたかった。でも、揺れつづける影が問いかける。


あの日、必死に走った自分が、本当に嫌いか?

静かに首を振る。

報われなかった努力を情けなく思うより、その努力を恥じて、走ることをやめた今の私の方が、よっぽど情けない。

「明日から、朝練すっか」

板垣が拷問風呂から立ち上がり、言った。

「まずは、『死にそうでした』って言えるラインを超えるまで、必死に走ろうぜ。あきらめるのはそれからだ」

「必死になることに関しては、若者より断然有利だしね」宮瀬が目尻に皺を寄せてウインクをする。「なにせ死が迫ってる」

「高校時代は1段飛ばしで駆け上がった階段も、今はたった1段上がるのでも必死だ」

宮瀬と上った陸橋を思い出す。

「ふう。老いてて、ラッキーだったぜ」

板垣が沁み入るような声を上げた。

この日から、余白だらけだったカレンダーは、すべて「応援練習」の文字で埋まった。52年ぶりに声がつぶれ、ウィスパーにハスキーまで追加された。筋肉痛で箸を持つ手が震え、妻に本気で病気を疑われた。私が1回貧血で倒れ、宮瀬が2回熱中症で嘔吐《おうと》し、板垣が3回脱水になり泡を吹いた。必死な毎日は大変だった。けれど、1つ気づいたことがある。

楽ではない日々は、楽しい。

そして、あっという間に2ヶ月半が過ぎた。
7月最終日曜、ミラクルホークスの試合の日を迎えた。

ゆ

「気合い満タンじゃねえか、ブルー」

朝8時半。少年野球場に到着した私の顔色を見て、板垣が満足そうに頷いた。

「満タンなのは胃酸だ」

私は腹をさする。起きてからずっと吐き気が止まらない。

「今年一番の暑さだって言ってたから、水分補給は忘れずにね」

宮瀬がペットボトルの水を皆に配る。

「余裕だっての。俺がもっとホットにしてやるぜ」

板垣を先頭に場内へ入る。フェンスの脇にミラクルホークスの面々がいた。

周くんはチームメイトから少し離れ、整備中のグラウンドを見つめていた。

宮瀬が「背番号」と声を上げ、周くんに駆け寄った。「補欠ですけど」と照れる彼の目は、満天の星のようにキラキラと輝いていた。

「よかったですね」

そんな言葉しか出てこない私に、周くんは「試合に出たら、今度こそ絶対に打ちますから」と力強く宣言した。そして「ユニフォーム着慣れてないから、緊張しちゃって」とおどけたように笑い、トイレに駆け出して行った。その様子を追いながら、彼のチームメイトの一団に目が留まる。数人が周くんを指さし、冷めた笑みを浮かべていた。

「おめえら、なに笑ってんだよ」

声をかけようか迷っている間に、杖をついた板垣が頭突きよろしく詰め寄る。

「いや、なんでもないです」と一人が言った。

「なかったことにはさせねえぞ」板垣の鋭い目つきに、「あいつ、出られないのに自慢してたから」とぼそぼそと答える。

「補欠だって、試合に出る可能性はあるんじゃないですか」私は尋ねた。

「お情けナンバーだから」少年はゴシップ記事を伝えるアナウンサーのような口調で言った。「親が観に来るからベンチに入れただけで。いわゆる、テイサイってやつです」

彼は「体裁」という言葉を、不自然に強調する。監督か誰かが言っているのを聞いたのかもしれない。

「っていうか、おじいさんたち、誰ですか」

「俺らは、全ホモ・サピエンスにエールを送る応援団。その名も——シャイニング！」

「応援団」

少年たちは、冷めた口調で繰り返した。

「あれだろ、『ガンバレって言うおまえがガンバレよ』ってやつ」

別の一人が、馬鹿にしたように言った。

「その芸人のネタ大っ嫌い」

珍しく宮瀬の目が笑っていない。

「まあ任せとけ。俺のエールでヒットを打たせてやんよ」

「応援なんかより、これ飲んだ方が打てると思いますけど」

ゴシップ少年が、持っていたペットボトルに口をつけた。

「なんだよそれ」

板垣がぬうっと顎をしゃくる。

「アスリートのために開発されたエナジードリンクですよ。効果があるって、エビデンスも出てるんですから」

そんなことも知らないのか、と彼は呆れた表情を浮かべる。

「おい、行くぞ」

監督の声がする。彼らは、「せいぜい陸上部の応援でもしててくださいよ」と言い残し、グラウンドに入っていった。

少年たちの指す「陸上部」が、練習中にバットを与えてもらえず、ひたすら走っていた周くんのことだと気づき、さらに気持ちが沈む。

「わたしたちも移動しましょうか」

希さんに促され、一塁側に設けられた観覧席に向かう。

階段状になった座席は、思っていたよりも多くの人で埋まっていた。選手の家族なのだろう。ミラクルホークスのチームカラーである、青色のメガホンを首から提げている。

希さんが親たちの輪に声をかけた。

「あのー、今日応援させてもらうことになってるんですけど」

「ああ、巣立湯さんの」

輪の中心にいた男性が答える。

「どこで応援したらいいですか？」

希さんが尋ねると、彼は「あそこでお願いします」と最前列の角を指した。

プレーする選手に最も近い特等席だ。

「ＶＩＰ待遇じゃねえか」

板垣が興奮気味に眉を上下させる。

「これ、よかったら。皆さんのために用意したんで」

彼は感じのいい笑みを浮かべ、手にしていたものを差し出した。

拡声器だった。

冷たい汗が脇の下をつたっていく。拡声器でもないと声が届かない、そう思われたのだろう。

「いや、大丈夫だ」

板垣が血の気が引いた顔で答える。男性は厚意が突き返されるとは思わなかったようで、途端に不機嫌な表情になった。「ではご自由に」と言ったきり、もうこちらを向こうともしない。

指示された最前列に移動し、荷物を置く。

「親切マフィアめ」板垣が仏頂面で観覧席を見上げた。「優しい面して銃を突きつけてきやがる。親切をありがたく受け取れとな」

彼らにしたら、純粋な気遣いなのだろう。でもだからこそ、私たちはその善意を受け入れられずにいる。

「俺をみくびったことを後悔させてやる」

板垣が真っ赤な顔で杖を握る。

「僕らが声を出せば、一瞬で皆を巻き込めるさ」

宮瀬が白い歯を見せる。

「そのために毎日がんばってきたんだもんな」

私は青ざめた指先でポロシャツの襟を立てる。真夏のグラウンドのもわっとした空気が、肌をかすめた。

肩を組み、円陣を作る。

「ラブ」

板垣の掛け声を合図に、全員で巣立の迷言の後を継ぐ。

「ニヤニヤ」

お手並み拝見とばかりに、太陽がギラついた光を放っていた。

初回。相手チームを三者凡退に仕留め、いよいよミラクルホークスの攻撃が始まる。先頭に立った板垣が、ここぞとばかりに声を上げた。

「勝利の三三七拍子!」

杖に全体重を預け、浮かせた右脚を地面に振り下ろす。弾《はじ》ける足音を口火に、私は両手を広げた。

「勝つぞ、勝つぞ、ミ、ラ、ク、ル、ホー、ク、ス」

一心不乱に拍手を打つ。たちまち大量の汗が噴き出した。ポロシャツはべったりと濡れ、まとわりつく暑さを振り払おうと、また両手を叩きつける。

「打つぞ、打つぞ、ミ、ラ、ク、ル、ホー、ク、ス」

選手がバットを構えるたび、高校時代に戻ったかのように、声を張った。

しかし容赦ない日差しが、体力を蒸発させていく。サウナの中にいるみたいで、うまく呼吸ができない。

依然としてミラクルホークスの攻撃が続く。けれど腕は鉛と化し、脚の痙攣も止まらない。朦朧とする中、顔を上げ、スコアボードに意識を向けた。

——まだ1アウト。

思わずため息が漏れる。

横を見やると、宮瀬の顔は皺くちゃに崩れ落ち、板垣の背中もしぼんでいる。玉手箱を開けてしまったかのように、皆が一気に老け込んで見えた。

次のバッターが初球を打ち上げる。「勝つぞ」と叫びながらも、打球が敵のグラブに収まるのを願う自分がいた。

「味方が打ち取られて『助かったー』と思っちゃうなんて、応援団失格だね」

悔しがるバッターから顔を逸らし、宮瀬がへたり込んだ。

空のペットボトルを見つめ、私は頷く。

「追加の水、買ってきますね」と希さんが駆け出す。

礼を言う声すら届かなかった。


2回表。守るミラクルホークスの選手たちの顔が一様にこわばる。四球2つにエラー1つで、2アウト満塁のピンチ。こんなはずじゃなかったという空気が、陽炎のようにグラウンドから立ち上っている。

「ドンマイッ！　ドンマイッ！」

身を乗り出して声をかけるが、選手たちの表情は硬いままだ。

「団長、こうなったら『ガンバレコール』で空気を変えよう」

宮瀬が板垣の十八番《おはこ》を口にする。高校時代、苦しい流れの時によくやっていた応援だ。

「いや、いつもの応援歌でいこう。いくぞっ」

「えっ、ちょっと待って」

宮瀬と私は顔を見合わせる。しかし板垣は、投球姿勢に入るピッチャーに視線を注いだまま、慌てたように応援歌の音頭を取った。が、唐突すぎる始まりに三人の息が合わない。焦るほどに呼吸は乱れ、板垣は一人で突っ走り、重なるはずの声がばらばらと崩れた。

変なリズムの応援歌が、グラウンドに流れる。

そんなちぐはぐな空気が選手にも伝染したのか、一塁手がゴロを捕球するも、ピッチャーのベースカバーが遅れる。焦ったキャッチャーが、すでにランナーが滑り込んでいる二塁への送球を指示してしまう。ありえない連携ミスで、ノーヒットなのに先制点を奪われた。

やり慣れた応援歌だったのに。

あれだけ練習してきたのに。

選手の力になれると信じていたのに。

空気を変えるどころか、逆に呑まれて彼らの足を引っ張るなんて……応援団失格だ。

「次はちゃんとやるから。俺に任せとけ」

杖を持つ板垣の手が震えていた。

私も「ああ」と慰めにもならない返事をするので、精一杯だった。

4回裏。張り上げた声援への手応えもなく、いつしか球場にいる誰もが、シャイニングのことなど気にも留めなくなっていた。まるで空気にでもなってしまったかのように。

「拡声器、借りておけばよかったかな」

宮瀬が笑みを作ろうとするが、硬直した頬がそれを拒む。

「こちとら透明人間じゃねえぞ」

板垣が観覧席を振り返り、怒声を発するも、やはり反応はない。

バッターボックスに健斗くんが立つと、一気に観覧席が沸いた。しかしすぐに失望へと変わる。キャッチャーがミットを大きく外側に構えた。敬遠策だ。

「かっ飛ばせー、健斗っ」

自分たちの絞り出した声が虚しく響く。

「私たちの応援は、もう必要ないんじゃないか」

絶望的な状況に、本音がこぼれる。

「敬遠じゃあ、さすがにかっ飛ばすのは無理だ」

「おい、俺らは応援団だぞ。前を向く選手に、後ろ向きな言葉を吐いていいわけねえだろ」

板垣が真っ赤な顔で睨む。ただその声は苦しげだ。

「でもさ、本当にあきらめてないかも」

宮瀬が健斗くんの手元を指した。「バットのグリップを長く持ち変えてる」

「バッターボックスの内側ぎりぎりまで寄ってるぜ」

板垣の声に鋭さが戻る。

健斗くんの目は死んでいない。それどころか、虎視眈々《たんたん》と獲物を狙う視線は、ぞっとするほどに美しかった。

私は勘違いしていた。

天に与えられた時点で、才能が輝くわけではない。来る日も来る日もしつこく磨きつづけ、初めて輝きを放つ。天才もまた、泥臭く努力してきた人なのだ。

「応援、まだ必要かもしれないいな」

私は、喉元に拳を叩きつけた。むせるような痛みが走り、皮膚の裏側が濃厚な熱を持つ。「声はかれても、情熱はかれてなかった」と今度は口に出してみる。私は背中で両拳を合わせ、肩幅より一足だけ広く足を開いた。

「いっそシャイニングするまで、エンドレスでいいよ」

宮瀬がシャツの袖をまくる。

板垣が右手を天に掲げ、雄叫《おたけ》びを上げる。

「ミラクルホークスのおおお、勝利をねがってえええ、エールを送るううう」

呼応するように、私は咆哮《ほうこう》した。

「フレッフレッ。ミラクルホークス！　フレッフレッ。ミラクルホークス！」

絶対に声を届ける。ぶっ倒れるのを覚悟で絶叫した――はずだった。しかし次の瞬間、まわりから上がった「わあ」という歓声に、エールは呆気《あっけ》なくかき消された。健斗くんがバットを投げ出しながらも放った打球が、三塁線ぎりぎりに落ちたのだ。左翼手が捕球する間に、健斗くんは二塁を攻める。滑り込む脚とグラブが交錯し、砂埃《すなぼこり》が舞った。

判定は、アウト。

自分たちが絞り出した声援よりも、遥《はる》かに大きな親たちのため息に、呑み込まれていく。

巣立、やっぱり努力は裏切るじゃないか。

1点リードされたまま、とうとう6回裏を迎えた。小学生は6イニング制だから、これが最後の攻撃となる。

私は席から身を乗り出して、ベンチの様子を窺った。周くんの横顔が見える。彼は、試合の様子を他人事のように、ぼうっと眺めていた。あのバッターボックスに立ち、ボールを打ち返すために今日まで走りつづけてきた。

その夢が、潰《つい》えようとしている。

彼の目から輝きが失われていく。その瞳に、いつかの自分が重なった。

その時、聞き覚えのある声がした。

「引間さん……っすよね」

横の通路に立つ男性に、じっと目を凝らす。

「村下か？」

10年ぶりに会う犬顔の部下だった。

「なんでここに」

「それはこっちの台詞っすよ」村下はあの頃と変わらない口調で言った。「息子の試合を観に来たんですけど、最近残業続きで、つい寝坊しちゃって」

「一塁側ってことは、ミラクルホークスなのか？」

村下は決まりの悪そうな笑みを浮かべた。

「俺に似て野球は好きなんですが、これまた俺に似て、野球が下手なんです。ただ今日は初めて背番号をもらえたみたいで」

そう言って、ベンチの端を指さした。

「えっ？　周くんか」

「なんでうちの息子を知ってるんですか」

村下が目を丸くする。

「でも、苗字が……」

「5年前に離婚したんですよ。榎木は妻の旧姓でして」

「そうだったのか……」

「なに、責任感じてる、みたいな顔してんすか。俺の人生に、そこまで引間さんの影響力ないですから」

久しぶりに聞いた村下の軽口に、眉間の皺がほどけていく。

「っていうか、引間さんは何してるんすか」

「いや……」

私が逡巡《しゅんじゅん》していると、板垣が、おほん、と咳払《せきばら》いをして名乗りを上げた。

「俺らは、全ホモ・サピエンスにエールを送る応援団。その名も——シャイニング！」

応援団に対する、少年たちの冷めた反応が頭をよぎる。

しかし村下は「かっちょいいっすね」と興奮気味に言った。

「周のチームを応援しに来てくれたんすか」

「おうよ。っていうか、おまえが熱いオヤジか」

「熱いかどうかはわからないっすけど、熱い人に憧れてはいます」

村下がはにかみ、こちらにじっと視線を寄越《よこ》す。

「私は熱くないぞ」

「引間さんは青白い顔色のせいで、熱く見えないだけですよ」

「うちのブルーのこと、よくわかってるじゃねえか」

なぜか板垣が握手を求めだす。

「ブルーって、いいっすね」と板垣の手を握り返す村下に、私は「ほめ言葉らしいからな」と皮肉を返す。

「そういや」板垣が村下を見上げる。「周、オヤジとの約束を守ってるぞ。笑われても、歩いてでも、走れ」

「あいつまだそんなこと言ってるんですか」

村下が照れたように頭をかいた。そして、何かに気づく。

「それ、もとは引間さんのことですからね」

「なんだって？」

「天空の市民公園プロジェクトで、駅前ビルのオーナーから契約破棄の通知が来たじゃないですか。その時に引間さん、『私の不手際かもしれないので、謝罪してきます』って、デスクから猛然と走り出したんですよ。ただ、めちゃくちゃ遅くて。顔は必死なのに歩いてるようにしか見えないから、役所内の皆に笑われてました」

「しょうがないだろ。足が遅いんだから」

当時を思い出し、うなだれた。

「俺、こっそり跡をつけたんですけど、息切らしてるのにずっと走ってて。どれだけ遅くても、走るのやめないんすよ。その姿が、なんかかっこよかったんですよねー。引間さん、仕事でも絶えず奔走してましたから。だから俺の座右の銘は、笑われても、歩いてでも、走れ、です」

私は俯いたまま、「そうか」とだけ返す。

「そうだ、これ見てくださいよ」

村下は鞄から1枚のチラシを取り出した。

「来年の春に、駅前のロータリー広場を使ってお祭りをやるんです。目玉企画はなんと、屋上プラネタリウム。一日限りなんですけど、一応、駅前ビルの許可も取ったんで」

「目玉は応援団コンテストにしろよ」と板垣が口を挟む。

「需要がないだろうよ。せめてお笑いコンテストとかじゃないと」

「引間さん、それ、いいっすねー」

村下は笑いながら携帯にメモを取り始めた。

あらためてチラシを眺める。「村下が企画したのか?」

「そうです。引間さんの弔い合戦です」

「勝手に殺さないでくれ」

「今じゃ、『粘りの村下』って言われてますよ。あっ、裏がプラネタリウムの詳細です」

チラシを裏返し、息を止めた。

『夜空は、誰にでも平等に広がっている――』

12年前には使われることのなかった、あのキャッチコピーだった。

「ようやく、我が子に誇れる仕事ができそうです」

村下の言葉に導かれ、目の前に夜空が広がった。映し出された星たちが、プラネタリウムのようにゆっくりと一周し、始まりの位置に戻っていく。


私は天を仰いだ。

「巣立、年末調整、ぎりぎり間に合ったみたいだ」

もしかして、天国で神様の事務手続きを手伝ってくれたのか？

次の瞬間、勝手に足が動いていた。「引間さん？」という村下の声を背中で受け流し、ミラクルホークスのベンチへ一目散に駆け出した。

周くんの前に立つ。

他の選手が驚きで固まっている中、彼はきょとんとした顔でこちらを見上げた。あの夏のスタンドのような太陽光が、燦々《さんさん》と頭上に降り注ぐ。

吸った息を、ゆっくりと確かめるように言葉へ変えた。

「私たちの人生は、努力しても、うまくいかないことばかりです。何かに挑戦するたび、自分に失望して、がんばったことを後悔するでしょう」

プロジェクトに奔走した日々が、走馬灯のように巡る。

望んだ結果には、繋がらなかった。

ただあの苦しかった日々が、村下の情熱に火を灯《とも》し、周くんに受け継がれ、その姿を見て、私はもう一度、走り出すことができた。

12年前の努力が、一周して今の私に繋がり、背中を押してくれた。

「でも、努力は無駄ではなかった」

周くんが、私をじっと見つめ返した。

「今までの君のがんばりが、いつか必ず、その背中を押してくれるはずです」

私は背筋を伸ばし、「努力は無駄だと言ったこと、謝罪させてください。すみませんでした」と深々と頭を下げた。

すると、周くんの「うっ」という声が頭頂部に降ってきた。同時に、後方から興奮した宮瀬の声が飛んでくる。

「シャイニングしてる！」

意味がわからず、顔を上げた。周くんは眩しそうな顔で立ち上がり、「引間さんの頭に太陽が当たって、キラキラ光ったというか……」と告げる。私が頭を下げたことで、毛のない頭皮に太陽光が反射し、彼の顔面に直撃したらしい。

「すげえぞ。シャイニングエール改め──謝罪《しやざい》ニングエールだ」

板垣が恍惚《こうこつ》の表情で、ダジャレを口にする。宮瀬も「こんな風に相手を輝かせることができるなんて」と満面の笑みを寄越す。

そのやり取りを聞いていた周くんから、ふふっと声が漏れた。「おかげで、元気が出てきました」と吹っ切れたように笑う彼の目には、満天の星の輝きが戻っていた。

「この頭が役に立ったのなら……」

私は薄くなった頭をかいた。

その時、ベンチから一人の選手が立ち上がった。

「監督。次オレに打順が回ってきたら、代わりに周を出してもらえませんか」

健斗くんだった。

監督は「バカ言うな」と呆気に取られながら答える。

「誰よりもがんばってきた周が、一度も打席に立てないまま終わるのは、なんか嫌なんですよ。オレがきつい練習をがんばれたのは、あきらめないこいつに負けたくなかったからなんで」

健斗くんの言葉に、あの日の練習がよみがえる。バッティング練習も、ダッシュ50本も、周くんが健斗くんのようになりたくて、彼のそばでやっているのだと思っていた。でも意識していたのは健斗くんの方だった。「一番のライバルはチームメイト」というインタビュー記事が頭をよぎる。

「周。オレは今から腹が痛くなる予定だから、おまえが代打な」

健斗くんがバットを差し出す。予告ホームランならぬ予告腹痛。周くんはしっかりと健斗くんを見つめ返し、こくりと頷きバットを受け取った。

「おまえら、ふざけるなよ」

怒鳴る監督に対し、「お願いします」と健斗くんが頭を下げた。監督は、「どうなっても知らないぞ」と被っていたキャップを放り捨てた。

「いったい何をやってるんですか」

騒ぎを聞きつけた運営スタッフが駆け寄ってきた。部外者は出て行ってください、と腕を摑まれ引きずられる。その手を必死に振り払い、周くんに向かい声をかけた。

「私も約束します。笑われても、歩いてでも、走る」

周くんは小さく頷き、キャップを深く被り直した。

さらに数人のスタッフが駆けつけ、私たちはグラウンドの外に押し出される。

人生初の退場処分。

だが、悪い気はしなかった。


「わっ、やったあ！」

グラウンドのフェンス越しに希さんが声を上げた。

2アウトと追い込まれたミラクルホークスの選手が、右中間を破る大きな当たりを打った。同点のランナーがホームに還り、打った選手は三塁へ。一打出れば逆転勝利。そして、周くんがバッターボックスに向かう。

彼はボックスの前で立ち止まり、一礼した後、ゆっくりと足を踏み入れた。ずっと立ちたかった場所。この一打席のために、どれだけの汗をグラウンドで流し、トンボで均してきたのだろうか。「今度こそ絶対に打ちますから」という試合前の言葉を思い出す。

初球、2球目。ため息が球場を包む。しかし周くんは落ち着いた表情で、再びバットを構える。相手投手がセットポジションから振りかぶり、右腕を大きくしならせた。指先から放たれたボールは、一直線にキャッチャーミットへ向かう。ボールのスピードに合わせるように、周くんの左足がタイミングよく地面を蹴り上げた。肘を小さく折りたたみ、腰を素早く回転させ、叩きつけるようにバットを振った。

そのバットが、見事にボールを捉える——ことなく、空を切った。

望んだ結果には繋がらなかった。

残念ながら願いは叶《かな》わなかった。

映画のような奇跡は起きなかった。

——バットにボールが当たらないのに、逆転なんて無理に決まってる。

こんな時に限って、私の予想は当たってしまうのか。

あきらめろ。

期待などするな。

身の程をわきまえろ。

その声に、あの日と同じ絨毯の灰色が広がる。

私は観念し深いため息をつく――代わりに大きく息を吸い、「灰色退場！」と叫んだ。そして、真っ青な空に、名乗りを上げる。

「私はブルー。情熱の炎は熱いほど青くなる」


もう何があったとしても、必死に走ることを、やめはしない。

もう何があったとしても、がんばったことを、恥じたりしない。

私だけが約束を破るわけにはいかないから。


その時、目の前がチカチカと光った。

白内障のせいだろうか。瞬《まばた》きをして、もう一度目を凝らす。

いや、違う。

キャッチャーミットからこぼれ落ちようとするボールが、ひときわ輝きを放って見えた。

導かれるように、息を吸う。

身体中の熱を喉に集め、一気に放出した。


「周、いっけえ！」


私の予想はやっ、ぱり、当たらない。

試合はまだ終わっていなかった。

ボールがキャッチャーの後ろを転がりはじめる。

周くんは、一塁へ走り出す。キャッチャーに、ピッチャーが「後ろ」と指示する。その間に三塁ランナーが、ホームベースを駆け抜けた。これで一塁がセーフなら逆転だ。

キャッチャーが捕まえたボールを一塁に投げる。

周くんは腕を振り乱し、足をもつれさせながらも、懸命に地面を蹴る。息は上がり、口は曲がり、白い顔を真っ赤にして進む。一塁ベースまであと数メートル、際どいタイミングだ。

けれど、私は信じていた。

笑われても走ってきた日々が、歩いてでも走ってきた日々が、報われないわけがないだろ。

走れ。

走れ。

走れ。

フェンスに顔をめり込ませ、彼の背中に向かい、叫びつづけた。

第二話

シャイニングメモリーズ

宮瀬《みやせ》実《みのる》の恋は実らなかった

僕の記憶の引き出しには、取手がない。

どれだけ願っても、望んだ思い出は取り出せない。

ただ意思とは別に、引き出しが開くことはある。

たいていはこんな風に、思い出したくもない記憶だけれど——。


「嬉《うれ》しい」

半分にちぎられたシュークリームを受け取り、悠子《ゆうこ》がほほえんだ。夜の公園で、彼女にだけ月明かりが差したような、美しい横顔だった。

だから余計に悲しかった。それが本心ではないことぐらい、僕にもわかったから。初めての結婚記念日に、近所の公園のベンチで、たった1つのシュークリームを分け合う惨めな状況が、嬉しいわけがない。

「気を遣わないでよ」

苛立《いらだ》った僕の声に、悠子は薄く息を吐き、眉尻を下げる。

否定しないんだ——。当てつけるように、シュークリームを乱暴に頬張る。

なんの味もしなかった。

「必ず、キミを幸せにするから」

ちゃんと目を見られなかったのは、それが本心だったから。美容室を軌道に乗せて、来年こそは豪華に祝おう。そう心に決め、彼女の手を握った。

「わたしは……」

悠子は言葉を呑《の》み込み、代わりに手を握り返してくる。胸にしまい込んだ想《おも》いを指先に託すかのように、強く。

手を離した後も、彼女のやわらかな皮膚の感触が、しばらく残っていた。

あの時、彼女が何を言いかけたのか、離婚して25年たった今でもわからない。わかっているのは、「幸せにする」という僕の言葉が嘘《うそ》になったことだけ。

「時間はあっという間に過ぎるっつうけど、ありゃ嘘だな」タオル一丁で湯気を放つ板垣勇美《いたがきいさみ》が、脱衣場のカレンダーにガンを飛ばす。「あっという間もなく、過ぎちまう」

「明日で10月も終わりか」

先日新調したという、真っ青な「顔色ジャージ」に袖を通した引間広志《ひきまひろし》がぼやく。

「時の流れの速さは、シニアモーターカー並みだね」

僕はドライヤーのスイッチを切り、会話に加わった。

「リニア、だな。シニアモーターカーだと、『全席シルバーシートの夢の超特急』になってしまうぞ」

鏡越しに引間を見つめ、「相変わらず優しいね」と返す。老いたビーグル犬のような顔が、きょとんとする。愛の反対が無関心なら、相手の言動を片っぽしから拾う引間の合いの手は、さしずめ愛の手だ。

「周《あまね》の試合以降、活動休止状態だからな。ギア入れてかねえと」

真っ赤な「マグマアロハ」を羽織った板垣が苛立った声を出した。

「毎日練習して、巣立《すだち》湯で汗を流してるじゃん」

「こんなぬるい日々が、団の活動に入るかよ。誰かを応援してこその応援団だろうが」

「とにかく、巣立が応援したかった相手を見つけないとな」

引間がミックスジュースを片手に、団室の定位置に腰かける。僕は向かいにコーヒー牛乳を置き、「推理してみたんだけどさ」と最近ハマっている探偵映画の主人公のように、バッグからメモ帳とペンを取り出した。

「僕らが知っていて、かつ巣立の大切な人って言ったら、陽子《ようこ》先輩じゃないかな？　先立った妻に、言いそびれたことがあったんだよ」

「天国にいる者同士、自分で応援するだろうよ」

「面と向かって言うのは恥ずかしいとか」

「陽子先輩の卒業式で、送辞に立候補したと思ったら、原稿を無視して『一生、あなたを笑顔にする』とプロポーズをした、あの巣立がか？」

引間が腕を組み、考え込む。

「それに陽子先輩を応援するにしても、『相手を笑顔にしたかったら、まずは自分が笑えよ。ほら、眉間に皺《しわ》寄ってんぞ』とあしらわれるのがオチだ」

あの日、元女番長はそう言って、巣立の求婚を一蹴した。結局は数年後、「オレは陽子さんを好きな自分が好きだ」という迷プロポーズによって二人は結ばれたのだから、人生は美しい。

「謎は深まるばかりかあ」

メモに書いた先輩の名前を二重線で消す。

「ただ遺書に託すくらいだ。大切な人であるのは間違いないと思うけどな」

そう言った引間も思い当たる人はいないようで、黙り込んでしまう。

遺書の謎を考えるほど、巣立のことを少しもわかっていなかったのだと痛感する。彼が何を考え、どんな気持ちで人生を歩んでいたのか。誰に想いを伝えられず、悔いたまま死んでいったのか。会おうとさえ思えば、もっと話すことができたのに。変わらずに愛し合う巣立と陽子先輩を見ていると、別れた自分が惨めに思えて、仕事が忙しいと言って、便りにも返事をしなかった。

愛の反対が無関心なら、僕は——。

その時、番台の希《のぞみ》ちゃんが、「あのー」と何かを言いかける。返事をしようとすると、手元のメモ帳がひょいとつまみ上げられた。

「これって、なに書いてんだ?」

いつの間にか横に座っていた板垣が、パラパラとめくる。

「人様に見せるために書いてないから」

取り返したメモ帳を、両手で抱きかかえた。

「忘れたくないシーンが詰まってる、大切なメモなんだ」

物忘れが目立ち始めた去年あたりから、心に留まった出来事を記すようになった。分厚いメモ帳も、そろそろ書き終わる。

「今の自分が、何にウキウキして、何にオロオロして、何にドキドキしたか。

手がかりを残しておきたくてね」僕はなるべく深刻に響かないように、明るい声を出す。「忘れちゃうことは選べないけど、覚えていたいことは選べるから」

「謝罪《しやざい》ニングエールって、でっかく書いてあったぞ」

板垣の告げ口に、引間が「それは、忘れていい」と顔を赤くする。

「忘れるもんか。どんな声援よりも、引間の謝罪が周くんを勇気づけたんだから。本当に伝えたいことは、ウィスパーボイスでも伝わるんだよ」

あの時、顔を真っ青にして頭を下げる引間が、僕にはかっこよく見えた。

メモに目を通す。いくつもの、雑多な、それでいて大切な走り書き。板垣は誰かを応援してこその応援団と言っていたけれど、僕は普段の団室の空気が味わえるだけで、十分だった。ただ、この愛しい日々でさえ、僕は忘れてしまうのだけれど。

「次の応援はどうしようかね」

話を向けると板垣は、「遺書の謎が解けるまでは片っぱしからホモ・サピエンスを応援するしかねえだろ。だからよ――」とアロハの襟を立てた。

「呼ばれてねえのに、教え子の同窓会に顔出して、シャイニングの宣伝をしてきたぜ。応援が必要な奴《やつ》は、巣立湯に俺を訪ねて来いってな」

「そんなざっくりとした誘いで来るわけないだろうよ」

「宣伝してきてやったんだから、ほめろよ」

「ほめられるべき人は、自分からほめろよなんて言わない」

引間がぴしゃりと制す。

「本当にやる気がある人は、やる気ありますって言わないのと同じだね」

美容室のスタッフ採用でも、やる気をアピールする子ほど、すぐ辞める。

「自称はたいてい、詐称なのさ」

その時、「板垣先生」と声がした。見ると、男湯の暖簾《のれん》の脇に、紺色のパーカーを着た20代後半くらいの男が、浮かない顔で立っていた。塩顔なら、出汁《だし》顔とでも言いたくなる、あっさりとした顔立ち。直毛でやわらかい髪は、耳が出るくらいに切り揃《そろ》えられている。ただ、右後頭部から、寝癖がぴょこんと飛び出していた。あー、めっちゃ直してあげたい。初対面で僕の美容師魂と母性本能を同時にくすぐってくるとは、只者《ただもの》ではなさそうだ。

「出席番号38番、山田良太《やまだりようた》じゃねえか」と板垣が手招きをする。

その声に、彼はえらくほっとした様子で、板垣が差し出した椅子に座った。

「応援の話？」

僕が尋ねると、山田くんの顔がまた沈む。

「板垣先生しか頼れる人が思い浮かばなくて」

「だろうな」と板垣が勝ち誇った顔を僕らに向ける。

「で、何を応援してほしいんだ？」

山田くんは、口ごもる。少し間を置き、切り出した。

「実は離婚の危機かもしれなくて」

「離婚」

僕は声を上げた。

山田くんが携帯の画面を見せる。「今日の夕方、出張中の妻からこんなメッセージが……」

明日、夜には帰れるよ！

そういえば、明日は10月31日だね。

去年の10月31日のこと覚えてる？

もし忘れてたら罰として・・・

「罰として・・・、ってなに？」と僕は尋ねた。

「3文字ですから、たぶん『りこん』です」

山田くんは携帯の画面を恨めしそうに見つめた。

「点が3つなのは、たまたまじゃないんですか」

引間が真っ当な指摘をする。

「でも、たぶんそんな気がするんですよ。こないだも、妻が日記帳に何かを隠してましして。思えば、離婚届っぽかったような。たぶんですけど」

「山田さんは、発言がふわっとしてますね」と引間が苦笑する。

「妻にもよく言われます。『良太はたぶんが多分だ』って」

「奥さん、いいセンスしてるね」

僕は指をパチンと弾《はじ》いた。

「罰で3文字なら、『冷やし』じゃねえか」板垣が真顔で口を挟む。「冷やしうどん、冷やし茶漬け、ヒヤシンス。冷やしがついただけで、俺には罰ゲームに早変わりだぞ」

「はあ？」引間が語尾を盛大に巻き上げる。「ヒヤシンスは、『冷やしンス』なわけじゃないぞ。それに正確に書くなら、ヒアシンスだからな」

僕はすかさず、「冷やしンス」とメモに書き込む。

「熱くたぎる4文字だったら、団長が正解できたのにね」

高校時代、彼の学ランの背中に刺繍《ししゅう》してあった、エールの言葉だ。けれど、板垣は黙り込んでしまう。嬉々《きき》として答えるかと思ったのに……。

「どうかした？」

「あ、いや、新しいエールが他にねえかなと思ってよ。ずっと同じ言葉じゃ飽きるだろ」

「『生涯、ガンバレと心中する』と言ってたのはどこの団長だ」

引間のツッコミに、板垣は早口で「この話はいい」と話題を戻す。

「山田、記念日とかだろ――って、10月31日はハロウィンじゃねえか」

「板垣がハロウィンを意識してるなんて、意外だね」

「かぼちゃは夏野菜にしちゃ珍しく、体を温めるからな。おっ、熱くたぎる4文字は『ハロウィン』でどうだ？」

「5文字だし、エールとしても、お化けの背中ぐらいしか押せないだろうよ」

引間の指摘に、山田くんがくっくっくと肩を震わせる。笑いの波が引いたところで、バッグから「これ、去年のなんですけど」と茶色の手帳を取り出した。

「この赤丸は？」

カレンダーのページの所々に、シールが貼ってあった。

「記念日です。『夫婦円満の秘訣《ひけつ》は記念日を大切にすること』って雑誌とかにも書いてあるじゃないですか。だから誕生日や結婚記念日は、忘れずに祝っててるんですよ」

得意になって山田くんは言う。雑誌の恋愛マニュアルを見ながら、せっせと手帳にシールを貼る姿を想像した。きっと素直な人なんだ。

「ただ……」

10月31日（土）は、空欄だった。

「なのに奥さんにとっては、特別な日なわけね」僕は人差し指でこめかみを2回叩《たた》いた。「なんか、探偵になった気分」

映画のような展開に、胸が躍る。しかも離婚危機となれば、経験者である僕の出番だ。

「記念日を忘れたくらいで、離婚はないのでは」

引間が軽い口調で言った。

「いや、ありえるよ。愛が冷める理由は、永遠のミステリーだからね」

僕だって何がいけなかったのか、答えは見つかっていない。

山田くんは「やっぱりですかー」と頭を抱え、テーブルに突っ伏した。

「だったらなおさら、立ち入る話じゃないだろうよ。私たちのせいで離婚なんてことになったら、責任が取れない」

「引間、応援団が臆病風を吹かせてどうすんだ」

板垣が立ち上がり、曲がった腰をひと叩きする。

「よし、山田の離婚を食い止めてやる」

「そんなことできるのか」

「俺に任せとけ」

板垣が瞳をかっと見開き、吠《ほ》えた。一瞬、足が震えたように見えたけれど、窓から秋の夜風が吹き込んだせいだろう。

「さすが団長。相変わらず頼りになるね」

「板垣が死ぬとすれば、死因は楽観死だろうよ」

首をすくめた引間の横で、メモ帳に「板垣の死因は楽観死」と記した。

「山田、あらためて自己紹介」

板垣が教師時代に戻ったように場を仕切る。

「山田良太、29歳です。ビルの空調管理の仕事をしてます。妻の香奈《かな》は同い年で、結婚して3年目になります」

「はい、質問のある奴」

板垣の声に、僕は真っ先に手を挙げた。

「宮瀬実《みやせみのる》、70歳。趣味は映画鑑賞です。山田くんへの質問、嫌いな映画は？」

「普通は、好きな方を聞くだろうよ」

引間が正論を差し込む。けれど山田くんは、真剣に考え込んだ後、有名なアクション映画を口にした。

「えっ、僕もだよ！」

まさかの一致に、嬉しくてハイタッチを求める。彼とは気が合うらしい。

「あのー、私からも質問」

番台で手を挙げた希ちゃんが、「馴《な》れ初《そ》めは？」と尋ねた。まんまるな目が輝いている。

「えーとですね」山田くんは手の指をもじもじと動かした。「ぼく、フリーターだった時に、駅前でティッシュ配りをやってまして、香奈は常連さんというか……」

「常連？　ティッシュと一緒に小料理でもふるまっていたんですか」

引間の小粋な返しを僕はメモに書き留める。ただ、山田くんはそのエスプリに気づかず、マイペースに話を続けていく。

「ティッシュ配りの何がしんどいって、無視されることなんです。断られたり、避けられたりするのはまだマシで。視界に入っているはずなのに素通りされつづけると、心が死にます」

板垣と引間の顔が苦々しく歪《ゆが》む。透明人間にされてしまうしんどさは、ミラクルホークスを応援した時の観覧席で、嫌というほど感じた。

「学生時代から、クラスでも空気みたいな扱いだったんで、慣れてはいたんですけどね。こないだの同窓会でも、皆がぼくのことを親しげに『おまえ』って呼ぶんですよ。ただ後から気づいたんですけど、名前を忘れられてただけでした。ありきたりな苗字ですしね」

山田くんは、自嘲するように口の端を上げた。

「だからあの日、『ちょうど欲しかったんです。花粉症なんで』って香奈に声かけられた時は、思わず、『ぼくが見えるんですか』って話しかけましたもん。そしたら彼女、『嘘っ。見えちゃいけない系の方ですか?』って幽霊か何かだと勘違いして」

口の端が、今度は自然に上がる。その表情に昔の記憶が重なった。僕は知っている。好きな人を想《おも》う時の顔だ。

「それからも、香奈に何度かティッシュを渡す機会があって。常連みたいな感じで話すようになって、いつの間にか付き合うことになり、3年後に結婚しました」

「途中から、ずいぶん端折《はしょ》ったね」

僕はメモを取りながら言った。

山田くんは顎《あご》を指でなぞりながら思案するものの、「他にたいしたエピソードが……」と申し訳なさそうに答える。

「結婚の決め手はなんだったんですか？」

希ちゃんが芸能リポーターばりに迫る。

対する山田くんは、「特にないんですよね」と即答した。たぶんが多分な山田くんが初めて断言したので、僕は思わず顔を上げた。ただ彼の表情は変わらず、ぽやんとしたままだ。その様子がおかしくて、「結婚の決め手は、特にない……」とペンを走らせた。

「こんな答え、覚えておく価値ねえだろ」

板垣が杖《つえ》でメモを指した。

「そんなこと言ったら、ここに書いてあることはすべて、覚えておくに値しないよ」

メモ帳を持ち上げ、ひらひらと振ってみせる。どのページも、ありきたりな日常の一コマだ。板垣から見たら「価値」なんてないだろう。

「自分のために、メモしてるだけだから……」と笑みを返す。

隣の引間は眉根を下げたまま、「特にない、ってことはないんじゃないですか」と話題を戻した。

山田くんはぼんやりと視線を彷徨《さまよ》わせる。でも途中で、あきらめたように目を閉じた。どんよりとした沈黙が降りる。結婚した理由を「特にない」と言ってしまう夫だから、愛想を尽かされたのではないだろうか。

「なんか手がかりねえのかよ」

板垣が杖でテーブルを叩いた。

「日記があるには、あるんですけど」

山田くんは去年の手帳をめくり、10月31日の日記欄を開いた。一日に1ページが割り当てられた、たっぷり書けるタイプだ。なのに、最初の一行しか書かれていない。

「映画館、カレー屋、古本屋、井の頭公園。なんだよこれ？」

「たぶん、デートコースです。香奈が好きで、吉祥寺にはよく行くんですよ」

「ずいぶん、その、簡単な日記ですね」

引間がやんわりと伝える。日記というより、雑なメモだ。

「結婚する時に、お互い日記をつけようって香奈に約束させられたんですけど」と山田くんが苦笑する。「わざわざ書き残したいほどのことなんて、そう起きないじゃないですか。だから、だんだん書くのがめんどくさくなっちゃって」

山田くんがパラパラとページをめくる。日付が進むにつれて文字が減り、後半はほとんど白紙だ。「最近は仕事も忙しいですし。正直、それどころじゃないっていうか……」とうんざりした顔で日記を閉じた。

「メモから何か思い出せそうですか？」引間が尋ねる。

「いつものデートコースですからねえ」と山田くんはうなだれる。

「しっかりしろ。おまえが思い出してやんなきゃ、何もなかったことになっちまうんだぞ」

記憶の引き出しの奥底にしまわれてしまう僕の毎日は、全部なかったことになるのだろうか。口の中に広がっていく苦味を、コーヒー牛乳で流し込む。

「いっそ、10月31日に戻れたらいいいんだけどね」

僕のつぶやきに、板垣の太い眉がぴくりと反応した。

「それだっ。過去に戻ればいいじゃねえか」

板垣の発言に、引間は眉をひそめ、僕の胸は高鳴った。

「同じデートコースをたどって、この日を再現しちまおうぜ。そこまでやりゃ、記憶もよみがえるだろ」

板垣は杖を手に立ち上がり、右拳を突き上げた。

「全ホモ・サピエンスの謎を解く探偵団。その名も――シャイニング！　タイムをトラベリングして、山田のシャイニングメモリーをカムバックさせるぞ」

「ウィ！」

山田くんの手を取って、一緒に拳を掲げる。引間だけが腰を落としたまま、

「謎を解く探偵団って、応援の要素ゼロじゃないか。ちなみに、後半は横文字を言いたいだけと推理する」と几帳面《きちょうめん》にすべてを拾い上げる。もちろん僕は、それらを素早くメモにしたためた。

明日に備え解散となった後も、一人で団室に残った。他の客も帰り、貸し切り状態だ。テーブルにメモ帳を開く。今日の出来事たちが散り散りに広がる。

「見ていいですか？」

希ちゃんが細い首を伸ばし、覗《のぞ》き込んでくる。

「たいしたことは書いてないけど」

メモ帳に苦笑いを添えて渡した。

彼女はゆっくりとページを遡《さかのぼ》っていく。「細かいことまで書いてあるんですね」という声に揶揄《やゆ》する響きはなかった。

「いざ読み返すと意味不明で、記憶の手がかりにもならないけどね」

「これも？」

そこには大きく躍動する文字で、こう記されていた。

——下り坂の人生ほど、くだらないことを。

「誰の言葉だったかな。丸で囲んで目立たせようとしてるくらいだから、よっぽど心が躍ったんだと思うけど」

「くだらなくて、いい言葉ですね」

希ちゃんがにっと白い歯を見せる。

「くだらなくて、元気が出るよ」

僕は肩を揺らし、頷《うなず》いた。

「これは？」

希ちゃんが手を止めた。表紙の裏側に、古い写真が挟んである。

「ああそれ……僕と別れた奥さん」

どこかの路地で、肩を寄せ合い笑う二人が写っていた。なぜこんな殺風景な場所で撮ったんだと、あの頃の自分を問いただしたい。僕が手を伸ばしてシャッターを切ったから、若干ぶれてるし。

「もっとメモリアルな写真もあったのにね。他のは彼女が捨てちゃったんだと思う。１枚だけ残っててさ。まさかこれがお気に入りなわけもないだろうに」

ただ写真の中の僕らはとても幸せそうで、時々、無性に見返したくなった。

「どんな人だったんですか？」

希ちゃんが写真を手に取る。

「強い人だったよ。初対面で、『わたし、強いですから』って言ってたくらいだもん」

「でも本当に強かったら、そうは言わないんじゃゃ……」

希ちゃんが僕の口調を真似して「自称はたいてい、詐称なのさ」と言った。

「ああ」

納得とも後悔ともつかない声がこぼれ落ちる。

「馴れ初めは？」

まんまるな目が、今度は僕に注がれる。恥ずかしくなって、指をもじもじと動かした。

「彼女は、僕の美容室のお客様第一号だったんだ」

当時、僕はまだ30代半ば。カットコンテストでの優勝を機に、師匠から独立した。西荻窪《にしおぎくぼ》の、元はラーメン屋だった8坪ほどの店舗を改修し、美容室をオープンさせた。腕には自信があった。誤算は、前の店からのお客様が一人も来てくれなかったことだ。後から知った話では、前の店の師匠が僕の悪い噂《うわさ》を流していたらしい。狭い店舗なのに、自分しかいない店内は、とても広く感じられた。夜になり、ドアの看板を「CLOSE」にするたび、未来もろとも閉ざされてしまうようだった。

そこで僕は、髪が無理ならと、紙を切った。つまりはお手製のチラシをこしらえ、店の前で配りはじめた。反応は散々だった。「パン屋だったらよかったのに」とため息をつかれ、「この半額だったら行くけどねえ」と露骨に値引きを求められた。せっかく作ったチラシが、手渡したそばから捨てられ、ゴミとなる。靴底の跡がついたチラシを拾い集め、朝っぱらから途方に暮れていた。

その日も、開店の準備を終えると路上に立った。向こうから、小柄な女性が走ってくる。20代後半くらいだろうか。化粧っ気のない顔で、白いブラウスにベージュのロングコートを羽織り、紺のタイトスカートというシンプルな格好。肩下まである黒髪が風を受けて、バサバサと揺れていた。

ダメで元々と思い、チラシを差し出してみる。彼女はびっくりした様子で僕を一瞥《いちべつ》した後、「急いでるんで、あとで」と言い残し、走り去ってしまった。

どうせ受け取らないのなら、「あとで」なんて言い訳はいらないのに——。

八つ当たりも甚だしいけれど、当時はそれくらいくさっていた。

日も暮れて、今からお客さんが来ることはないだろうと、閉店作業をする。作業と言っても、どこも汚れていないし、片付ける道具もない。なんとなくパーマ液の配置を整えて、外に出た。

看板をひっくり返し、人知れずため息をつく。すると背後で、「あの」と声がした。振り返ると、女性が立っていた。黒目がちで目尻が少したれた目元に、見覚えはあった。

「あります?」

彼女は両手の人差し指で四角形を描いてみせた。「おべんとう箱?」と思いつきで返す。

彼女は吹き出すようにして笑い、「チラシです」と答えた。朝の記憶がよみがえる。「急いでるんで、あとで」と言った彼女だ。

「ずいぶん遅くなっちゃいましたけど」

「ずいぶんって言うほど遅くないから」

時間に厳しい性格なのだろうか。僕は驚きを悟られないように、チラシを手渡す。彼女は両手で受け取り、その場で読みはじめた。

「戻って来てくれてありがとう」

「約束しちゃいましたからね」彼女はおどけた声で言った。「お兄さんが誰にも相手にされなくて、マッチ売りの少女みたいに凍えてると思ったら、どうも落ち着かなくて」

「その時は、チラシ燃やして暖を取るから大丈夫」

僕につられるように、彼女も笑う。

「しかもキミが戻って来てくれたから、心まで温かい」

「キザですね」

「ノーン。紳士なだけさ」

「本当の紳士は、自分を『紳士だ』なんて言わないと思いますけど」

今度は僕がつられて笑う。

彼女が再度チラシに視線を落とす。1つ頷き、顔を上げ、「切ってください」

と言った。

「今から？」

「だめですか？」

「いや、全然オッケー」

僕は後ろ手で、そっと看板を戻した。

彼女を店に招き入れる。これだけは譲れないと奮発した、特注の鏡の前に案内した。

「あらためまして美容師の宮瀬です。で、今日はどんな感じにしましょうか。

えーと」

「柴崎《しばさき》悠子です」

「悠子ちゃんね。気になるヘアスタイルとかある？」

「なんでもいいです。宮瀬さんに切ってもらえるなら」彼女はきっぱりと言った。「昔から髪型とか興味なくて」

「それ、美容室で言わない方がいいですよ」

思わず笑う。

「あっ、ごめんなさい」彼女の頬が赤くなる。「宮瀬さんと話していると、気がゆるむっていうか、つい本音が」

「本音なんだ」

「そっ、そういう意味ではなくて」

彼女のリアクションはずっと見ていられる。

「じゃあ、お任せってことでいいですか」

僕と目が合い、彼女はほっとした様子で頷いた。

髪に櫛を入れ、おやっと思った。なんの抵抗もなく櫛が通り抜けていく。

「髪、綺麗《きれい》だね」

「またまた」

「ほんとだよ。毎日ブラッシングしてるでしょ」

「子供の頃に母がやってくれてたのを、続けてるだけですけど」

仕事柄、髪の毛のケアについてアドバイスを求められたりもする。そのたびに「日々のブラッシングに勝るケアはない」と伝える。でも、たいていは続かない。地味な努力を続けるのは、誰だって難しい。

「大切にされてきた髪を切らせてもらえるのは、美容師冥利に尽きるよ」

「そういうものなんですかね」

自分の髪に鋏《はさみ》が入れられていくのを、彼女は不思議そうに見つめていた。

「仕事は何をやってるの？」

「小さなメーカーで経理をやってます」

「今日はいいことでもあった？」

「えっ？」

「ずっとにこにこしてるから」

店の前で話しかけられた時から、彼女は機嫌が良さそうだった。

「ぜんっぜん。嫌なことだらけでしたよ」

わざと口を尖《とが》らせてみるものの、やはり鏡に映る彼女の表情は、明るい。

「嫌なことって？」

「営業の人たちから、『会社の売り上げを作っているのは、俺たちなんだ。総務部は黙ってろ』と言われまして。間接部門だってバカにしてるんです」

「カンセツは大事なのにね。指だって関節がなきゃ曲がらないもの」

人差し指をリズム良く曲げ、鋏をスライドさせた。鋏で撫《な》でた部分から、ぱらぱらと髪が落ちる。

「でもさ、そんなことがあって、よく平気な顔をしてられるね」

「社会貢献なんで」

「社会貢献？」

「街中で不機嫌な人を見ると、こっちまで気分が悪くなるじゃないですか。あれすごい嫌なんですよ。しかもイライラって、うつるでしょ。だからせめて、わたしはにこにこして、不機嫌が蔓延《まんえん》するのを塞《せ》き止めてるんです」

不機嫌という濁流を前に、彼女がたった一人、笑顔で通せんぼしている。そんなイメージが浮かんだ。

「人は見かけによらないね」

ほんわかした見た目とは裏腹に、肝が据わっている。

「わたし、強いですから」

彼女は得意げに口角を上げた。

鋏を置き、ケープをそっと外す。

「お客様、いかがでしょうか」

彼女は鏡に映る自分を見て、瞬《まばた》きを、2つした。

「宮瀬さん、すごい」

「すごいのは、悠子ちゃん。この美しさは、キミの中にあったんだから。僕は余分なものを切り落としただけさ」

僕の視線を受け止めた彼女は、瞳を一段と輝かせた。

「わたしが尊敬する映画監督も、同じこと言ってました。『美しい映画を撮るなんて簡単だ。美しくないシーンを、全部カットすればいい』って」

「おっ、美しいってことは認めるんだね。主演女優の素質あるんじゃない？」

僕が肩を叩くと、彼女は照れながらも「過度の謙遜は、むしろ自慢だと思ってるんで」と真面目に答えた。

「実は、この美容室の前を通るたびに、ずっと気になってたんですよ」

「主演男優の僕に一目惚《ぼ》れ？」

「違います」彼女は頬を膨らませた。「宮瀬さん、チラシをもらってくれなかった人にまで、頭を下げてたでしょ。こないだも、おばさんが『ラーメン屋のままがよかったわ』って嫌味を言ってるのに、『麺じゃなくて髪を縮れさせることはできるんで、またお願いします』って笑顔でお辞儀してました」

彼女はむふむふと笑った。

「この人、わたしと似てるかもって思ったんです」

「社会貢献だ」

「だから応援したいなって。でもわたしおしゃれじゃないし、ヘアスタイルとかよくわからないから、なかなか声をかけられなくて。ようやく今日、念願が叶《かな》いました」

それでチラシを受け取る時に「ずいぶん遅くなっちゃいました」と言ったのか。じんわりと目頭が熱くなる。慌てて彼女に背を向け、レジに向かう。平静を装い、「そんな風に言われたら、お代はサービスしないとね」と軽口を叩いた。

「ダメです」彼女は急にムキになった。「宮瀬さん、今もらって一番助かるのはお金でしょ」

「えっ、まあ……」

「お金より気持ちに価値がある、なんて言われ方しますけど、経理の私からすれば、そもそも『お金は気持ち』ですからね。お金を払うって、それだけの価値があるって伝える行為ですよ。だから、宮瀬さんが決めた正規の料金を払います。それがわたしなりの応援ですから」

「お金は気持ち……ね」

彼女の勢いに圧倒されながらも、清々《すがすが》しい気持ちでレジを打つ。

「じゃあ、お会計はこちらになります」

映し出された金額を見て、彼女は目を見開き、急におろおろし始めた。

「どうかした？」

「なんかチラシの右端にあった値段より、少し高いかなあって」

「あ……あれ、キッズカットなんだよね。文字が小さくて読みづらかったかな」

すると彼女は気まずそうに、「ちょっと手持ちが足りなくて」と言った。

僕はたまらずに、笑い声を上げる。

「えっと、まず半分だけ払うので、残りは……」

彼女がこれから言う台詞が、手に取るようにわかった。

「あとで」

二人の声が美しく重なった。

翌日、彼女は約束通りに残りを支払った。店を去る後ろ姿を見つめ、もう会うことはないだろうなと思った。きっと彼女にうちの料金は高すぎる。お金を払うことが応援だとはいえ、毎回は難しいはずだ。特別に値引きしてしまおうか、いや、それだと余計に気まずいか。いじいじ考えていると、鏡に映る自分の顔が目に入った。口の端が、ゆるやかに上がっている。誰かを好きになることも、社会貢献と言えるだろうか。

しかし再会はすぐに訪れた。

その日、開店以来、初めて予約で一日が埋まった。久しぶりに味わう忙しさを噛《か》みしめ、鋏を動かした。仕事を終え、自宅近くのケーキ屋に寄った。疲れを癒やすのは、甘いものに限る。

ショーケースを端から端まで眺め、費用対ボリュームが一番の『ジャンボシュークリーム』に決めた。すると背後から、誰かが同じように指をさした。

「これください」

声が重なる。聞き覚えのある声に、僕は振り返った。

「悠子ちゃん」

「宮瀬さん」

お互いジャンボシュークリームを指したまま、照れたように笑い合う。

「これ好きなんだよね」

「わたしも大好物です。だって——」

「安くて大きい」

また声が重なった。

「でも悠子ちゃんが一人で食べるには大きいでしょ」

「もう一回り小さくてもいいですけどね」

「じゃあ二人で半分こする？」

彼女は仔犬《こいぬ》みたいに何度も首を縦に振った。

公園のベンチでジャンボシュークリームを頰張り、映画やスイーツの話で盛り上がった。

「僕らって相性ぴったりじゃない？　嫌いな映画まで一緒だなんて」

「好き、よりも、嫌いの方が、本音に近い気がします」

彼女が嬉しそうに僕の目を覗き込む。

「じゃあ相手を知りたかったら、『嫌いな映画は？』って聞けばいいのか」

「そうかもです」

僕にとって、彼女が初めてのお客様だったことや、シュークリームを同時に指さしたことや、嫌いな映画まで一緒だったことは、もはや必然としか思えなかった。

夜風が彼女の髪をふわりと揺らす。月明かりに照らされた髪の1本1本が、二人を繋ぐ運命の糸に見えた。その糸を手繰《たぐ》り寄せるように、悠子の肩を抱きしめた。

それからいくつもの季節を共に過ごし、プロポーズをした。「神に誓って、悠子を幸せにする」とひざまずく僕に、「髪に誓ってでしょ。美容師なんだから」と笑い、悠子は頷いた。彼女が主演女優で、僕が主演男優。映画のような美しい結婚生活を、紡いでいくはずだった。

けれど現実は甘くなかった。美容室の借金は減らず、初めての結婚記念日に、ジャンボシュークリームを買うのさえためらうひもじさだった。かけたのは、ロマンチックな言葉ではなく、苦労だった。しいたのは、きらびやかなカーペットではなく、我慢だった。させたのは、映画のような暮らしではなく、内職だった。

そんな生活を変えたくて、朝から晩を通り越し、また朝まで働いた。二人の時間は少なかった。それでも、「お金は気持ち」という悠子の言葉を胸に、ひたすら汗を流した。

店は徐々に軌道に乗りはじめた。2回目の結婚記念日は、青山の高級パティスリーのホールケーキを買って帰った。小ぶりなのに、ジャンボシュークリームの40倍の値段がした。

ケーキの箱を差し出すと、悠子が困ったように笑った。

「どうしたの？」

すると彼女は、「これ、どうしよううか」と冷蔵庫からジャンボシュークリームを取り出した。

「そんなのいつでも食べられるじゃん。こっちはわざわざ予約しないと買えない、貴重なケーキなんだから」

「そうだよね。じゃあこれは、あとで」

悠子は冷蔵庫にジャンボシュークリームを戻した。

数日後、仕事を終えて深夜に帰宅すると、ゴミ箱に手つかずのジャンボシュークリームが捨ててあった。冷蔵庫を開けるたび、視界には入っていたはずだけど、すっかり忘れていた。言ってくれればよかったのに、とも思うが、仮眠のためだけに帰る僕に、伝えるタイミングはなかったのだろう。僕は後ろめたさに蓋をするように、ゴミ箱を閉めた。

喧嘩《けんか》が増えはじめたのは、その頃からだ。溝を埋め直そうと、毎年の記念日は豪勢に祝った。なのにプレゼントを受け取った彼女は曖昧に笑うだけ。

離婚を決めたのは、結婚から6年目を迎えようとするある日のことだった。

「今年の結婚記念日は何がいい？」

何をあげても喜ばないから、いっそ訊《き》くことにした。

悠子はじっと指先を見つめ、ポーチから紙切れを取り出す。プロポーズの時に渡した、お手製の永久へアカット券だった。当時は指輪を買うお金がなくて、これで勘弁してもらったのだ。

「そんなことでいいの？」

「そんなことがいいの」

終業後、悠子を店に呼び出した。何年もの間、忙しさを理由に、彼女の髪を切ったことはなかった。

店に招き入れ、あの日と同じように、特注の鏡の前に案内する。

「で、今日はどんな感じにしましょうか……」

鏡に映る悠子を見つめ、髪に触れた。一瞬、手の感覚を疑った。かさつき、弾力を失った枝毛が絡まり、毛玉ができている。

「初めて髪を切った時には、ほめてもらったのに」

悠子が申し訳なさそうに目を伏せる。

「キミが謝ることじゃないよ」

「短くしていいから」

悠子が小さな声で、そう口にした。

毛の流れに合わせ、鋏を小刻みに動かしていく。しんとした店内に、鋭角な音が反復する。

「お客様、いかがでしょうか」

長さを落とし、ショートカットになった悠子が鏡に映る。後ろには、ぎこちない笑みの僕。

ぴったりと重なっていた二人は、いつしか些細《ささい》なズレが気になり出した。今はもう、わずかに残っていた重なりすら見つけられない。僕らを繋いでいた最後の運命の糸を、髪もろとも切り落としてしまったようだ。

6年間、彼女を幸せにするために、必死にやったつもりだった。なのに僕ががんばることが、彼女の何かを踏みにじり、追い詰め、その美しさを奪った。

「離婚しようか」

僕はケープを外しながら言った。

悠子は鏡越しにこちらを見つめ、小さく息を吐いた。

「わたしね、離婚する時って、もっと感情的になるんだと思ってた。相手に不満が募って許せないから別れる、みたいにね。でも逆だった。不満にすら思えなくなった時に、人は別れるんだね」

悠子の目に浮かんでいたのは、悲しみでも、怒りでもなく、あきらめだった。

「よく『相手の立場に立って考えるのが夫婦円満の秘訣』とか言うじゃない？でもあれって結局、わたしが想像するあなたの立場でしかないんだよね。自分という色眼鏡を外して、現実は見られないよ。だからきっと、わたしが覚えてもいない一言が、あなたを追い詰めちゃったんだろうね」

それが悠子との最後の会話だった。


「なんで別れちゃったんですか？」

希ちゃんがメモ帳を閉じる。

「なんでだろう。自分のことをわかってほしいくせに、理解してるって態度を取られると、ムカついて反論しちゃうんだ。『ごめん』と『ありがとう』を素直に言えれば、夫婦は続けられたかもね。けどそれが難しいのが、夫婦なの」

「奥さんのこと、まだ好きなんですね」

「人々しいでしょ」

「人々しい？」

「巣立が昔言ってたんだよ。『女々しい、はおかしい。男だって女だって未練がましい生き物だから、正確には、人々しいだよなー』って」

「おじいちゃんっぽい」

希ちゃんがくすりと笑う。

「恋の病は生活習慣病だからさ。一度かかったら、一生付き合わなくちゃならないのよ」

「でも、本気で好きになるって、そういうことなんでしょうね」

「経験あるの？」

「逆です。運命だと思ってたら、そんなに好きじゃなかったみたいな」

彼女の視線が、壁絵のユダに向けられる。絵はやめたと言っていた気もするけど……。

「好きなら、どこまでも向き合うはずですもんね」

「好きだから、向き合うのが怖いってこともあるよ」

少しの間があって、希ちゃんが口を開いた。

「宮瀬さんって、なんで美容師になったんですか」

「気づいたらなってた、みたいな」

僕はごまかすように口角を上げた。

「真面目に答えてくださいよ」

彼女の目力に押され、つい白状してしまう。

「僕ねえ、家が貧乏でさ。子供の頃は、部屋の壁も、家具も、着ている服も、全部ボロボロだった。欲しかったアクセサリーも、当然買えなくてね。映画の中の美しい世界に憧れてるのに、鏡に映る自分はみすぼらしい。思春期になる頃には、そのギャップに耐えられなくて、もう爆発寸前。でもある日、朝起きて鏡を見たら、パーマがかかってたのよ。まるで映画の主人公みたいな、美しいカールだった」

「魔法でも使ったんですか？」

「そう。魔法みたいな、寝癖」

今でも、鏡に映った毛先の細かな流れまで、鮮明に思い出せる。

「一刻も早く、現実を美しく塗り替えなければならない僕にとって、一番安上がりだったのが、髪の毛ってわけ。お金がないから、美容室に住み込みで働いてさ。一日中どころか夢の中でも鋏を握ってたよ」

希ちゃんは、「宮瀬さんもマスト一派なのかあ」と肩を落とした。

「でも今の話で納得しました。だからわたし、宮瀬さんに憧れるんだって」

「憧れるってどこが？」

「だって、スワンみたいなんですもん」

「フラミンゴじゃなくて？」

ピンク色の後ろ髪を手ではらい上げる。

「違います。生き方が、です」希ちゃんがぐっと顔を近づけてきた。「外に見えてる部分は優雅で涼しげ。でも水面下では必死にバタバタもがいてる。きっと、綺麗じゃないものと向き合ってきた人ほど、美しくふるまえるんですよ」

「あ、そう」

嬉しくて、つい素っ気なく返事をしてしまう。

「現実から目を背けて、何の努力もしようとしなかったわたしとは真逆です」

希ちゃんが乱暴に金髪をかき上げた。傷んで水分を失った毛先から覗く瞳に、「なんで絵をやめちゃったの」と訊くことはできなかった。


巣立湯を後にして、自宅に戻る。離婚後、狭い部屋を選んで引っ越した。悠子との暮らしを投影できる余白を排除した、ワンルームマンション。

電気をつけると、ベッドの上に写真や手紙が散乱していた。泥棒かと肝を冷やしたけれど、かろうじて記憶がよみがえる。今朝、遺書の謎を解く手がかりを探そうと、思い出の品をひっぱり出したんだった。

その中に年賀状を見つけ、拾い上げる。差出人は巣立進《すすむ》。返信しそびれてしまった申し訳なさから、捨てることもできずにいた。いつかみんなで集まろう――という文面が目に留まる。生きているうちは無視しておきながら、死んだ途端に「巣立のため」と集まる僕らを、彼はどんな思いで見つめているのだろう。

ふいに記憶の引き出しが開く。あれは10年以上前、陽子先輩が亡くなって以来、久しぶりに巣立と再会した時のことだ。


「思ったより元気そうだね」

「もう半年たつからなー」

「ラブラブなまま添い遂げられるなんて、巣立はすごいね。だって、相手のためにがんばりつづけるのは大変だもん」

巣立が首をひねる。「陽子さんのためにがんばったことなんてあったかなー」

「とぼけないでよ」

「違うってば。昔、陽子さんに言われたんだよ。『わざわざ誰かのためにと前置きすることって、実は自分の都合でやってるだけだ』ってな」

「ああ……」

返事に詰まる。悠子のために仕事をがんばり、プレゼントも豪華にしようと努力した。でも彼女が本当にそれを望んでいるかなんて、考えてなかった。

「宮瀬、落ち込むな。陽子さんの言葉には続きがある」

巣立はニヤニヤと口もとをゆるめた。

「自分のために貫いたことは、意外と誰かのためになったりする」

「何それ、自分勝手に生きれば良かったってこと?」

結婚生活の苦労を否定された気がして、いらっとしてしまう。

「自分勝手上等」巣立は頷き、「ただ自分のために生きるってのも、案外、楽じゃないけどなー」と独り言のようにこぼした。

「その割には、ずいぶんと楽しそうだけど」

嫌味が口をつく。それが巣立と交わした最後の言葉だった。

――自分のために貫いたことは、意外と誰かのためになったりする。

記憶の中から取り出した言葉を、メモ帳に書き記す。無責任な綺麗事にしか聞こえなかったのに、抵抗なく心に染み込んでいく。

巣立のためにと息巻く僕らも、自分の都合で動いているに過ぎないのだろう。

それでも、僕のために貫いたことが、誰かのためになったりするならば……。

ベッドに体を預けると、靄《もや》がかかるように意識が闇に覆われた。


翌日、午前11時。映画館に到着すると、皆はすでに集合していた。

館内の壁面には、上映作品のポスターが並ぶ。日曜日だからか、カップルや家族連れで賑《にぎ》わっている。

「こいつらいいご身分だな。こちとら離婚危機だっつうのに」

「先生、ぼくの離婚危機を楽しんでませんか」

「めちゃくちゃ憂えてるっての。昨日も8時間しか眠れなかったぜ」

「熟睡じゃないか」と引間が拾う。

「早く行きましょうよー」

希ちゃんがウズウズと上半身を揺らした。

「待って、円陣を忘れてるよ」

僕はメモ帳を脇に抱え、右手を差し出す。

皆が次々に手を重ねた。

「覚悟しとけよ」板垣の視線が山田くんの頭部に刺さる。「狙った記憶は必ず仕留めっからな」

「まるで、ゴルゴ13《サーティーン》だな」

「いいや、ロウゴ70《セブンティ》だぜ」

板垣と引間の会話の合間を縫って、「ラブ」と音頭を取る。離婚の辛《つら》さを知るものとして、僕が引っ張らねば。

「ニャニャ！」

探偵団シャイニングによるタイムトラベルの始まりだ。

さっそくチケットカウンターに向かう。

「1年前はどのスクリーンで観《み》たの？」

同じ映画でなくとも、同じスクリーンで観たら何か思い出すかもしれない。

すると引間がリュックからA4の紙を取り出し、山田くんに見せた。

「去年の10月31日の上映ラインナップです。昨日の帰りに劇場名を伺ったんで、
問い合わせておきました」

「たぶん、これですね」

山田くんがスクリーン2のタイトルを指でなぞる。

「よく覚えてるね」

「過去に観た映画のタイトルは、全部ここに入ってますから」

山田くんは自慢げに頭を指した。

「だったら奥さんとの思い出も覚えておけよ」板垣が言った。

「夫婦生活は、映画とは違いますって」山田くんが顔をしかめる。「だから記念日が重要なんです。毎年忘れずに祝うことで、ちゃんと君を大事にしてるって姿勢を見せてるんですよ。女性はそういう気遣いを喜ぶらしいんで」

恋愛マニュアルを丸暗記したかのような返答だ。

「じゃあスクリーン2と……」

カウンター上部の上映表には、邦画のタイトルが記されていた。

「これ、観てみたかったんですよー」と希ちゃんが声を高くする。

「恋愛ものかよ。こちとらアクション一筋だってのに」

板垣が小さく舌打ちをした。

「映画鑑賞より、手がかり探しに徹してくれ」

引間が浮かれる皆を注意する。彼の真面目さは、探偵の鏡だ。

山田夫婦の定番らしいポップコーンとジンジャーエールを手に、スクリーン

2の扉を開けた。50席ぐらいのこぢんまりとした劇場だった。二人の定位置だという、左手後方の席に座る。他の客は数えるほどしかいなかった。きっと隣のスクリーンで上映する話題作に、お客さんが集中しているのだろう。

「映画館なんて、久しぶりだ」

右隣に腰かけた引間が、そわそわとあたりを見渡す。

「僕なんか、美容師を引退してからは毎週観てるよ」

「映画は苦手なんだ」

「なんで？」

「主人公に感情移入できなくてな」

「じゃあ誰に感情移入するの？」

引間は困ったように眉尻を下げ、「しいて言うなら、エキストラかな」と答えた。

「主役を輝かせるために、通行人を演じる彼らの人生を思うと、物語が追えなくなる」

「引間らしいね」

そう答えながら、ふと思い出す。

「そういえばさ、巣立は悪役に感情移入してたよね」

「ああ。練習帰りに、特撮映画を観に行った時だな」

――悪役がいなかったら、正義のヒーローはただの目立ちたがり屋だ。自分が世界を救えるなんて、どう考えたって傲慢だからな。けどそんな勘違い野郎も、悪役がいるから許されてるんだよ。

巣立は涙ながらに、そう訴えた。

「『正義のヒーローにとって一番の応援団は悪役』、だもんな」

引間が降参とばかりに笑う。

「おじいちゃん、最高」

希ちゃんも腹を抱え、メモするに値しますね、と携帯に打ち込んだ。

ブザーが鳴り、ゆっくりと明かりが落ちる。スクリーンに他の作品の予告編が映し出された。食い入るように見つめる山田くんに、「板垣の好きな映画、なんだと思う？」と小声でクイズを出す。

「ご本人、お答えをどうぞ」

板垣はポップコーンに伸ばした手を止め、「予告編」と当然のように答えた。

「人類で初めて、好きな映画を本編以外で答えた漢《おとこ》。それが板垣勇美です」

引間の解説に、山田くんは口もとを押さえ、笑い声をこらえている。

「ちんたら長いのは嫌いなんだ」板垣がポップコーンをわし摑《づか》みにして、口に放り込む。「映画も人生も、凝縮してなんぼだろ」

僕の人生は、どんな予告編になるだろうか。

そんな問いが浮かんだ。ただ凝縮してしまったら、何も残らない気がして、スクリーンに視線を戻し、思考を切った。

予告編が終わり、束《つか》の間、無音が場内を満たす。高まる鼓動がまわりに聞こえてしまいそうなこの瞬間が、たまらなく好きだ。

真っ暗なスクリーンが光に染まり、高校生の男女が浮かび上がった。

劇的な出来事はなく、淡々と物語は進んでいく。なのに、心がかき乱された。

気づけば、高校生に感情移入して、ラストシーンでは涙ぐんでしまった。

スクリーンに「ＥＮＤ」の文字が映し出される。

横を見ると、板垣が俯《うつむ》き、頭を抱えていた。

「体調悪くした？」

丸まった背中をさすると、板垣が顔を上げる。涙と鼻水でぐちゃぐちゃだ。

「純愛バンザイ！」板垣は咆哮《ほうこう》した。「キュンキュンが止まらねえぜ」

70歳にして、未知への扉を開いたようだ。

エンドロールが流れはじめ、ぱらぱらと客が席を立つ。

「なんか思い出せそうか」

板垣が杖に体重をかけ、一人立ち上がった。

山田くんは無言でスクリーンを見つめている。1年前の今日、二人はここに座っていた。まさにこの瞬間、映画のような台詞が交わされたかもしれないのだ。僕は「思い出せ」と念を送る。

しばらくして、山田くんが「あっ」と声を上げた。

「そういえば、あの日もエンドロールで香奈が号泣したんですよ」

「はあ？　エンドロールまで観るのかよ」

板垣が信じられないと言いたげな顔を向けた。

「ぼくだって、一人だったら帰りますよ」山田くんがムスッとして答える。

「でも香奈は、『どんな感動的なシーンより、ここに載ってる人が皆、それぞれの持ち場でがんばったってことが、一番泣ける』って言うものですから……」

そのユニークな発想をメモに書き込む。

「裏方の皆に感情移入するなんて、強者《つわもの》だね」

引間に視線を送ると、「そんな鑑賞の仕方もありなのか」と感心している。

「それで、山田はどうしたんだよ」

「いや、それで終わりです」

「はあ？」板垣が詰め寄る。「そこで熱いキッスからの、燃え盛る恋の炎からの、劇場のスプリンクラー発動だろうが！」

恋愛映画の鬼才、板垣監督の演出に、山田くんの顔が引きつる。

「香奈さんの優しい人柄は伝わってくるエピソードでしたけど」

引間の言うように、香奈ちゃんは素敵だ。けれど、記念日として覚えておきたいほどのことだとは思えなかった。

「すみません」と山田くんが肩をすぼめる。

「平気だって。タイムトラベルは始まったばかりだもん」

ひときわ明るい笑顔を作る。思い出せなくて辛いのは本人だ。こっちが落ち込むわけにはいかない。「レッツゴー」と皆を先導し、映画館を後にした。


しかし次のカレー屋でも、思い出せたのは「香奈ちゃんが隠し味の梅干しを当てた」というほのぼのエピソードのみ。古本屋にいたっては、「看板がなくて素通りしがち」という雑感だけだった。

「残すは井の頭公園だけか……」

皆の顔から、余裕が消えている。

「わたし、巣立湯の準備をしなきゃいけないんで」

引き返す希ちゃんに、「僕に任せて」と板垣を真似して胸を張った。

七井橋通りから公園に続く階段を下りる。高校時代に巣立が唱えた「すべての道は井の頭公園に通ず」という迷言の通り、老若男女が吸い寄せられたように集まっていた。

「どこに行ったか覚えてる？」

公園マップの前で立ち止まる。ボート乗り場、動物が見られる自然文化園、おしゃれなカフェ、ジブリ美術館。思い出になりそうなスポットだらけだ。

「たぶん、池のまわりをブラブラしたと思います。いつもそうなんで」

「ブラブラするくらいなら、ラブラブしろよ」

板垣監督のダジャレ演出も空回る。

「とりあえず再現してみましょう。どちらまわりですか」引間が尋ねる。

「たぶん、ひょうたん橋の方からだと思います」

公園内を進むと、大道芸をやっていたり、フリーマーケットが開かれていた。

けれど山田くんは見向きもせず、一人でスタスタと行ってしまう。香奈ちゃんといる時も、きっとこうなのだろう。板垣は地面がでこぼこして歩きづらいのか、杖を引きずるようにして後を追う。僕は「ほら、綺麗だよ」と落ち葉を拾い上げ、山田くんの歩くペースをゆるめようと試みる。しかし彼は「ですね」と返すだけで、あっという間もなく、公園内を一周してしまった。

「秋風にラブが冷えちまうぞ。もっとキュンキュンを寄越せ」

板垣監督の圧に押され、山田くんはまわりを見回した。その視線が、池のほとりで止まる。

「あっ。あの人、たぶん去年もいた気が……」

井の頭池に向かいイーゼルを立て、筆とパレットを手にしたおじいさんがいた。僕らよりも一回りくらい年上だろうか。ぼさぼさな白髪に、白い髭《ひげ》をたくわえている。緑色のベレー帽を被《かぶ》り、白衣風のロングコートには、カラフルな絵の具が飛び散っていた。

「まじかよ」

板垣が杖を連打した。

「ハロウィンだから仙人の仮装してるのかなって、香奈が言ってた気がします。たぶん」

「すごいじゃん。何かヒントがあるかも。声かけてみようよ」

さっそく、板垣が聞き込みを開始する。

「じいさん、去年の10月31日は何してた」

急な問いかけに動じることもなく、おじいさんは「何曜日だ」と聞き返した。

「土曜日です」と引間が答える。

「なら、ここで描いてたよ」

「本当ですか」

「水曜日以外は、いつもこの場所だ。アートの女神に誓ってもいい」

「こいつの顔に見覚えはねえか」

板垣が山田くんの背中を押した。おじいさんはじっくりと視線を動かした後、

「覚えとらんなあ」と首を振った。

「たぶん、後ろから観てただけなんで」

「じゃあ僕らも観ていこうよ。何か思い出すかもしれない」

「好きにするがいい」

おじいさんはキャンバスへと向き直る。下書きなのか、鉛筆で風景の輪郭が形取られている。けれど、モノクロの画面からも、水面の輝きが感じ取れた。

「鉛筆なのに、色が浮かんでくるみたい」

「ほう、わかるか」

おじいさんは顎髭に手をやり、口角を斜めに上げた。

「今から、色を塗るの？」

「そうだ」

筆先で絵の具をすくい、キャンバスに浮かんだスワンボートの首に近づける。

板垣が「おい、じいさん」と驚きの声を上げた。

「それグレーだぞ。スワンボートは白だろうが」

「おまえさんには、あのスワンが白に見えるのか」

「当たり前だろ。白い鳥と書いて、白鳥じゃねえか」

おじいさんは、まあ見ておけと言わんばかりに素早く筆を動かす。首の塗装が薄い部分にはグレー、水かきの縁についた細かな錆《さび》には茶色、水面に接する船底の影には青緑、陽が当たる右側の羽は黄色からオレンジのグラデーション。白だと思っていたスワンボートから、次々と色があぶり出されていく。

「すごい」

実物のスワンボートと見比べても、おじいさんの絵の方が、数段美しかった。

「画家にはな、見えない色が見えるんだよ」

おじいさんは振り返り、空を見上げた。

「わしにかかれば、この青空だって、緑にも黄にも見える」

「もしや、白内障では……」引間が心配そうに窺う。「歳を取ると、青が見えづらくなりますから」

「ほほう。瑞々《みずみず》しい感性が失われていくのも、網膜からなのか」

おじいさんはパレットの上で、青と白と赤を混ぜ合わせる。

「青空、白鳥、紅葉。言葉で世界を捉えると、それ以外の色は消えてしまう。

逆に言葉の色眼鏡を外したら、世界には色が増えるんだ。よく、小さい子供に絵を描かせると、とんでもない色で塗ったりするだろう？　あの目には、本当にその色で、世界が見えていたんだよ」

彼は池に目をやり、寂しそうに目を細めた。

「画家の仕事ってのは、人間が脳内で消してしまった色を、キャンバスによみがえらせることだ。世界から失われた、真の美しさをな。それは険しい道だよ。画家を名乗って60年、未だに描き切れない。まあ、世の中には描くことのできない美しさがある、という戒めを内包した覚悟を描くのが、私たちの使命だからな。君らのような若造には、まだわからんかもしれんが」

「若造……」

久しぶりの響きに、くすぐったい気持ちになる。

「まだまだ未熟。青七十歳ってわけだ」

引間も嬉しそうに首をすくめた。

「ずっとこの池を描いてるのか」と板垣が尋ねた。

「ああ。数え切れないほどな。こいつがわしのお気に入りなんだ」

おじいさんはキャンバスの中央を指した。

「スワンボートが好きなのかよ」

「ちがう。彼が好きなんだ。1羽だけ眉のある、男のスワン」

あらためて池に浮かぶスワンボートを見渡す。このスワン以外には眉がなく、代わりに、可愛らしいまつげが描かれていた。

「巣立が聞いたら、『眉毛があるから男っていうのは変だ。男も女も眉はあるだろー』とか言いそうだよね」

「誰かが貼ったレッテルを鵜呑《うの》みにするな、というスワンからの警句だな」

「スワンなのに鵜呑み！」

僕は引間の発言をすかさずメモした。

「でも、なんで眉毛スワンを？」

「こいつはもともと眉毛なんてなかったようでな。顔の塗装が剝《は》げ、修理に出されるところだったらしい。でも剝げた部分が眉毛に見えたとかで、いっそ眉を描き入れてみたんだと。すると、たちまち池の人気者だ。こいつに乗れたら恋が叶う、なんていうジンクスもあるくらいな」

「恋が叶うだと?」

板垣監督の目がきらりと光る。

「有名ですよ。香奈との初デートの時も、残念ながら一艇違いで乗れなくて」

残念と言いながらも、山田くんの口の端が自然と上がっている。

「落ち込む山田くんに、香奈ちゃんはなんて?」

「人類史上一番当たるジンクスは、『ジンクスを信じても、ろくなことはない』だそうです」

「やっぱり香奈ちゃんは個性的だね」

「本人は『普通だよ』って言い張りますけどね」

「その人の普通にこそ、個性は宿るのさ。奇をてらった言動は、意外と似通うから」

おじいさんはキャンバスから顔を上げ、実物の眉毛スワンに視線を向けた。

「本来は塗り直すべき傷が、あのスワンを特別にした。それなら、画家としては傷だらけのわしにも、敗者復活のチャンスがあるってことだろ」

「敗者復活といえばよ」

板垣が思い出したように笑う。

「巣立のアンコール」

口にした瞬間、頭の中の靄が晴れ、あの日の光景が浮かび上がった。


準決勝を逆転勝ちして迎えた都大会の決勝戦。あと1つで夢の甲子園。ただ結果から言えば、完敗だった。優勝候補の相手校に、力の差をまざまざと見せつけられた。最後のバッターが打ち取られ、観客席がため息に包まれる。僕ら応援団も、為《な》す術なく佇《たたず》むしかなかった。

かと思ったら、隣から巣立の甲高い声が耳に飛び込んできた。

「アンコール!」

「アンコール!」

振り絞るような叫びが、コンクリートのスタンドにこだまする。

最初は何を言っているのかわからなかった。言葉自体は聞き取れるけれど、今の状況とリンクせず、意味が取れなかった。


「アンコールですか？」

山田くんが首を傾《かし》げる。

「本人曰《いわ》く、泣きの再試合を訴えたかったらしいです」引間が答える。

「で、咄嗟《とっさ》に出てきた言葉が、アンコールだもんね」


巣立の気迫に押され、怪訝《けげん》そうだった観客も次第に手拍子を打ち、しまいにはアンコールの大合唱となった。当然、僕らも加勢して、酸欠になりそうなくらい声を張り上げた。

しかし次の瞬間、選手に整列を促していた審判が、鬼の形相でこちらに走ってきた。そして巣立に向かい、右手を振りかぶって、「アウト！」と怒声を浴びせた。スタンドの皆が我に返る。静まり返る場内で巣立は、「トーナメントに敗者復活はつきものでしょうが」と一人泣き崩れた。

その後、事務局に呼び出され、散々説教をくらった。悲しんでいる選手を笑顔にさせてやりたくて、と巣立は弁明した。もちろん、純粋な気持ちでやったことだと、僕らはわかっていた。

巣立の真意は、いつだって言葉通りなのだ。

帰り際、うちの野球部員たちと鉢合わせした。巣立と一緒に頭を下げる。するとキャプテンの弓削《ゆげ》くんが真顔で言った。

「俺らより、敵チームの方が努力してたってことだ。負けはちゃんと認めねえと。それも相手への敬意だよ」

でもすぐに、ニカッと輝くような笑みを浮かべ、「ただよ、おまえらの気持ちは嬉しかったぞ。負けて悔しいのに、笑っちまったじゃねえか」と続けた。

彼らが去った後、僕は巣立に声をかけた。

「アルコールしてよかったじゃん」

巣立は一瞬ぽかんとしたけれど、えへへと嬉しそうに笑った。

「アンコール、だな。18歳でアルコールは、アウトだ。巣立も『えへへ』じゃないんだよ。なんでも受け入れるのは、優しさとは言えないぞ」

引間が丁寧な訂正を入れ、僕らは爆笑に包まれた。

おじいさんがリズミカルに動かしていた手を止めた。描き上がったようだ。キャンバスを前に、皆、無言だった。

「宮瀬、じいさんに弟子入りしろよ。美容師やめて暇なんだろ」板垣が言った。

「急になんなの？」

「じいさんの絵は人類の宝だ。絶やすわけにはいかねえ。どうせ弟子とかいねえだろうし」

「昔はいたんだがな」おじいさんの眉間に、太い皺が何本も現れる。「わしの不用意な一言で、大事な才能を傷つけてしまった。それ以来、弟子はとってらんよ」

「色彩ばかり追って、言葉を軽んじてるからだぞ」

板垣が国語教師の顔を覗かせる。

「そうかもしれん」おじいさんは素直に頷いた。「あの時、わしはこう言えばよかったんだ。『描けなくなってからが画家のスタートだ』と」

その言葉をメモに記す。僕は画家ではないけれど、心臓の裏側がほんのりと温まった。隣では板垣が、珍しく黙っている。視線をたどると、茜《あかね》色に染まった空が見えた。

「すまんな。おまえさんたちに言っても、しょうがないことだ」

おじいさんはキャンバスを袋にしまうと、公園の風景へと消えてしまった。

「山田、何か思い出したか？」

板垣の声に、山田くんは無言で首を振る。

「あの、巣立湯に相談に行った時、板垣先生がぼくの顔を見て、名前を呼んでくれたじゃないですか。あれ、めちゃくちゃ嬉しかったんですよ。覚えてもらってた。ぼくはあのクラスに、ちゃんといたんだって」

板垣が何気なく呼んだ名前が、彼にとっては救いだった。

「覚えてるってことは、それだけで愛情なんだ。そう思いました」

そうだね、と同意しようとしたけれど、声が震えて言葉にならなかった。愛の反対が忘却なら、メモしたことすら思い出せない僕には悲しすぎる事実だ。

「でもぼくは香奈と」

山田くんが虚《うつ》ろな表情でつぶやく。

「一緒にいたのに、一緒にいただけ……。だったんですかね」

愛を注いできたつもりだった。

気持ちを伝えてきたつもりだった。

彼女のために努力してきたつもりだった。

でも相手に届いていなければ、つもりをいくら積もらせたところで、ゼロに等しい。僕も同じ過ちを経験したから、その虚しさが痛いほどわかる。

「記憶のアンコールはなしか」

板垣が恨めしそうに眉毛スワンを睨《にら》みつける。香奈ちゃんが覚えていてほしかった思い出は、井の頭池の奥深くに沈んだままだ。

「ちょっと休憩しようよ」

池に面した二人がけのベンチに腰を下ろす。板垣は「山田も座れよ」と教師風を吹かせ、引間と一緒に向かいの柵に浅く腰を預けた。杖をついて歩く自分が一番大変なはずなのに。こういうところは、高校時代から変わらない。

バッグから注射器を取り出す。空打ちをして、シャツを捲《まく》り、脇腹に針を当てた。針の先端を傾けながら力を入れると、抵抗なく皮膚を貫通する。インスリンが体に注入されていくのに合わせて、ゆっくりと息を吐いた。

注射器をバッグに戻し、ベンチの背もたれに体を預ける。

その時、隣に座っていた山田くんが、「あっ」と声を漏《も》らした。背もたれの中央に、ぐいっと顔を近づける。いつになく真剣な表情だ。背もたれには、10センチほどの金属製のプレートがはめ込まれ、こう書かれていた。

思い出ベンチ

毎朝あなたと公園を散歩したことが、
一番の思い出です。

文章の最後には、女性の名前が記されている。亡き夫への言葉だろうか。

「確か、ベンチを寄付した人が言葉を刻めるんだったたと思う」と引間が言った。

「一番の思い出ねえ……。山田、このベンチがどうかしたのか？」

板垣の声に顔を上げた山田くんの頬が赤い。

「あの日も、このベンチに座った気がします。たぶん」

「本当かよ！」

「プレートを見て、『私との一番の思い出って何？』って香奈が聞いてきたんですよ」

山田くんの声に、今日一番の力が込められた。

「覚えていてほしかったのって、ぜってえその会話だろ」

板垣が雄叫《おたけ》びを上げる。

「すべての道は思い出ベンチに通ず。だったのか」

引間が感慨深げに腕を組んだ。

「奇跡の敗者復活だよ」

脈が速くなるのを感じ、胸に手を当てた。

「それで、なんて答えたんだよ」

山田くんは目を閉じ、記憶の糸をたぐり寄せている。僕たちは息をこらして見守る。

しばらくして、山田くんが目を開けた。

ゆっくりと、その答えを口にする。

「なんだろうね、です」

一瞬、時が止まったかのような静寂に包まれる。

「濁したんですか」引間が呻《うめ》く。

「たぶん……」

「たぶんじゃねえよ」

板垣が顔を真っ赤にして「1年前の山田のバカ！」と叫ぶ。

「香奈ちゃんはなんて？」

「だよねー、って返した気がします」

さすがの香奈ちゃんでも、そう返事をするので精一杯だったのだろう。繋がりを確かめたくて訊いたことが、すれ違いを浮き彫りにさせるなんて、残酷すぎる。

今日一日のメモを見返した。映画を観て、カレーを食べて、古本屋に行って、井の頭公園を散歩して、おじいさんの絵を見て、ベンチでたわいもない会話をする。普段通りのデート。思い出に残るようなイベントや、後々まで覚えておくべき特別な会話は、何もなかった。

「つまり10月31日は、普通の一日だったってこと？」

びゅうと音がして、落ち葉が舞った。巻き上がる赤や黄が、透明な風に色をつける。風はあっという間もなく僕らを通り抜け、何ごともなかったかのような世界が残った。

必死にやれば、最後に奇跡が舞い降りると信じていた。しかし時間切れでゲームセット。巣立亡き今は、アンコールの声もかからない。

ゆ

香奈ちゃんとの待ち合わせ時刻になり、井の頭池に架かる七井橋に移動した。昼間に比べて人も減り、空気の匂いが濃く感じられる。橋の中ほどで、手すりに寄りかかり池を眺めた。水面に映ったオレンジが闇に溶けていく。僕らとは対照的に、今日の任務をやり遂げたスワンたちは、誇らしげに見えた。

「あっ、来ました」

山田くんが橋のたもとに向けて手を上げた。

小型のキャリーケースを引いた女性が向かってくる。控えめな目鼻立ちではあるが、きゅっと上がった口角が爽やかな印象を与える。栗《くり》色の髪はゆるやかにウェーブしたショートボブだ。ダークブラウンのロングコートとのバランスも良くて、彼女に似合っていた。

「えっと、良太……」

香奈ちゃんは山田くんと僕らを交互に見た。

「恩師の板垣先生と、仲間の皆さん」

戸惑う彼女に、引間が事情を説明する。そして「去年の10月31日なんだけどさ」と山田くんが切り出した。

「思い出そうとがんばってみたけど、ダメだった。香奈にとっては大切な記念日だったんだよね？　なのに、普通の一日としか認識してなかったわ」

その言葉に、彼女はほっと肩を下げた。僕にはそれが、離婚に踏ん切りがついたことへの安堵《あんど》に見えた。

彼女は、山田くんをまっすぐに見据えて、答える。

「良太、まさかの大正解」

「へっ」

山田くんは口を半開きにしたまま、フリーズしている。

「去年の10月31日は、ただの、普通の日だよ」

「覚えておかなきゃいけない特別なことは……」

「ないよ」

「マジで？」

「マジで」

「じゃあなんで、あんなメッセージを送ってきたんだよ」

「ハロウィンだから、いたずらを……」香奈ちゃんは俯《うつむ》く。「記念日じゃないのに何の日って訊いたら、良太は慌てるだろうなと思ってさ。いじわるしちゃった」

気まずい雰囲気が漂いはじめ、僕は「ほら、本当に意地の悪い人は、いじわるしたと自己申告しないから、ね」と言葉を挟み込む。

「じゃあメールの・・・は、りこんじゃないのか」

「りこん？　お菓子だよ。不正解ならお菓子ちょうだいって意味。ハロウィンだし」

「でもさ、日記帳に離婚届を隠してたろ」

「ああ、あれ。友達の美咲《みさき》いるでしょ。離婚することになって、証人を頼まれたの」

「あっ、そうなの」

山田くんは拍子抜けした顔で胸を撫で下ろす。

「確かに、家庭顧みずって感じの旦那さんだったもんな。おれはちゃんと記念日を祝っててよかったー」

「そうだね」

香奈ちゃんがにっこりと笑みを浮かべる。けれど一瞬、その目尻に違和感を抱いた。大事な感情をそっと押し殺す、見逃してしまいそうなかすかな力み。

気のせいかもしれない。おせっかいだと思われるかもしれない。でも、忘れないうちに、手遅れにならないうちに、言わなきゃ。

「本当にいたずらがしたかっただけ？」

その言葉に、香奈ちゃんの瞳が、ためらうように揺れた。

ふうっと細い息を吐き、遠くを見る。

「結婚する時に、お互い日記をつけようって約束したんです。その日あったこととか、仕事の愚痴とか、天気の話題とか、たいした内容じゃなくていいから」

彼女の視線が、山田くんに向けられた。

「でもこないだ、『ろくなこと書いてないんだから、日記なんて意味ない』って良太に言われちゃって」

香奈ちゃんから、ふっと笑みが消える。

「意味のあることだけが大事なのかな。記念日さえ忘れなければいいのかな」

表情を失った彼女が、一瞬、悠子に見えた。声が漏れそうになる。顔も髪型だって違うのに、まるで悠子がそこにいて、しゃべっているみたいだった。

「そりゃ普段の生活なんて、同じことの繰り返しだし。だから記念日くらいは特別に祝おうと、こっちはがんばってるんじゃないか」

山田くんが語気を強めた。香奈ちゃんが曖昧に頷く。

「あなたが記念日を大事にしてくれるのは、嬉しいんだよ。でもね、お祝いをしてくれるたび、私はこう言われてる気がするの。『それ以外の毎日は、意味がない』って」

風に揺れる木々の音がざわざわと耳をかすめた。ぴったりと重なるように浮かんでいた雲が、別々の方向へ流されていく。

「良太を好きになったのも、ずっと一緒にいたいと思ったのも、きっかけなんてさ——特にないんだよ。もう忘れちゃったような、たわいもない出来事を、嚙みしめているうちに、あなたへの好きが積もっていっただけ。それを自分たちで、取るに足らない毎日だって、目を向けようとしなかったら、本当に大事なものまでなくなっちゃう気がしたの。一緒にいることが当たり前になって、お互いが空気になる。大事な存在なのに、何とも思わなくなる。なかったら死んじゃうのに、意識すらしなくなる。そんなの、悲しいよ」

離ればなれになった雲間から、月が顔を出した。青白い光の膜が、二人を隔てるように差し込む。

「そんなこと……」

呆然《ぼうぜん》とした表情で、山田くんが声を震わせた。

「ごめんなさい。あなたががんばってくれてるの、わかってるのに」

彼が良かれと思ってやっていたことが、彼女を苦しめていた。そして彼女は、苦しみを感じてしまう自分を責めていた。

互いを見つめる瞳から、輝きが失われていく。

この瞳の色は、忘れたくても覚えていた。25年前の僕と悠子、そのものだ。

味のしないクリームが口の中に広がっていく。吐きそうになり、口に手を当てた。その拍子に、持っていたメモ帳がこぼれ落ちる。慌てて拾い上げた時、頭の片隅に何かがひっかかった。かすかに伸びる記憶の糸を頼りに、メモ帳をめくる。あるページで手を止めた。そこには、まわりからすれば取るに足らない、メモをするに値しない、僕らの日常が書き連ねてあった。その中に、雑な文字で書かれた言葉を見つける。

「これ、見てみてよ」

差し出したメモに、香奈ちゃんが視線を落とした。瞳がゆっくりと文字を追う。確かあの時、希ちゃんが結婚の決め手を聞いたんだったと思う。
「キミと結婚した理由だって。たぶんが多分な山田くんにしては、珍しく即答だったよ」

特にない。

山田くんはそう答えた。先ほどの香奈ちゃんと同じように。
彼の中でも、その答えは確固たるものだったに違いない。だから断言できた。
きっと二人が一緒にいたいと思うまでに、たくさんのたわいもない瞬間を噛みしめてきたのだろう。理由もなく、結婚したいと思えるくらいに、ちゃんとお互いを見つめてきたはずだ。

まだ、重なっている部分が残っていたじゃないか。

香奈ちゃんがメモ帳から顔を上げ、山田くんを見つめた。

「良太」

託すように、言葉を継ぐ。

「私たちの結婚生活は予告編みたいに、特別なことばかりじゃない。映画だったらこんな平凡な毎日は、ほぼカットだよ。でもわたしはそんな普通の日常を、これからもあなたと味わいたい」

山田くんは戸惑ったように目を逸らそうとするが、寸前で思いとどまる。香奈ちゃんをまっすぐに見つめ返し、「わかった」と力強く頷いた。

ふいに視界が輝きに満たされる。

橋の柵に巻かれた電球が、夜の訪れを歓迎するように、キラキラと一斉に光を放つ。まばゆいイルミネーションに包まれた僕らは、風景から数センチだけ浮かび上がったみたいだった。

「つまり結婚生活ってのは、米みたいなもんだ。嚙まなきゃろくに味がしねえけど、嚙みしめるほどに甘みが増す」

鬼才、板垣監督のロマンチックのかけらもない喩《たと》えに、なぜだか涙があふれてしまう。

「なんで宮瀬が泣くんだよ」

板垣の困惑した声が聞こえた。けれど嗚咽《おえつ》は余計にひどくなる。

「センスなく喩えられたお米たちの無念さに、感情移入してるんだ」

引間が僕の肩を優しくさする。

すると山田くんが、流れるような動作でティッシュを差し出した。僕は笑顔でそれを受け取る。

「ちょうど欲しかったんだ。花粉症なんで」

「今は秋だろうよ。いや待てよ、ブタクサとかヨモギだったらありえるか。まずは耳鼻科で相談だな」

引間の几帳面な返しに、山田くんと香奈ちゃんが同時に吹き出した。そんな二人に対して、僕は渾身《こんしん》の推理を口にする。

「キミたちお似合いだよ。たぶん」

山田夫婦は公園内をブラブラしてから帰ると言うので、僕らだけで巣立湯に戻った。

男湯の暖簾をくぐると、番台の希ちゃんが難しい顔でテレビを見つめていた。バラエティ番組のようで、またあの芸人が「応援団なんか意味ないですよねー」と囃《はや》し立てている。

「意味のあることだけが、大事なわけじゃないからね」と反論が口をつく。団室の椅子に座っていたキャップ姿の老人が、その声に反応し、そそくさと立ち去った。テレビに悪態をつく変な客とでも思われたのだろうか。

希ちゃんが慌ててチャンネルを変える。

「山田さん、どうでした？」

「シャイニングに解決できない謎はない」

板垣が右手の親指を立てた。

「己の手柄みたいに言ったけど、宮瀬のメモのおかげだからな」

「自分のために貫いたことは、意外と誰かのためになるものさ」

僕は巣立の遺影にそっとウインクを送った。


洗い場でシャワーを浴びながら、今日の出来事を思い返す。かろうじて記憶は残っていた。

映画のエンドロール、隠し味の梅干し、看板のない古本屋、おじいさんがあぶり出したスワンの色たち、マップにはない思い出ベンチ。どれも見過ごしてしまう、なかったことにされてしまうようなものばかり。そんな「取るに足らない平凡な日常」が、香奈ちゃんにとっては特別だった。

「わたしは……」と悠子の声が聞こえた気がした。

記憶の中の彼女に返事をする。

初めての結婚記念日に、公園のベンチで、キミが言いかけた言葉の続きがわかったよ。

今、幸せだよ。

そう伝えたかったんだね。

僕が「幸せにする」と言うほど、悠子には「今が不幸せだ」と聞こえていたのだろう。枝毛を取るように切り捨てた毎日が、彼女が求めていたものだった。あの殺風景な路地で撮った写真も、きっとキミのお気に入りだったんだね。

実は最初から、僕とキミの世界の見え方は違ったんだ。そして「違う」ことが、この恋の出発点だったなら、もう少しわかり合えていたのかもしれない。

過去に戻って、自分に言ってやりたかった。毎日じゃなくていいし、時々でもいいから、何も起きなかった日々を、なんとなく過ぎていく時間を、噛みしめよう。どんなに輝いて見える思い出も、平凡な今には敵《かな》わない。

でも全部、今更だ。

ぼんやりと壁絵を仰ぐ。大切な人を裏切ってしまったユダが、涙を流し、己の罪を悔いているように見えた。

長い時間ぼうっとしていたらしい。浴室に板垣と引間の姿はなかった。脱衣場に戻ると、着替え終わった二人が、団室で祝杯を挙げていた。希ちゃんに今日の顚末《てんまつ》を話して盛り上がっている。急いでシャツを羽織り、テーブルについた。

「なんでもない毎日を嚙みしめられるって、すごいことですよね」希ちゃんが言った。「わたしなんか、のうのうと『今』にあぐらかいてます」

「私も思い出を嚙みしめることに『今』を使ってました」と引間が憂えた。

「僕なんて、このメモリーのせいで、味わう前に『今』が消えちゃうよ」

すると、皆の視線が一斉にこちらに向いた。

「宮瀬さんは、ちゃんと『今』を嚙みしめてるじゃないですか」希ちゃんが意外な反応を口にする。「なんなら香奈さん一派です」

「山田くんの間違いでしょ。僕、エンドロールを観ても泣かないし」

むしろ昨日からずっと、山田くんに感情移入していた。

「希さんの意見に一票」

引間が希ちゃんに加勢する。

「希に一万票」

板垣の桁違いの不平等な投票により、僕の負けが決した。

希ちゃんが勝ち誇った表情で、テーブルの上のメモ帳を手に取った。

「まわりから見たらどうでもいい日常が、宮瀬さんにはキラキラ輝いて見えてるんですよね。だから忘れたくなくてメモしてるんでしょ」

「結局、メモを見返しても忘れてるけどね」

僕は肩をすくめる。

しかし希ちゃんは、僕の目を見てきっぱりと言った。

「覚えていることが多いよりも、覚えていたいことが多い方が、幸せだと思います」

その言葉が、かさついた心に吸い込まれていく。

ずっと、忘れていくことが怖くてたまらなかった。

取手がない記憶の引き出しを、恨めしく思っていた。

でも……いや、だからこそ、覚えていたい瞬間はたくさんある。

「老体には、沁《し》みるね」

口の端が引きつる。嬉しくて、うまく笑えない。

「宮瀬の特別なメモリーが、日常をシャイニングさせてたってことだな」

板垣がトンッと杖を打ち鳴らす。

「これが本当の、シャイニングメモリーだぜ」

「宮瀬は『今』に対して、誰よりも必死だった。だから最後に、奇跡が舞い降りたんだ」

引間の言葉に、希ちゃんがはっと目を輝かせる。

「たぶん、今の宮瀬さんなら、奥さんキュンキュンですよ」

「キュンキュンだと？」

鬼才、板垣監督が刮目《かつもく》した。

「まさか」と答え、はぐらかす。ふいに、懐かしい声が頭に響いた。相変わらず甲高い声で、彼は必死に叫んでいた。

アンコール　アンコール　アンコール

声援に呼応して、鼓動が速くなる。遺影の中でほほえむ彼と目が合った。

僕は席を立ち、団室の皆に背を向け、「ちょっと失礼」と歩き出す。

「どこに行くんだよ」と板垣の声がする。

「敗者復活戦」

革靴の紐《ひも》を結び、暖簾をひらりとくぐる。乾いた風が肌に触れた。

淡く澄んだ月光があたりを包み込む。

携帯を取り出し、ボタンを押した。前に知人から聞いた悠子の電話番号が表示される。久しぶりの電話に、「どうしたの、何かあった?」と尋ねてくるかもしれない。
その時は、こう答えよう。
特にないよ。
声が聞きたくてさ。

第三話

シャイニングワード
板垣勇美《いたがきいさみ》の震える一歩

高校1年の夏、応援団長の俺は絶体絶命のピンチに追い込まれていた。

野球部の公式戦での初応援。スタンド最前列に陣取った俺らは、初回からフルスロットルで声援を送った。まさか試合序盤で力尽きるとは思わずに。

声援を送ろうにも、喉に石を詰められたような呻《うめ》き声しか出ない。体力のない巣立《すだち》は熱波にやられ、「あの川で水浴びしよう」とうわ言を口にしている。

間違いない、三途《さんず》の川だ。

ちくしょう。選手のがんばりを見届けずに、三途の川に身を沈めてたまるか。

歯を食いしばり、腕を上げようともがく。

息を吸えども空気が薄い。

視界が徐々に狭くなる。

その時だった。

「ガンバレ」という言葉が耳に飛び込んできたのは——。

観客が選手へ送ったエールだと思った。しかし振り返ると、俺に向かって、一人の小学生が叫んでいた。

「ガンバレ！」

初めての感覚が鼓膜を揺さぶる。

俺には彼が発した「ガンバレ」が、「まだやれる」にも「あきらめないで」にも「信じてる」にも「側《そば》についてるぞ」にも「一緒に声出すよ」にも聞こえた。心臓が力強く脈を打つ。声帯に息を当てたら、いくらでも声が出る。力を込めれば、どこまでも腕が上がる。無敵のヒーローにでもなった気分だった。

たった一言で、こんなにも魂が奮い立つ。鼓舞であり、叱咤《しった》であり、信頼であり、援護であり、共闘でもある、特別なエール。

俺は生涯、「ガンバレ」の4文字と心中する。

天啓に打たれたように覚悟が定まった。

まさかその「ガンバレ」で教え子を殺してしまうとは思わずに。

「これじゃあ、転べってるようなもんです」

杖《つえ》の石突きに付けてあったゴムを見るなり、店主は言った。ゴムは片側が極端に削れている。どうりで歩きづらかったわけだ。

「これって、板垣《いたがき》さんが杖をつくんじゃなくて、引きずって歩いてるのが原因ですよ」店主が慣れた手つきで新品のゴムを取り付けていく。「たくさん歩くのはいいことですけど。今度は、思い切って杖に体重を委ねてみてください」

「杖なんかに頼らなくても、歩けるっての」

勢い勇んで立ち上がる。が、前のめりにバランスを崩してしまう。

「大丈夫ですか？」

店主が手を差し伸べる。

「大丈夫だ。一人で立てる」

彼の手を払い除《の》け、立ち上がった。

「自分の足だけで歩こうとしないのが、うまく歩くコツですよ」

帰り際、店主にかけられた言葉が、くすぶるように胸に残った。


店を出て、街道沿いのファミレスに向かった。

途中、吹きつける北風に足が止まる。そういえば今朝のニュースで、この冬一番の寒さと言っていた。身を守るように、ジャンパーの襟元へ顔を埋《うず》める。生暖かい吐息をマフラー代わりに、再び歩き出した。

店に到着すると、宮瀬《みやせ》と引間《ひきま》と希《のぞみ》が窓際のボックス席に座っていた。「団長、参上。新年も信念を貫くぜ」と初ダジャレをお見舞いし、引間の横に腰を下ろす。平日の昼すぎということもあり、店内は高齢者の憩いの場と化していた。

宮瀬が首を伸ばし、出入り口を窺《うかが》う。すると目を細め、「薫《かおる》ちゃん」と手を振った。

紺色のブレザーに身を包んだ女子生徒が、こちらへやってくる。緊張からか、唇をきゅっと結んでいる。まっすぐなロングヘアーに長い睫毛《まつげ》は、まるで人形のようだった。目鼻立ちの整った美人だとは思うが、表情が暗く、おどおどした印象を与えた。

水の置かれた、俺の真向かいの席に促すと、彼女は「失礼します」と律儀に頭を下げてから座った。

「今日は三学期の始業式だったんでしょ？」

宮瀬が横からメニューを手渡す。「好きなもの食べていいから」と孫を見るかのように顔をくしゃくしゃにして笑った。

「薫ちゃんは店の常連さんの娘で、中学3年生なんだ。学級委員長も任されるくらいの才女だよ。こないだ初めて、一人でうちの店に来てくれてね。僕が担当したの」

「美容師は引退したんじゃなかったのか」と引間が訊《き》いた。

「引退は撤回。懐かしいお客さんから、久しぶりに予約が入ってさ」

「なんだそれ、よっぽど大切な客なのかよ」俺は尋ねる。

「僕の話はいいから。みんな注文決まった？」

なぜか頬を赤らめた宮瀬は、皆の返事を待たずに呼び出しボタンを押した。

店員に対し、それぞれが注文を告げていく。

最後に残った引間が、ためらいがちにメニューを指した。

「……この幸《さいわい》タンメンをお願いします」

全員が一斉に顔を上げた。注目の的となった引間は、きょとんとしている。

「辛《から》タンメン、だね。幸タンメンだと『縁起のいい食材で作られた、おせちみたいなタンメン』になっちゃうよ。それとも、ファミレスでタンメンを食べる日常こそが幸せって意味？」

宮瀬がいつものお返しとばかりに、几帳面《きちょうめん》なツッコミを入れる。

引間の顔が辛タンメンに浮く唐辛子のように赤くなった。

「最近、老眼鏡が合わなくなってきて、線がダブって見えたりするもので……」

しどろもどろの弁明に、店員は愛想笑いを浮かべながらメニューを下げた。

「勝手に一線を付け足すなよ」

俺は肘で引間の脇腹を突いた。

「辛いが幸いに見えるなんて、幸せボケだね」

宮瀬は笑いをこらえながらメモを取る。

引間が不服そうに口を曲げた。しかし俺たちを眺め、穏やかな表情に変わる。

「そうだな。私は今、幸せかもしれない」

意外な返答を、宮瀬がこれまた幸せそうな顔でメモに追加する。

再結成以来、引間と宮瀬の目には、輝きが戻った。

なら俺だって。


「んで、お嬢ちゃんは何の用だ？」

俺の質問に、薫は「えっと……」と言い淀《よど》み、胸の前で重ね合わせていた両手を握りしめた。

宮瀬がメモをめくり、「力になってほしい、そう言ってたよね？」と尋ねる。

「はい」

か細い声で彼女が答えた。

「受験か？　俺は元教師だから、受験応援は任せろよ」

「相変わらず、頼もしいね」

「団長としては当然だっての。相手が学級委員長とくりゃ、親近感も湧《わ》くしな。もしや、長女か？」

「はい」

「こちとら五人兄弟の長男だ。世の中には『長』同士でしかわかり合えないこともあるからな。遠慮すんなよ」

「あの、なんで、団長になったんですか」

薫が話に食いつく。声は小さいが、意志を感じる物言いだった。

「そりゃあ」

格好つけて腕を組んだものの、理由が思い当たらず、「なんでだっけ？」と首を傾《かし》げる。

「板垣ってさ、道端に仔犬《こいぬ》が捨てられているのを見かけたら、どう思う？」

宮瀬が意味ありげな笑みを浮かべた。

「俺に拾われるためにここに捨てられた、と思うわな」

「絶対に違いますって」

希がぶんぶんと首を横に振る。隣の薫も目を見張っている。

「やっぱり団長に向いてるよ」

宮瀬が勢いよく頷《うなず》いた。

「板垣は託されてもいないのに、『俺に任せとけ』って、相手の運命を勝手に背負えるのさ。面倒見がいいのを通り越して、厚かましい責任感。団長としては最高の才能でしょ」

俺はコップに白湯《さゆ》を注ぎ、「そりゃ野球部が勝てるかも、団員たちが最後まで声を出せるかも、捨てられた仔犬がすくすく育つかも、すべて俺次第だろ」と答える。高校時代は本気でそう思っていた。

「今では、全ホモ・サピエンスの運命を丸ごと背負ってるもんね」

宮瀬が誇らしげに指を鳴らす。

「ちなみに板垣の好きな曲は、ベートーヴェンの『運命』です」と引間が補足情報を差し込む。

薫が声をひそめて笑った。そして、手つかずだった水に口をつける。こくりと一口飲み込み、振り絞るようにつぶやいた。

「いじめられてて……」

コップの白湯が一気に冷めたように、指先が悴《かじか》む。教師時代に何度も耳にした言葉だが、慣れることはなく、全身が硬直していく。

「大丈夫か」

俺は薫の顔を覗《のぞ》き込んだ。

「いや、私じゃなくて」

「友達ですか？」

引間の問いに、薫は予想外の返答をした。

「担任の進藤《しんどう》先生」

ターゲットにされているのは、34歳の中堅どころの国語教師だという。

「生徒が教師をいじめるなんて」と引間が俺を見る。

「そりゃ、あるだろ。雨と同じで、いじめは誰にだって降りかかるもんだ」

「どんないじめなの？」宮瀬が訊いた。

「無視するんです。授業中に先生が指名しても、誰も答えないし、目も合わせません」

無視――。あの日の記憶がよみがえり、酸欠を起こしたように、息が苦しい。

「なぜ進藤先生がターゲットに？」

「私のせいです」と消え入りそうな声で薫が答えた。

「私を庇《かば》ってくれたから、今度は先生が……」

もともとのターゲットは薫だった。薫本人は、なぜ自分がいじめられるようになったのか、理由はわからないと言った。

「そもそもな、いじめられていい理由なんてねえよ。いじめる奴《やつ》の虫の居所が悪い時に、近くを通りかかっちまっただけだ。なのに攻撃を受けた側は、わたしのどこがいけなかったのかって悩むだろ。てめえに非はねえのに、自分を責めるから、心の火が消えちまう」

自己否定の泥沼にはまっていく生徒を、何人も見てきた。

「でも私が先生に相談しちゃったから」と薫は俯《うつむ》く。

「相談するのが悪いなんてことはないよ」

宮瀬がはっきりと言う。

「先生は中心だった子を放課後に呼び出して、話し合ってくれました。次の日から、私への嫌がらせはなくなりました」

「代わりに、先生へのいじめが始まった、ということですね」

引間が苦い顔をする。

「今では、私も加害者です。だっていじめを見て見ぬふりしてる」

薫の顔が痛々しく歪《ゆが》む。昨日まで被害者だった自分が、今度は傍観し、いじめの空気に加担してしまっていることに、薫は苦しんでいた。

「お父さんやお母さんには？」と希が訊いた。

「言ってません……」

「そりゃ、近い人間には相談しづらいわな」

まわりには心配をかけたくない。でも誰かに頼りたいくらいに追い込まれ、宮瀬に助けを求めたってことか——。

震える薫の肩に、希がそっと手を添えた。

宮瀬が「進藤先生ってどんな先生なの？」と尋ねる。

「私は、いい先生だと思います。空回りすることも多いけど、ひとりひとりと向き合おうとしてくれるから」

薫は鞄《かばん》からプリントを取り出し、テーブルに置いた。「三年一組学級通信『ＹＥＬＬ』１月号」というタイトルが見えた。

「学級通信か。懐かしいな」引間が手に取る。「しかも今どき手書きなんて」

紙面の上半分には、「やらずに後悔していることに挑戦しよう」という三学期の生活目標と連絡事項が書かれていた。その丁寧《ていねい》な文字に、懐かしい声が再生される。

——教師たるもの、文字は丁寧に。

世話になった先輩教師の言葉だ。俺は新任で、彼は学年主任だった。

「文字なんて読めればいい、というのはもっともだ。丁寧に文字を書くのは、時間も根気もいるからね。ただ、一文字一文字に心を留められる教師は、生徒ひとりひとりの心も受け止められる。なにせ教育は、文字を書くよりも遥《はる》かに非効率なものだからね」

彼は決して目立つ教師ではなかったが、生徒からの信頼は誰よりも厚く、ハートの熱い人だった。俺は密かに憧れていた。

数年後、彼が定年になる間際に、俺のクラスを覗きに来たことがあった。彼は板書を見て、「相変わらず字が下手だなあ」と言った後、「でも丁寧に書いてある」と嬉《うれ》しそうに頷いた。

進藤先生の文字からは、その丁寧さがにじみ出ていた。

さらに驚いたのは、紙面の下半分だ。引間の老眼では絶対に読めない小さな文字で、クラス総勢36人、それぞれに宛てたコメントが、びっしりと書き込まれていた。この1ヶ月で、先生が素敵だと思ったその生徒の言動と、なぜ彼女がそう感じたのかが、細やかにつづられている。

読み終わると、深いため息が出た。無意識に息を止めていたらしい。この分量のコメントを36人分も書くのは、日頃から生徒に心を留め、深く関わる覚悟がないとできない。

「これを毎月やってるのか」

教師時代を思い返し、あまりの大変さに頭がくらくらとした。

「皆、読まずに捨ててますけど……」

薫が申し訳なさそうに視線を落とす。

「気持ちを込めて作ったものがゴミになるのは、しんどいよね」

やけに感情移入した宮瀬がため息をこぼす。

「他の先生に比べて授業も真面目にやるから、生徒には評判が良くなくて」

「真面目にやると嫌われる時代なんですか」

引間が憂鬱そうに天井を仰いだ。

「お待たせいたしました」

ようやく注文の品が到着した。

引間の前に置かれた辛タンメンを見て、「生徒の幸せを願って努力してるのに、一線を引かれて黙殺されるんじゃ、辛《つら》すぎる」と宮瀬がこぼした。

同意しようと口を開くが、声が出ない。

冷や汗に混じり教師時代の記憶がにじみ出す。

黙殺。

あいつも自分に向けられた刃《やいば》を、そう表現した。

彼女の瞳が眼前によみがえり、窓の外に目を逸らす。

冬晴れの空が、赤黒い血の色に染まる。

「薫ちゃん、僕らがなんとかするよ。なにせ板垣団長は元教師だもん。ねえ？」

宮瀬の声に、意識をテーブルに戻す。

罪を犯した俺に、応援する資格があるのだろうか。

あいつの冷ややかな目が、じっとこちらを見つめている。

「板垣？」

俺は、ぬるくなった白湯を一気に飲み干す。

「俺に任せとけ」

いつも以上に声を張り上げた。

自信からではなく、恐怖を打ち消すために。

ゆ

薫と別れた後、宮瀬は探偵映画の最新作を観《み》に吉祥寺へ向かい、引間は奥さんが贔屓《ひいき》にしているアイドルのコンサートに行くと言って帰った。残された俺は、希と一緒に巣立湯に行った。

一番風呂をいただくために、開店準備を手伝う。杖をブラシに持ち替え、洗い場をぐるぐると徘徊《はいかい》した。手を動かしていると、心が徐々にほぐれていく。

床のタイルを磨き終え、壁絵を見上げた。昔は中央のキリストしか目に入らなかった。なのに今は、裏切り者のユダに目が吸い寄せられる。

「ユダの横顔って、悲しそうですよね」

希が桶《おけ》を並べていた手を止める。

「引間がいたら、『ユダに感情移入するのか』って渋い顔されるな」

「言いそう」

「理由はどうあれ、裏切るのが楽しいわけねえよ」

希は「ですよね」とぎこちなく口角を上げた。

「昔の自分から見たら、今のわたしは裏切り者に見えるだろうなー」

独り言めいたつぶやきに、俺は黙って視線を送り、続きを促す。

「子供の頃から絵描きになるのが夢だったんです。学生時代なんて、毎日、絵のことしか考えてなかった。でもあきらめちゃいました。美大まで行かせてもらっておきながら」

「なんでやめちまったんだ?」

「才能がなかったんですよ」

「才能ねえ」

あやふやで、都合の良さがまとわりついた言葉だ。

「凡人が足掻《あが》いたところで、惨めになるだけです」

「そんなことねえだろ」

「そんなことあるから、やめたんですよ」

硬く冷たい声が洗い場に響く。

「わりい。別に適当に言ったわけじゃねえんだ。俺だって……」

昔の出来事を話してしまいそうになり、押し留《とど》めた。

「俺だって？」

「なんでもねえよ。大切だからこそ、捨てるしかないものもあるわな」

希にとっての絵は、俺にとってのあの4文字と同じなのだろう。

桶を並べ終えた希が、壁絵に近づいた。

「おじいちゃんも亡くなる直前まで、ずっと応援してくれてたんです。『また絵を描きたくなったら、この壁は好きに塗り替えていいから』って。期待を裏切ったわたしを怒っていいはずなのに」

「俺と違って、巣立は怒るのが下手だからな」

あいつの恵比須顔を思い出す。

「いつだったか、『怒り顔を教えてくれ』って頼まれたこともあったぞ」

「何ですか、それ」

「怖い顔をしなきゃいけないんだ、とか言ってよ。にらめっこ勝負でも挑まれたんじゃねえか。俺が考えた特訓メニューを毎晩こなしてたぜ。ただ眉間に皺《しわ》を寄せようとすると、ひょっとこみたいに目が寄っちまうんだ」

「おじいちゃん、最高。メモしておかなきゃ」

携帯に文字を打つ希の顔に笑みが戻り、安心する。

「それにしても、さっきの板垣さん、本当に先生みたいでしたね」

「本当に先生だったんだっつうの」

「なんで先生になろうと思ったんですか?」

「そりゃ、おまえのじいちゃんのせいだ」

あれは高3の二学期のことだ。

「進路はどうするつもりだ」

放課後の教室に、担任の安永《やすなが》の低い声が響いた。進路希望調査票が置かれた机を二人で挟む。

高校最後の夏が終わり、俺は、蝉《せみ》も目を見張るほどの見事な抜け殻と化していた。引間は公務員試験の勉強に勤しみ、宮瀬は美容師の弟子入りの準備を始め、巣立にいたっては「コメディアンになる」とニヤついている。宙ぶらりんは、自分だけだった。就職にしろ、進学にしろ、示された道はどれも窮屈そうで、応援団のように血がたぎることはなかった。適当にごまかすくらいなら、と進路希望欄には「一生応援団長」と書いて提出した。

その気骨をまったく理解していない安永は、俺の顔を見て大袈裟《おおげさ》にため息をついた。こいつ、やっぱり嫌いだ。何かと規則で縛りつけてくる指導に、入学以来ずっと楯突《たてつ》いてきた。そんな因縁の相手が担任とは……。

「教師なんてどうだ？」

「冗談じゃねえ」

「板垣は教師が嫌いだろ。学校は息苦しいと思ってる」

俺の刺繍《ししゅう》入り改造学ランを一瞥《いちべつ》し、眉をひそめる。

「だったらなんだよ」

「おまえみたいな教師がいたら、学校はどんな生徒の居場所にもなれる。そう思っただけだ」

安永は目線を外し、ぶっきらぼうに言った。手持ちのリアクションに悪態しか用意していなかった俺は、床に逸らした視線を上げられなかった。

「こちとら無限の可能性があんだ。よりによって教師なんて、勘弁しろよ」

ひねり出した言葉は、履き潰した上履きくらい、薄っぺらく響いた。

安永はふうと息を吐き、「何にでもなれると思っているうちは、何者にもなれないぞ」とつぶやいた。

「人が一歩踏み出せるのは、後がなくなってからだ。30歳を目前にして、慌てて教員に滑り込んだ俺が言うんだから、間違いない」

「説教はいいっての」

「しかも教師の仕事は、嫌というほど生徒を応援できる。それこそ、一生な」

安永は進路希望調査票を突き返し、「むくれてないで返事くらいしろ」とまた大袈裟にため息をついた。

舌打ちでため息をかき消し、席を立ち、屋上へと歩き出す。安永は1つ勘違いをしていた。俺はむくれていたわけじゃない。目の前に射した一筋の光に戸惑い、返事をしそびれたんだ。

屋上の扉を開けると、巣立が一人、大の字で寝転がっていた。

「一生応援団長って書いたんだって?」

首だけをこちらに向け、丸顔をほころばせる。

「おかげで安永と居残りデートだ」

巣立の隣に腰を下ろす。

「進路っつうのは、真剣に考えた分だけ狭まっちまうな」

普段は将来について話すことなどない。でもこの時ばかりは本音がこぼれた。

「なんでコメディアンになろうと思ったんだ」

軽く問いかけたつもりだったが、上半身を起こした巣立は、いつになく真剣な横顔を見せた。

「オレ、子供の頃は入院がちでさ。親も、病弱な息子には無理をさせたくなかったんだろうなー。『野球をやりたい』とか、オレが何かをがんばろうとするたびに、悲しい顔になるんだ。たまんないよ。努力しない方がマシだなんて。でもコメディアンだったら、ステージで必死にがんばるほど、まわりは笑顔であふれるってわけよ。もうこれ以上、大切な人の笑顔を奪うのはごめんだ」

大切な人に笑っていてほしい。

こんな白々しい理由も、巣立の口から聞くと、頷けてしまう。

そんな俺の反応が意外だったのか、「というのは、あくまで表向き。一番の理由は……」といつもの調子に戻り、「なんか楽しそうじゃん」と口もとをゆるめた。

「そんな理由かよ」

「そんな理由だよ」巣立は自信たっぷりに言った。「人が一歩踏み出せるのは、頭よりも先に心が動いた時だけだからなー。たいそうな理由なんて、全部後付けだって。それに、自分の未来を『楽しそう』って思えるのは、すごいことじゃん。なにせ生きるってのは、基本、理不尽な悲劇ばっかり起こるだろ？」

「まあ、天敵の教師が担任になるくらいにはな」

「なのに、思わずニヤニヤできた。これ以上の理由はないだろー」

屈託のない物言いに、納得しそうになる。

「だから板垣も、進路なんかピンときた方に進んじゃえばいい」

「ずいぶん無責任じゃねえか」

「違うってば」巣立はつぶらな瞳に力を込めた。「どこで何をしてたって、板垣の言動は全部応援だってこと。『俺に任せとけ』って片っぱしから相手の運命をカツアゲして回るような人間は、端《はな》から一生応援団長だろー」

そして、雲ひとつない青空に向かい、目一杯に右手を伸ばす。

「未来はオレらの手の中にある。どんな道に進んだとしてもな」

「そんなもんかねえ」

俺はいてもたってもいられず、「ちょっと、小便」と踵《きびす》を返す。

教室に戻り、書き直した調査票を叩きつける。

「あんたみたいな教師にはならねえからな」

「そりゃ結構なことだ」

安永は自分の手柄と言わんばかりに、したり顔で笑った。


教師になってからは、安永の言葉通り、嫌と言うほど生徒を応援した。嫌そうにしたのは、生徒たちの方だったが。まわりの教師からは、「子供は簡単に裏切る。適度な距離を保たないと身がもたない」と忠告された。ただそんなぬるい態度で、応援が届くはずがない。俺は放課後だろうと夜だろうと、どこへでも駆けつけた。目を逸らそうとする奴がいれば、意地でも視界に入り込み、ひたすら「ガンバレ」と伝えた。

次第に生徒にも変化が現れた。警戒し無表情だった奴らが、俺に出くわすと「またイタセンかよ」とうざったそうに顔をしかめるようになった。その憎まれ口が、俺には信頼の言葉に聞こえた。

生徒の一番の応援団は俺だ。

そんな自負を胸に「ガンバレ」と言いつづけた。


「板垣さんは、どんな先生だったんですか?」

希の声が浴室に響く。

「俺が教えてる奴は俺の教え子、俺が教えてない奴も俺の教え子。そんな感じで飛び回ってたな」

希は丸い目をさらに丸くして、「ジャイアンみたい」と笑った。

ふいに、柏葉彩乃《かしわばあやの》の声が重なる。

あの日の彼女も、「ジャイアンみたい」と笑っていた。これから死ぬなんて微塵《みじん》も感じさせない、明るい声だった。

「どうかしました？」

「大丈夫だ」俺は声を張った。「昔、教え子に同じこと言われてよ。そのアニメを観たことねえから、ピンとこねえけど」

「えっ、『ドラえもん』観たことないんですか」

「だってあの丸いやつ、青いだろ。観てるだけで冷えちまう」

「引間さんがいたら、『炎は熱いほど青くなるんだろうよ』って怒りますよ。それに『ドラえもん』は心が温まりますから。今度マンガ貸しましょうか」

熱っぽく語る希に構わず、ブラシを杖に持ち替え、下駄箱に向かう。

「帰っちゃうんですか？」希が慌てた声を出した。「銭湯に来てお風呂に入らないのは、ドラえもんがいるのに、ひみつ道具を使わないのと一緒ですよー」

俺は振り返らずに、言葉を返す。

「まわりに頼らず自力でがんばる方が、よっぽど熱いだろうが」

巣立湯を出て、大通りを南に進む。

暮れかかった陽が、アスファルトを鈍く照らしていた。

杖をつき、下を向いて歩いていると、路上には色々なものが落ちていることに気づく。ガム、雑誌、ペットボトルの蓋、踏みつけられたチラシ。颯爽《さっそう》と前を向いて生きる奴らにとって、いらないもの。たとえ必要であったとしても、地面に落ちた途端、それらは、ゴミになる。人間も同じだ。自分は社会を引っ張っていく側だと思っていた。しかし老いるにつれ、そこから転げ落ち、ゴミに成り果てた。久しぶりに応援団を名乗ってみても、必要とされるどころか疎まれる。どれだけエールを叫んでも、俺の言葉は無視される。

気づくと、墓地にいた。

寺の表門が目に入り、なぜ自分がここにいるのか、理解が追いつく。

柏葉の命日だ。

忘れていたわけではない。忘れていいわけがない。ただ、進藤先生への応援をためらう自分を柏葉に悟られたくなくて、頭から締め出していただけだ。

墓前に立つと、吐く息の白さが濃くなった。花立ては、今年も空だった。

深々と頭を下げる。許しを請うでもなく、感傷に浸るでもなく、ただ頭を下げつづけた。

あの日と同じ長い影が、地面に伸びていた。

ゆ

「友達の話なんだけどね」

柏葉彩乃が念を押すように言った。夕陽を受けて、白い息が淡く揺らめく。屋上のアスファルトに、彼女の影がすらりと伸びていた。

長年の教員生活で「友達の話は本人の話」と身に染みている。そもそも、学校で柏葉が友達と話しているのを見たことがない。彼女はいつも独りだった。以前、国語の授業を代打で受け持った時も、「自由にグループを組め」と指示すると、柏葉は自分が組む相手ではなく、ひとりぼっちになってしまったクラスメイトがいないか、さり気なく見回した。皆が組めたとわかるや、「余ったんで、先生、組んでください」としれっと言うような生徒だった。

「んで、友達がどうした？」

「家でハブられてるらしくて」

「夕食にハブのフルコースでも出るのか」

「イタセン、おもしろくない」

「そりゃ、失礼」

話を聞くべく、彼女の正面に体を向けた。ぱつんと切り揃《そろ》えられた前髪の下から覗くアーモンド形の瞳に、しっかりと視線を合わせる。

「その娘の言ったことだけ、なかったことにされちゃうんだって」

「なかったこと？」

「例えば、妹が『晩ごはんなに？』って言ったら、母親は『シチュー』って答えるのに、その娘が訊いてもスルーされる」

「たまたま聞こえなかった、とかじゃないんだな？」

「うん。妹が生まれてからずっとだって。優秀な妹に両親がべったりっていう、よくある話だよ。不出来な子供はいらなかったみたい」

柏葉は組んだ両手を上げ、「うー」と伸びをした。

「その友達は、他の大人に相談したのか」

「何回かね。でも、まともに取り合ってもらえなかったって。仕方ないよ。暴力を振るわれたとか、服がボロボロとか、食事を与えてもらえないとかじゃないもん。まわりから見れば、仲の良い普通の家族。けど実際は、仲の良い家族と、一人の他人って感じなの。どんな言葉も届かない、透明な壁がある」

「バカを言うな」俺は足を踏み鳴らした。「それが仕方ないわけねえだろ。心の傷は、体の傷より治りが遅いんだ。そいつに言っとけ、早く俺を頼れってな」

柏葉はぽかんと口を開け、目を白黒させる。じっとこちらを見つめ返し、

「イタセンって、たまーにいいこと言うよね」と赤みが差した片頬に薄い笑みを浮かべた。

「そんなこと、たまーにも言われねえから、ありがたいねえ」

「有り難いことに『ありがとう』って言ってるうちは、まだまだだね。当たり前なことにも『ありがとう』、これが人生の極意でしょ」

人生の極意という懐かしい響きに、「18歳で人生を極めるのは早すぎるだろうよ」と引間を真似して返す。

「毎日、修行してますから」

柏葉はおどけて肩をすくめた。家庭で受けている理不尽な「苦労」を「修行」と言い換える。誰のことも悪者にしない彼女らしい気遣いに、胸が痛んだ。

「夏休み前の全校集会で、イタセンが校長先生のマイクを横取りしたじゃん。あれも、よかったよ」

柏葉が屋上の縁に上る。フェンス越しに校庭を見下ろし、演説の真似事を始めた。

「おまえらの中で流行ってる芸人がよ、『応援団なんて意味ない。本当に応援する気があるなら、ボール拾いを手伝った方がマシだ』とかほざいてるだろ。もちろん、直《じか》に手助けする行動も尊いだろうよ。でもな、応援ってのは、直接触れずとも相手の背中を押すことができんだよ。だから夏休みで会えない間も、おまえらの運命を背負って、『ガンバレ』ってエールを送ってやるからな。いいか、肝だけじゃなく五臓六腑《ごぞうろっぷ》に命じとけよ。以上」

柏葉はこちらを振り返り、フェンスにもたれかかった。

「あれ聞いてさ、イタセンが応援してくれてるなら、わたしも運命に抵抗してみようかなって思ったんだよね」柏葉は唇を強く噛んだ。「でも、簡単には変わらないね。運命」

「文句はベートーヴェンに言えよ。運命、変わりませんけどって」

「あー、責任転嫁だあ」と柏葉は呆《あき》れたように口を尖《とが》らせた。

「イタセンは、なんでわたしにかまってくれるの？」

「教え子は誰であろうと応援する。当たり前だろ」

「教え子？　担任でもないし、うちのクラスだって代打で授業しただけじゃん」

「俺が教えてる奴は俺の教え子、俺が教えてない奴も俺の教え子なんだよ」

「ジャイアンみたい」柏葉はくすくすと肩を揺らした。「そのうち『人類みんな俺の教え子だ』とか言いそう」

「そりゃいいぜ。俺が人類を丸ごと応援してやんよ」

「そんなに運命を背負ったら、腰を痛めちゃうよ？」

「俺に任せとけ」

振り上げた右手で、自分の腰をひと叩きした。

「こちとら18歳の時から『一生応援団長』を掲げて生きてんだ。応援できねぇ方が、体がおかしくなるっつうの」

「確かにイタセンって、応援してる時だけは輝いてるもんね」

安堵《あんど》したようにニヤける柏葉に、「ダジャレのセンスだって輝いてるだろうが」とニヤつき返す。

刹那《せつな》、会話を遮るように北風が吹いた。

風に煽《あお》られた長く艶やかな髪が、彼女の顔にかかる。

「ねえ、人を簡単に殺す方法知ってる？」

その目はもう、笑っていなかった。

「ピストルでバーン、だろ」

柏葉は「ブッブー」と首を振った。

「ピストルは手に入れるの大変じゃん。引き金を引くのも固くて痛そうだし」

「殺すんだから、引き金の固さくらい我慢しろよ」

俺は思わず笑ってしまう。

「正解は」

柏葉がフェンスから背中を離す。とん、と静かな音を立て両足で着地した。

「黙殺でした」

「なんだそりゃ」

「一番簡単で、一番手も汚さず、一番卑怯《ひきょう》な殺し方」

彼女の視線から温度が消えた。何の感情も読み取れない眼が、こちらに向く。

「第二問。人が死にたくなるのは、どんな時でしょう」

「おまえ……」

「友達の話だから」

きっぱりと言った。答えを催促するように、上目遣いでほほえむ。俺は悩んだあげく、「絶望で世界が真っ暗になった時とかだろ」と答えた。

柏葉は「またもやブッブー」と顔の前で大きなバッテンを作った。

「イタセン、少年漫画の影響受けすぎ」

からかうように言うと、両腕をだらりと下ろし、こう続けた。

「正解は、自分以外の世界が、あまりにも輝いて見えた時だよ」

彼女の口からこぼれた言葉は、風に舞うように目の前から姿を消した。言葉の行方を追って空を見上げる。血が滴り落ちそうなほど、すべてが真っ赤に染まっていた。

「あと3ヶ月で卒業かー」

柏葉はブレザーのポケットに両手を突っ込んだ。

「なんかないの？　贈る言葉とか」

茶化すような口調とは裏腹に、その目はまっすぐこちらを捉えたままだ。俺は大きく口を開け、一気に言葉を吐き出した。

「ガンバレ」

「それだけ？」

柏葉が笑った、ように見えた。口角を上げているものの、やはり感情は読み取れない。

「ガンバレの4文字に勝る言葉なんてねえだろ」

理不尽に負けんなよ。あきらめずに前を向くんだぞ。そんな気持ちで念を押す。

「柏葉、ガンバレ」

彼女は「イタセン、顔が怖いって」といたずらっぽく笑い、ひときわ明るい声で返事をする。

「わたしは、大丈夫」

「ならいいけどよ……」

柏葉は満足そうに頷き、背を向けた。もうこちらを振り返らない。俺は「また、明日な」と声をかけ、屋上を後にした。

翌日、柏葉は学校に来なかった。

その冬一番の寒さを記録した早朝、彼女は命を絶った。

葬式は雨だった。

まるで天に昇った柏葉が泣いているように思えた。

参列していた保護者の一人が遺影に向かい、「かわいそうにねえ」と憐《あわ》れむように言った。咄嗟《とっさ》に両拳を背中で結ぶ。でないと摑《つか》みかかってしまいそうだった。

柏葉が理不尽な境遇にいたことは確かだ。けれど、あいつの18年間の人生がかわいそうかは、別だ。死の直前まで、希望を見出《みいだ》そうとしていた目や、たわいもない会話で笑い合った声がよみがえる。どんな死に方を選ぼうが、たとえ18年だろうが、あいつが必死に生きようとして、必死に生きていたことに変わりはない。柏葉彩乃の人生を、「かわいそう」なんて一言で片づけられてたまるかよ。

ただそれもすべて、俺が柏葉を救えればよかったのだ。

あの日の屋上で贈った「ガンバレ」は、彼女には届かなかったのか……。

矛先を失った怒りは、雨に打たれ、湿気っていった。

列に並び、焼香をすませ、黙禱《もくとう》を捧《ささ》げる。柏葉の両親は体調を崩して入院中とのことで、喪主は柏葉の叔父と叔母だった。

二人に向かい頭を下げると、彼らは「板垣先生ですよね」と駆け寄ってきた。

「これ、彩乃の遺書です。机の引き出しの奥にしまってありました」

宛名には、丁寧な字で俺の名前が記されていた。

斎場の駐車場で一人になり、便箋を開く。

イタセンへ

わたしって学校でも友達いないし、
ぶっちゃけ地味で目立たない生徒だったと思う。
でもイタセンだけが話を聞いてくれた。

ちゃんと視線を合わせて頷いてくれた。
それがすごく嬉しかった。
自分はここにいるんだって思えた。
だから先生のエールに応えたくて、もう一度がんばってみたよ。
けどムリだった。
なんかもうがんばるの、疲れちゃった。
ダメな教え子だね……。
きっと出来損ないのわたしなんかより、
応援すべき価値がある人はたくさんいるからさ。
エールを必要としてる人類みんなのためにも、
イタセンは応援しつづけてよ。

せっかくの応援をムダにして、ごめんなさい。

両手から力が抜け、持っていた傘が逆さまに落ちる。

傘の上に、遺書がゆらりと重なった。

苦しみの真《ま》っ只中《ただなか》にいる彼女を支えられるのは、俺だけだ。そんな自負と共に、この手を差し伸べたつもりだった。それでも、柏葉彩乃を救えなかったのだと思っていた。

でも逆だ。手を差し伸べるどころか、俺の「ガンバレ」があいつを追い詰め、死の淵《ふち》に立つ背中を押してしまった。

――応援ってのは、直接触れずとも相手の背中を押すことができんだよ。

希望を込めて放った言葉が、刃となって俺に突き刺さる。


俺が柏葉を殺したんだ。

なにが運命を背負ってやるだ。

なにがガンバレの4文字に勝る言葉なんてないだ。

偉そうに「俺に任せとけ」と言った自分を殴りたかった。

身勝手に「ガンバレ」を押しつけた己を蹴り飛ばしたかった。

けれど拳に力は入らず、足も震えて動かない。

泣く資格なんてないのに、涙はあふれ出る。

灰色の雲に覆われた空を見上げた。

どうして遺書の中でさえ、おまえは気を遣うんだよ。

最期の言葉が「ごめんなさい」でいいわけないだろ。

俺を悪者にしてでも、おまえは生きなきゃだめだったのに……。

したたる雨粒が涙と混じり合い、顔中を濡《ぬ》らす。この雨すらも、俺の涙を隠すための、柏葉の気遣いなのかもしれない。呆然《ぼうぜん》と雨に打たれながら、そんなことを思った。

新年度を迎えずに、俺は退職願を出した。

「あの生徒を救えなかったのは、板垣先生のせいじゃないでしょう」

校長が引き止めるように言った。

「柏葉を追い込んだ責任は、俺にあります」

「責任感が強いのは結構ですが、ここで辞めることこそ、教育者としての責任から逃げているのでは？」

いつもは温和な校長が語気を強めた。

彼の言う通り、本当は逃げ出したのだ。柏葉の死を境に、誰かを応援するのが怖くなった。また相手を追い詰めてしまうのではないか。そう考えると生徒と向き合うのが恐ろしくて、恐ろしいと思ってしまう自分が情けなくて、逃げるしかなかった。

引間たちにはなくしたと嘘《うそ》をついたが、「ガンバレ」と刺繍《ししゅう》が刻まれた学ランは、退職した日に、捨てた。

もう二度と、この4文字を口にしてはならない。

己を戒めるために、魂をゴミ箱に押し込んだ。

俺が背負うべきは、罪の十字架なのだ。

以来、応援に関わることを避けてきた。団の仲間からの誘いにも次第に応じなくなった。誰とも目を合わせなくてすむように、下を向いて歩くようになった。そのせいで俺の腰は、みるみるうちに曲がっていった。

柏葉のことを思い出すと、血のような赤い空が浮かぶ。

あの日から、俺にとって赤は償いの色だ。


水滴が目に入る。雨だ。

墓石を見上げ、問いかける。

おまえと同じように苦しんでいる相手に対して、俺はどんな言葉で応援したらいい？

しかしいくら待ったところで、柏葉が答えてくれるはずもない。

雨は激しさを増し、容赦なく身体から熱を奪っていった。

翌日、応援の話し合いをするため、巣立湯に集まった。

シャワーを浴び、拷問風呂に全身を沈め、目をつむる。しかしピリピリとした刺激が皮膚にまとわりつくだけで、いっこうに体は温まらない。

昨日の冷たい雨音が、鼓膜に降りつづいていた。

隣の湯船から引間と宮瀬の会話が聞こえる。巣立の遺書の謎を推理しているらしい。仲間思いのいい奴らだと感心し、同時に後ろめたい気持ちが湧いた。

俺が再結成に乗ったのは、巣立のためではなかったから。

巣立の遺書を読んだ時、頭に浮かんだのは、柏葉彩乃の顔だった。

そして、悟った。

これは「彼女が遺した言葉にもう一度向き合え」という、運命からの最後通告だと。

通夜から帰り、机の引き出しに手を入れた。返せずに積み重なった巣立の年賀状を端によけ、奥にしまい込んでいた柏葉の遺書を開く。

ある一文が目に留まった。

エールを必要としてる人類みんなのためにも、
イタセンは応援しつづけてよ。

死の淵ですら、自分以外の誰かの幸せを願った言葉が、放置され、横たわり、冷たくなろうとしていた。

「柏葉の家族と同じように、彼女の言葉をなかったことにするのか」

運命が俺の胸ぐらをつかみ、迫る。

「ああ……」と思わず声が漏れた。

この期に及んで、当たり前の事実に気づく。

俺が目を逸らしつづける限り、柏葉の言葉は黙殺されたまま。

彼女の最期の願いを叶《かな》えられるのは、託された俺しかいないのだ。

遺書に記された丁寧な文字を、あらためて見据えた。

イタセンになら届く、そう思って書いてくれたんだよな？

なのにその言葉すら無視されて、さぞ寂しかったろ。

俺が臆病者だったせいで、ずっとおまえを苦しめちまってたなんて……。

己の不甲斐《ふがい》なさに呆れ果て、観念したように腹が決まる。

柏葉、聞こえるか。散々裏切っておいて、ここまで逃げつづけておいて、今更何様だって思うだろうけどよ、それでも誓わせてくれ。


これ以上、おまえの言葉をなかったことにはしない。


頭上に右手を伸ばし、あの時に選ぶべきだった未来を、強く握りしめた。

だから団の再結成を決めた場で皆に宣言したことは、偽りではない。

柏葉《あいつ》のために――俺は応援団をやると決めた。

「ガンバレ」という応援の背骨を失ったままだとしても、応援しつづける。

それが俺にできる唯一の供養なのだ。

その日から、柏葉が生きていた頃のようにふるまうと決めた。「俺に任せとけ」と運命を勝手に背負い、人類を丸ごと応援する。彼女が望んだ頼もしいイタセンを、強く勇ましかった昔の俺を、必死に演じつづけた。震えそうになった時は、柏葉の顔を瞼《まぶた》の裏に浮かべ、臆病な自分を押さえ込んだ。

強がりを貫けば、弱い心は上書きされ、輝いていた自分を取り戻せるのではないか。ゴミ箱に捨ててしまった「ガンバレ」に代わる言葉も――。

そんな淡い期待も、どこかで抱いていた。

なのに……。


「大丈夫か？」

引間の声に目を開ける。

唐辛子の浮かぶ真っ赤な水面が揺れていた。いや、揺れていたのは俺だった。

「大丈夫だっての。応援のこと考えてたら、武者震いが出ちまったぜ」

大袈裟に震えて見せ、杖を手に取り湯船を出る。

「わお。また板垣団長の美しい閃《ひらめ》きが期待できるってわけね」

後を追ってくる宮瀬に「俺に任せとけ」と応え、脱衣場への扉を開けた。

鏡に映る自分から、白い煙が噴き出していた。「湯気、すごいね」という宮瀬の言葉に、横にいたキャップ姿の老人客が大袈裟に目を見張る。けれど俺の体の感覚は冷めたまま。違和感はタオルで拭っても拭い切れなかった。

アロハを羽織り、一人で団室の椅子に腰かける。番台の希が何かを言っているが、「実は――」「応援したかった相手――」と断片しか拾えなかった。

耳の詰まりをとろうと、白湯をあおる。するとテレビから、「応援する資格がおまえにあるのかよ」という大きな声が耳に飛び込んできた。白湯が気管に入り、盛大にむせかえる。またあの芸人が応援団を揶揄《やゆ》するコントをしていた。

「これ、見てくださいよ」

焦ったように番台から降りてきた希が、1枚の写真をテーブルに置いた。

「前に訊かれた、おじいちゃんの遺影に使った写真です」

そういえば宮瀬が、「遺影に使う写真はピントがブレてちゃまずいかな」と意味不明なことを口走った流れで、巣立の遺影について尋ねていた。

「卒業写真だったのね」

コーヒー牛乳を手にした宮瀬が覗き込む。校門をバックに卒業証書を持ち、リーゼント、否、ポンパドールできめた四人が並んでいた。

「人生で一番のお気に入りなんだって、おじいちゃんが言ってました」

「でも、この写真は初めて見たな」

引間が首を傾げる。俺も見覚えはなかった。

「現像したまま、渡しそびれたのかもね。お笑い番組のオーディションとかで忙しそうだったもん」

「なぜ私たちはニヤニヤしているんだ？」

写真の中の四人は、一様に口もとをゆるめていた。

「これって、安永先生が撮ってくれたんだよね」宮瀬が写真を手に考え込む。

「なんか冗談を言われた気がするんだけど……」

「だとしたら、こんな希望に満ちた顔にはならねえだろ」

俺はかぶりを振る。安永の冗談はいつだって笑えない。

「確かに、気まずく黙り込んだような気もするね。おかしいな、昔のことだけはよく覚えているはずなのに」

「ただどちらにせよ、遺影に使いたくなる気持ちはわかる」

引間の意見に、皆、無言で同意する。頭よりも先に心が動いた。そんな、いい顔だった。

「なんで板垣さんだけ、体が後ろ向きなんですか？」

希が写真の中の俺を指した。

「団長はね、刺繍を見せたかったのさ」

見返り美人図のごとく、首だけを正面に向けた俺の背中には、罪深い4文字が入っていた。

「カタカナ、かわいい！」

希の能天気な声が脳天に響き、俺は顔をしかめた。

「かわいさで選んでねえよ。漢字より画数が少なくて、刺繍しやすかっただけだ。ひらがなだと曲線の処理が面倒だしな」

「えっ、これ、板垣さんが刺繍したんですか」

「そうだよ。男子で一人だけ、裁縫の授業を受けてたんだから。さあここで、恒例の板垣クイズです」

宮瀬が勝手にコーナーを仕切りはじめる。

「板垣が一番好きな『熱いもの』はなんでしょう？」

「拷問風呂」

希が間髪をいれずに答える。

「残念。正解は――ご本人どうぞ」

ごまかそうかと思ったが、希のまっすぐな瞳に、本音を口にしてしまう。

「言葉だ」

「ことば？」

「言葉はよ、口にするだけで、マグマが噴き出したみたいに熱くなる。拷問風呂で体は熱くできても、心まで熱くたぎらせられるのは言葉だけだ」

「だから国語教師になったんだもんね。なかでも、団長一番のホットワードがガ、ン、バ、レ、ってわけ」


宮瀬の口から飛び出した因縁の言葉に、息が止まった。

冷たい汗が背中を流れていく。


「誰に対しても、どんな状況でも、一瞬であれだけ力強く背中を押せる言葉が他にあるかよ、ってよく熱弁してたよね」

「ああ」引間が頷く。「ガンバレだけは訳そうったってどの横文字も力不足だ、と偉そうにな」

俺は「昔のことだから、忘れちまったぜ」と苦笑いを浮かべ、はぐらかす。

しかし思い出に浸っている宮瀬と引間は止まらない。

「そうそう、板垣のガンバレって言えばさ」

「都大会初戦のシャイニングエールだな」

「何ですか、それ」と目を輝かせる希に対し、引間と宮瀬が交互に答えていく。

「私たちの対戦相手が有名な不良高校で、ラフプレーが多かったんですよ」

「僕らも頭の悪さじゃどっこいどっこいだけど、ずるはしなかった」

「実力的には、うちが断然上でしたから。相手校からすると、開き直ってやっちまえって感じだったんでしょうね。しかも相手校の応援団が、ラフプレーを煽ってまして」

「当然、僕らも怒るじゃん。そこで物申したのが――」と宮瀬が壁の遺影に手のひらを向けた。巣立は、相手校の応援団が陣取る三塁側に向かい、「それでも応援団か。次やったら、笑い飛ばすぞー」と叫んだのだ。

「ぶっ飛ばすって言うつもりが、ラフプレーに引っ張られて、笑い飛ばすって迷言になっちゃったんだけどね」宮瀬が笑う。

「ただ、相手方を黙らせるには十分な声の迫力でした」

引間がすかっとした表情で唸《うな》る。

「そこからは僕らの応援も勢いづいてさ。試合も快勝して、気分よく帰ろうと思ったのよ。そしたら、球場の正門で敵の応援団が出待ちしてたの」

「応援団というより、愚連隊といった感じでした」

相手の団長はグリズリーみたいに図体のでかい奴だった。

「僕らを取り囲んで、『笑い飛ばしてみろよ』って凄《すご》んできたんだよ」

「すると当の巣立が、恐怖のあまりお漏らしをしまして」引間が遺影を見上げ、小さく笑う。「しかも震える脚を突き出して、『もう膝が笑ってます』と苦しいオチでごまかそうと……」

「まさに絶体絶命のピンチ」宮瀬が嬉々《きき》として煽る。「その時だよ。板垣が一歩前に出て、こう言ったのさ。『文句があるなら団長が受けて立つ』ってね」

「それで相手の団長に向かって、拳を振りかざしたんです」

引間の言葉を受けた宮瀬が、勢いよく右拳を上げた。

驚いた希が身構える。

あの時のグリズリーも、同じような反応だった。

その様子に、不敵な笑みを浮かべた宮瀬が、渾身《こんしん》の叫びを浴びせる。

「ガンバレー、ガンバレー、おまえらー」

希が「ふんまっ」と変な声を上げた。

「エールを打ったんです。たった一人で」

「相手はぽかんとしてたよね。まさか応援されると思ってなかったから」

「結局、争う気がそがれたのか、『おまえらもがんばれよ』と言い残して彼らは去りました」

「気まずいのに、応援されてニマっとしちゃう彼らの顔は傑作だったよね」

「さすが板垣さん。勇気ありますねえ」

興奮した希が握手を求めてくる。

「別に。団長が仲間のケツを拭くのは当然だろうが」

「くうー。頼れるリーダーだねえ」

宮瀬がしみじみとこぼす。

「でも、どこがシャイニングなんですか」希が首を傾げた。「星、出てきてないですよね」

「それがね、巣立のお漏らしの跡が、星形だったの」

皆が一斉に爆笑する。つられて、唇の隙間から息が漏れた。

昔を振り返ると、すべての瞬間が輝いていたように思える。

そして中心には、いつもあの4文字があった。

卒業写真に写る18歳の俺が、ニヤニヤと背中を突き出していた。体の内側が熱を纏《まと》っていく。気を抜いたら、あの言葉がこぼれ出てしまいそうで、慌てて口もとを押さえた。

「昔を懐かしんでる場合じゃなかったな。進藤先生の応援の件だ」引間が本題へと戻す。「ミラクルホークスの時はやり慣れた野球応援だったし、山田《やまだ》さんに至っては探偵をするのでよかったけど、今回は何をしたらいいのか……」

「それこそ、満を持して板垣の出番でしょ。進藤先生の悴んだ心をホットにする言葉を贈るのさ。教師の気持ちは誰よりもわかるもんね？　さっきのお風呂場でも、やけに自信満々だったし」

主役はキミに譲るよ、と言わんばかりに宮瀬が手を広げた。

「で、どうする団長」

「まずは……会って、話を聞く」

面と向かい、相手の目を見て、その言葉に耳を傾ける。教師時代、生徒たちを応援するためにやっていたこと。もちろん柏葉にも。

「でも見ず知らずの私たちがいきなり話しかけたら、怪しまれるだろうよ」

眉をひそめる引間に対し、「僕にいい考えがある」と宮瀬が身を乗り出した。

「彼女を尾行しながら、ドラマチックに出会えるチャンスを窺うのさ。昨日観た探偵映画の最新作で、ヒロインが助けを求めて手を伸ばした瞬間に、主人公が偶然を装って現れたのがかっこよくてねぇ」

そして探偵の口調そのままに、仰々しく名乗りを上げた。

「僕ら、全ホモ・サピエンスを尾行する探偵団。その名も——シャイニング！」

「全ホモ・サピエンスを尾行するなんて無理だろうよ。それとも将来、すべての行動がデータ管理され相互監視社会が訪れるという予見か。だとしたら、尾行ではなく時代を先行しているぞ」

引間の律儀なツッコミをメモした宮瀬は、「じゃあ、老人は全部急げってことで。明日、薫ちゃんの中学の校門集合ね」とどんどん話を進めていく。

「おう、明日な」

俺は腹に力を込め、無理矢理声を絞り出した。

あの言葉は言えない。でもかならず応援はする。

なんとしてでも、あの4文字に代わるエールの糸口を見つけだす。

絶望の淵にいる相手を、この世界に繋《つな》ぎ止める言葉を。


翌日。気がはやってしまい、集合時間よりも早く到着した。校門から少し離れたガードレールに寄りかかり時間を潰す。日も暮れて、下校する生徒はまばらだった。こいつらの中にも、無視に加担している生徒がいるのだろうか。どいつも素直そうないい奴に見えてしまう。

時間ちょうどに、宮瀬と引間がやってきた。門の脇から中を覗き込む。

「進藤先生は、童顔で、背が小さくて、髪はショートカットらしいよ」

宮瀬がメモをめくりながら、探偵気取りで申し送る。

「手編みのニットの編み目ぐらい、ざっくりとした情報だな」

引間が苦笑する。

しかし問題はなかった。視線が地面に落ち、身を守るように背中を丸めた女性が校舎から出てきたからだ。ベージュのピーコートは、外敵に怯《おび》えるハムスターを連想させた。

「みんな、電柱に隠れて」

ハットで顔を隠した宮瀬が、緊迫した声を作った。臨場感を盛り上げたいのか、探偵映画の有名なＢＧＭを口ずさむ。

「この状況を楽しんでないか」と引間が咎《とが》めた。

「うん。楽しんでるよ」

つばの下から覗く瞳が一回り大きくなったように輝いた。

「これは応援だろうよ」

「ノンノンノン」宮瀬が人差し指を左右に揺らす。「自分のために貫いたことは、意外と誰かのためになる。我慢の上に成り立つ関係は、続かないのよ」

「現役の時は、『自己犠牲こそ応援の美しさ』と言ってたくせに」

遠回りしたけど真実に気づいたのさ、と宮瀬はつぶやき、こう続けた。

「まちがったって　いいじゃないか　70だもの　——みのる」

「急に相田みつをさんをぶっ込まないでくれ。ちなみに、老人に限らず何歳だろうと間違っていいはずでは？　それに、遠回りしたから気づけることだってあると思う」

几帳面に意見を重ねていく引間に、「こころがやわらかいねえ」と宮瀬が穏やかな笑みを返す。

「おい、先生が行っちまうぞ」

彼女は俺たちの横を通り過ぎ、駅の方角へ歩き出していた。慌てて跡をつける。距離を保ちながら尾行を続けていると、三鷹駅前のロータリーに出た。道沿いの商業ビルへと入っていく。

向かった先は、最上階の本屋だった。

他のコーナーには目もくれず、教育関係者向けの書籍が並ぶ棚の前で立ち止まる。手に取っては中身を確認し、細い腕に抱え込んでいく。俺は本を探すふりをして、タイトルを盗み見た。

『生徒と向き合うコツ』

『誰にでもできる心を掴む話し方』

『新任教師におくる　クラス運営の手引き』

教室内にうずまく理不尽に、あんたはなおも立ち向かうのか。

彼女の視線が上段の方で止まった。すがるように棚へと手を伸ばす。しかし、途中で躊躇《ちゅうちょ》しその手を止めた。

「チャンス到来」

宮瀬が颯爽と動く。彼女が再び手を伸ばすと同時に、宮瀬の手が本に触れた。

「あっ」

映画のワンシーンのように、二人の声が重なる。

「どうぞ」

進藤先生がさっと手を引いた。

宮瀬は「メルシー」と会釈をし本を取ると、表紙に右耳を近づけた。

「おやっ、この本はお嬢さんに連れて帰ってほしいと言ってますよ」

宮瀬が声を低く響かせる。品のある老紳士といった佇《たたず》まいで、彼女に本を差し出した。

戸惑いの表情を浮かべる進藤先生に、完璧なほほえみを返す。

「失礼ですけど、先生をされているんですか」

「えっ？」

「しかも、いじめについて悩んでらっしゃる」

「えっ……」

「わたし『西荻窪《にしおぎくぼ》の祖父』という名前で占い師を――というのは冗談。ほら、その本」

宮瀬は綺麗《きれい》に揃えた5本の指先で、タイトルを指した。

そこには『いじめ対応マニュアル』と記されていた。手に取るのを躊躇するわけだ。クラスにいじめがあると自ら宣言しているに等しい。

「ああ」

進藤先生はバツの悪い笑みを浮かべた。

「わたしの親友にも教師がいましてね。熱血教師をさらに土鍋で煮詰めたような、それはそれは暑苦しくて厚かましい漢《おとこ》なんですが。昔、彼が言ってました。教師の仕事は悩むことだと。テスト問題と違って、教育には正解がありませんから。特にいじめは、根が深い。アルファルファ並みです。知ってます？　根が5～10メートルにもなるマメ科の多年草」

進藤先生は「はあ」と戸惑い、返事をする。

「そこでわたし、閃いたんです。いじめが起こる諸悪の根源は、間違い探しクイズなのではないかと。小さい頃やったでしょう。右と左の絵を見比べて5つ間違いを探す、みたいな」

「……やりましたけど」

「あれ本当は、『合ってる探し』にしたらいいんですよ。何が違うかではなく、どこが同じかを探すクイズにね」

「同じところを見つけ出せた人が、正解」

　言葉の意味をなぞるように、彼女はゆっくりと口にした。

「間違い探しは、相手と自分が同じであることが前提のクイズです。しかし、人間はもともと皆違うはずでしょう？　違うのが当たり前だと思うと、同じ部分に価値が生まれる。分かち合える瞬間が愛おしくなる。まあわたしも、それに気づいたのは最近ですけどね。あっ、ちなみに嫌いな映画は？」

　進藤先生は当惑しながらも、バッドエンドで有名なホラー映画を挙げた。

「つまり僕とあなたは、年齢から性別から職業から嫌いな映画まで、ありとあらゆるものが違います。にもかかわらず、同日、同時刻に、同じ本屋の、同じコーナーで、たまたま同じ本に手を伸ばした。合ってる探しだったら、5つ全問正解です。これを運命と呼ばずになんと呼びますか。だからもしよければ、僕らが力になりますよ。こう見えて、応援が大得意なんで」

そう言って俺と引間を手招きする。

「ちなみに彼が先ほどお伝えした、暑苦しくて厚かましい熱血教師です」

俺は「辞めちまったけどな」とだけ返した。

「そうですか」

彼女は困惑を深める。

「おい、学校は楽しいか」

話のとっかかりを作ろうと、俺は尋ねた。

「生徒によって違うと思うので、なんとも言えませんが」

「ちがう。あんたは、学校楽しいかって聞いてんだ」

進藤先生は小さく息を呑《の》んだ。「私は……」と言ったきり、言葉は続かない。

「俺の頃よりも、今の教師は大変だろ。悩みがあったら聞くぞ。同僚には言いにくいだろうしな」

しかし進藤先生は開きかけた口を強く結び直し、首を横に振った。

「いえ。悩みごとなんてありませんし、応援していただかなくて結構です」

丁寧な口調の中にも、拒絶の意思がはっきりと感じ取れた。そして思い当たったように、「うちのクラスの子から何か聞いたんですか？　それ、違いますから」と睨《にら》むように俺を見て、こう言い切った。

「私は、大丈夫」

ふいに寒気がして、息を詰める。進藤先生の言葉が、柏葉の声で聞こえた。

俺は視線を逸らし、「ならいいけどよ……」とかろうじて返す。

彼女は本を棚に戻し、「失礼します」と頭を下げ、足早にエスカレーターに向かう。すれ違いざま、小さい肩が震えているのがわかった。俺はその場で手を伸ばすが、彼女には届かず、遠ざかる背中を見つめ、力なく腕を下ろした。

「応援、断られちまったな」

落胆を口にしてみるものの、応援がなくなれば、少なくとも「ガンバレ」と口走ってしまう最悪の事態は避けられる。その事実に、どこか安堵してしまう自分がいた。

買われるはずだった本たちが、冷ややかにこちらを見下ろしている。


「どうでした？　進藤先生」

団室に行くと、希が心配そうに尋ねてきた。

「大丈夫です、ときっぱり拒否されてしまいました」

引間が老眼鏡を外し、大きく息を吐く。

すると宮瀬が、「つまり、脈ありだってこと」と付け加えた。

「なんでだよ」

白湯をあおろうとした手を止め、声を荒らげる。

「昔、僕が新店舗を出す時にね、巣立がご祝儀を持って、お店に来てくれたことがあったのよ」宮瀬が遺影を見上げた。「でも銭湯をやるのだって大変でしよ。だから『大丈夫だよ』って断ったの。そしたら巣立が、あのまん丸な瞳を三角にして言うんだ。『大丈夫って応援を拒む人ほど、実は応援が必要なんだ。逆に、自分から応援を求めてくるような奴には、手助けをしちゃだめだ』って。えらく力説してた。実際、巣立のご祝儀には救われたからね」

「珍しくおじいちゃんが深い」

希が唸りながら、携帯にメモを取る。

「つまり、巣立の理論を当てはめると進藤先生は――」

「実は助けを求めてるってこと」

話を聞きながら、柏葉との屋上での会話を思い出す。

――わたしは、大丈夫。

あいつは最後に、そう返事をした。本当は、大丈夫じゃなかったのに。苦しくてどうしようもなくて、けど助けてと言えなくて、それでも助けを求めて手を伸ばしていたのに……。

俺は気づけなかった。

その手を握り返すことができなかった。

その時、携帯電話の着信音が鳴った。画面を見つめる希の顔が青ざめていく。

「進藤先生、本当に大丈夫じゃないかも」

番台から下り、画面をこちらに向ける。

「薫ちゃんから転送されたメッセージ。進藤先生が公開処刑されちゃうって」

「公開処刑？」

宮瀬が怪訝《けげん》な声を出した。

明日、薫の学校では、親や地域住民が自由に参観できる公開授業があるらしい。そこで、先生が事前に出した課題を誰もやらず、授業中も無視しようというメッセージがクラスメイト全員に送られたのだという。首謀者のメッセージの最後には、「進藤の無能さを晒《さら》して、公開処刑しよう（笑）」と書かれていた。

「すごく嫌な感じ」

宮瀬の声の温度が下がった。引間は険しい表情のまま画面を見つめている。

「誰かを貶《おとし》めて得られる快感はよ、麻薬みたいなもんだ。手っ取り早くて中毒性も高いだけに、自分が蝕《むしば》まれていることには気づかねえ」

結果、悪意はエスカレートし、餌食になった者は尊厳を削られつづける。立ち上がれなくなるまで一方的に。

「こんなことが許されてたまるかよ」

進藤先生の震える肩が浮かび、杖を握る手に力が入る。

「明日、学校に乗り込むしかないね」

宮瀬が指をぽきぽきと鳴らす。

「乗り込んでどうする?」引間が不安げな目を向ける。「実力行使ってわけにはいかないだろうよ」

「絶体絶命のピンチの時こそ、応援でしょ」

宮瀬がこちらに視線を寄越《よこ》す。

その時、「でも――」と希が口を開いた。

巻きすぎたギターの弦みたいに、声が硬く張り詰めている。

「苦しみの底にいる人を救う応援って、あるんですかね」

今にも泣き出しそうな顔は、希自身が救いを求めているように見えた。

「これ以上背中を押されても、前に壁しかなかったら追い詰められるだけじゃないですか。応援されるほど逃げ場がなくなって、最後に残るのは、一面に広がる、絶望です」

団室に重苦しい空気が漂う。

返事に困ったように引間と宮瀬が同時に俺を見た。高校時代と同じく、「きっと団長ならなんとかしてくれる」そんな信頼を含んだ眼差《まなざ》しだった。

「そりゃ……」

何か答えなければと口を開く。

が、言葉が出てこない。強がることさえ喉が拒んだ。

いたたまれずに席を立つ。

「板垣?」

「ちょっと、小便」

へらへらと笑い、便所へと向かう。

浴室のガラス越しに、裏切り者のユダが不安げに顔を歪めていた。


翌日、いざ校門を前にして、俺は立ち尽くしていた。

脇のフェンスにくくり付けられた黄色い横断幕が目に入った途端、ぴたりと足が動かなくなった。

幕の真ん中にはでかでかと、こんな標語が書かれていた。

やらずに後悔したことは　一生の後悔となる

進藤先生が学級通信に載せた生活目標は、ここから取ったのかもしれない。高校時代なら、心が熱くたぎったであろう言葉。今の俺の目には、冷ややかな警告に映った。

そうやって「やる」ことを選んできた結果、今、後悔してるんだろ？ やらなかった後悔は、いつかの未来で取り返せる。巣立が、やり残した誰かへの応援を俺らに託したように。死んでもなお、チャンスは残されている。けれど、やってしまった過ちを取り消すことはできない。その後の人生でできるのは、二度と罪は犯すまいと戒めることだけ。

一生消えない傷となるのは、やってしまった後悔の方だ。

ジャンパーの下から覗く真っ赤なアロハシャツが、血のような夕暮れを思い起こさせる。

助けたくて口にする言葉が、救いたくて伸ばした手が、進藤先生を突き落とすことになってしまったら……。

ぶちんっと音を立て、何かが切れた。

ずっと塞《せ》き止めてきた怯えや恐怖が一気にあふれ出る。

公開処刑を止めなければいけないことはわかっている。彼女がぎりぎりまで追い詰められていることも、誰かが手を差し伸べなきゃいけないことも、十分に承知している。

けれど足は震え、踏み出す力が入らない。校内へ入り、後戻りができなくなるのを、身体が拒否した。

「どうした？」

背後から、引間と宮瀬の心配した気配がのしかかる。

「武者震いしすぎて、足がつっちまったぜ」

俺は右拳を腿へと振り下ろした。

鋭い痛みに、一瞬だけ震えが止まる。

動けよ。

もう一度、叩く。

ほら動けよ。

もう一度、強く。

頼むから動いてくれよ。

もう一度。もう一度。もう一度。

俺は応援しなきゃいけねえんだよっ。

柏葉の言葉をなかったことにするわけにはいかねえんだ。

痛みが恐怖を上回るまで、何度でも。


その時、「団長」と声がした。

背後の空気がゆっくりと動く。

「僕に噛ませてよ」

左側から宮瀬が、ひらひらと舞うように前に出る。こちらを振り返るその目は、どこまでも優しく澄んでいた。

「まかせて、だな。噛ませてなんて、ドラキュラか。そんな直球で頼んで首筋を差し出すわけないだろ。ドラキュラとしては、青七十歳だぞ」

右側から引間が、ぶつぶつとつぶやきながら前に出る。こちらを振り返るその顔は、どこまでも青白く澄んでいた。

三角形の先頭にいたはずなのに、いつの間にか逆三角形の最後尾となった。今まで数々の応援をしてきたが、こうして二人の背中を見るのは初めてだった。太陽の光を受け、キラキラとシャイニングするその背中は、70歳のじいさんの割には、なかなかに頼もしかった。

二人の顔を交互に見返し、静かに息を吐く。湯船に身を委ねたかのような、温かな安心感に満たされた。

「昔話をしてもいいか」

気づくと、そう口にしていた。

「俺、応援で教え子を殺しちまった……」

宮瀬と引間の顔から笑みが消える。

「彼女と最後に話したのが俺だったんだ。あの時に伝えた『ガンバレ』って言葉が、飛び降りるあいつの背中を押しちまった。一面の絶望に、俺が追い詰めた。だからもう二度と『ガンバレ』とは言わない、そう誓った」

久しぶりに口にした4文字は、血の味がした。いつの間にか唇が切れていた。

「本当はよ、応援するのが怖えんだ。また同じことになるんじゃないかって。進藤先生を救えるような言葉だって、浮かんじゃいない」

告白の意図を探るように、引間と宮瀬はこちらを見つめたまま動かない。なぜこんな話をしたのか、自分でもよくわからなかった。いや、本当はわかっている。「今回ばかりは応援するのをやめよう」と切り出してもらうのを、待っているのだ。

引間と宮瀬が顔を見合わせ苦笑する。

泣き言を漏らす団長に呆れたんだろうか——。俺は背中を丸め、視線を地面に落とす。両足の震えが増していた。

長い沈黙の後、「今回ばかりは……」と引間が腕を組み、こう告げた。

「なおさら応援しよう」

「賛成！」

宮瀬がぱちぱちと拍手をする。

思わず顔を上げた。「俺の話、聞いてたか」

「板垣でも怖《お》じ気づくことがあるんだな。驚いたよ」引間はほっとしたように笑う。「臆病風は、私の専売特許だと思ってたから」

そして眩《まぶ》しそうに校舎を見上げた。

「臆病風が止んだのは高校時代くらいだ。あの時は、自分たちが無敵だと思ってた」

「そりゃ、俺がいたからだろ」

虚勢混じりの軽口を、引間は真顔で受け止める。

「ああ。板垣の後ろにいれば、どこまでも行けると思ってた。それぐらい、団長は頼もしかった」

裏を返せば、今の俺は頼りないってことだろう。

「だからずっと、あの頃に戻りたいって思ってた。最高に輝いていた自分にな。それで再結成して、また応援するようになって、１つ気づいたことがある」

「やっぱり現役時代には敵《かな》わないってか？」

「その逆だ」引間の声に熱がこもる。「巣立のお漏らしの話、続きがあったの覚えてるか？」

俺は首を振る。

「なんて？」

「板垣が『巣立はビビりすぎだ』って笑ったら、珍しく巣立が反論したんだ」

「怖いもの知らずなだけで逃げなかった板垣より、小便ちびりながらも逃げなかったオレの方が、使ってる勇気の量が多い。だからオレの方が勇敢だ」

引間はしゃべりながら、鼻から息を漏らした。「ぶっちゃけ、足がすくんで、逃げる勇気すら出せなかっただけだと思うけどな」

「巣立はかわいいよね」

宮瀬が頬をゆるませる。つられて俺も目を細めた。

「でも私には、巣立の言い分が、今になってしっくりきたんだ。あの頃の私に、現在の自分が一矢報いることができるとしたら、勇気の使用量かもしれないって。だって、高校時代に比べたら、病気も怖いし、鏡に映る老いた自分を見るのも怖いし、家に一人でいるのすら怖い。もちろん、死ぬのもどんどん怖くなる。昔よりも、生きるために使う勇気の燃費は、相当悪いはずだ。同じ一歩でも、必要な勇気の量は桁違いだろうよ。だからこそ、何も考えずに踏み出せてしまったあの頃より、震えながらも踏み出す今の一歩の方が、よっぽど勇ましい気がしないか？」

顔に当たる風が、急に冷たくなった。

右手で頬に触れる。逆だ。身体が熱を帯びていた。

杖を握りしめ、ゆっくりと息を吸った。

さらに時間をかけ、ゆっくりと吐き出す。

俺は、震える足を震えたまま、一歩前に出した。

三人が横に並ぶ。

「震えたって　いいじゃないか　70だもの　――みのる」

宮瀬が桜色のストールをぐるりと巻き直す。

「今回は全面的に同意する」

引間がダウンジャケットのジップをてっぺんまで上げる。

俺はジャンパーの首元に手を突っ込み、アロハシャツの襟を立てた。

「ラブ」

その掛け声を待っていたように、二人の声が重なる。

「ニヤニヤ！」

俺たちは口もとをゆるめながら、校内に足を踏み入れた。


校舎に入ると、懐かしさが皮膚に纏わりついた。学校特有の、窮屈さと青くさい熱気が入り混じった空気はどこも一緒だ。

下駄箱を抜けると、受付があった。職員が俺を見て、「関係者の方ですか」

と尋ねる。

「おう、ただならぬ関係だ」

俺の答えに、職員は眉をひそめた。慌てて引間が「いや地域の者です」と割って入る。

資料を受け取った宮瀬が腕時計に目をやる。「もう授業始まってるよ」

引間が廊下を駆け足で行こうとする。が、何も段差のないところで、つんのめった。周《あまね》を応援して以来、何かにつけてすぐ走ろうとしやがる。

俺は笑いをこらえながら、教師時代に戻ったように告げた。

「老化は走るな」

3階の一番奥が3年1組のようだ。他のクラスを横目に廊下を進む。徐々に違和感が膨れ上がる。１組の教室に足を踏み入れたところで、その正体がわかった。

このクラスだけ、教師の声が聞こえすぎる。

普通、40人近くの生徒がいたら、教師のしゃべる声は、埋もれたり遮られたりするものだ。しかし教室内には、進藤先生の声だけが響いていた。

保護者の列の端に加わり、室内を見渡す。

きっとカメラで切り取ったなら、先生の話を真面目に聞く生徒たち、なんていう説明がつきそうだ。だが俺の目には異様に映った。誰も邪魔をせず、口を挟まず、それでいて進藤先生に意識を向けるものはいない。彼らには先生が見えていないかのように、無反応だった。あまりに淡々と進んでいく授業に、親たちも戸惑いの色を浮かべている。

教壇に立つ進藤先生が、「今日の授業は、こないだの職業体験をもとに、自分の夢を発表してもらおうと思います」と言った。

「発表してくれる人？」

最前列に座る薫の指先がぴくりと動いたものの、白けた教室の空気に呑まれ、固まった。進藤先生は気まずい沈黙を埋めるように、「まずは先生から言っちゃおうかな」と張り切った声を出した。

「私の夢は、みんなの心に寄り添える先生になることです。私が中学生の時に、担任の先生が応援してくれたんだ。あなたは真面目で優しいから、きっとみんなに慕われる先生になれるよって」

そこで、誰かがぼそっと「今と真逆じゃん」と言った。冷ややかな笑いがあちこちで起こる。

進藤先生は声がした方を見つめ、「だから目指してるんだよ」と丁寧に返す。

「じゃあ、あらためて、発表してくれる人？」

しかし生徒たちはルーティンをこなすように、平然と受け流す。

「誰かいないかな？」

誰も手を挙げない。

その様子をこそこそとあざ笑い、無視しつづける。

「ねえ、誰か……」

教室を見渡す進藤先生の視線から、温度が失われていく。

その眼が、柏葉のそれと重なる。まるでここが屋上で、彼女が今にも飛び降りてしまいそうに見えた。

「おいっ」

俺は咄嗟に右手を差し伸べる。

こちらに視線を移した彼女は、息を呑み、固まった。生徒たちも、ぎょっとした視線を向ける。

「さすが元教師。なんてスムーズな授業ジャックなの」

宮瀬が感嘆の声を上げた。

図らずも挙手をした格好になっちまったようだ。

進藤先生と目を合わせたまま、さらに右手を伸ばす。彼女は圧力に押し負けたように、「えっと、じゃあ、そちらの方」と指した。

杖を前に突き出し、教壇へと歩く。引間と宮瀬も後に続く。

「何、あの腰の曲がったおじいさん」

その声をきっかけに、教室内に初めてざわめきが生まれた。

「あのー、授業を乗っ取るとかヤバくないですか?」

一人の女子生徒が、語尾上がりの舐《な》めた口調で言った。俺はそいつを睨みつけ、杖で教卓の横をひと叩きする。

「ヤバいのはそっちだろうが。今までおまえらがやってたのは授業じゃねえ、無視だろ。こちとら手を挙げて指されてんだよ。発言してえなら、挙手しろってんだ」

生徒たちは、口を開けたまま固まり、それ以上は言い返してこなかった。最前列の薫だけが、心配と期待の入り混じった目でこちらを見つめている。

教壇からの景色は、現役の時とはだいぶ違った。昔は見下ろすように生徒たちを見ていた。この曲がった腰では、がんばって顔を上げても、せいぜい同じ目線だ。

「俺の夢は、すべての生徒を応援する教師になることだった。だからよ、誰であろうと、どこだろうと、どんな時だろうと、『ガンバレ』って声をかけた。人生にはがんばった先でしか味わえない奇跡がある。共にがんばることで結ばれる仲間がいる。それを俺は知ってるからな」

引間と宮瀬に視線を送る。二人は照れたように頷いた。

「がんばることこそ、一番尊い。そう信じて生きてきた」

俺はチョークを手に取り、黒板に向かった。しかしどれだけ腕を伸ばしても、黒板の下の方にしか届かない。引間が手伝おうかというそぶりを見せるが、俺は首を振った。

チョークを指先ぎりぎりに持ち直し、一画ずつ線を引いていく。

ガンバレ

教師時代を思い出し、丁寧に書いたつもりだった。しかし黒板に書き終えた縦書きの文字は、線が歪み、形もいびつだった。

「昔、俺は一人の生徒に『ガンバレ』とエールを送った。でもそれは、ブッブーだった」

「ガンバレ」という文字の下に、不正解のバツをつける。そのバツですら少し斜めに曲がってしまい、ため息が漏れた。

「もうギリギリまでがんばっている奴に、『ガンバレ』は無力だ。いや、無力どころか刃《やいば》になっちまう。おまえら風に言うなら、刃っつうよりヤバいか？」

しょうもないダジャレが口をつき、教室の空気が余計に冷めていく。

「あの時、俺はなんて言えばよかったんだ？　今、苦しみのどん底にいる相手に、どんな言葉を伝えれば応援になるんだよ。『負けるな』か？　『あきらめるな』か？　『前を向け』か？」

ずっと「ガンバレ」に代わる言葉を探していた。けれど、他のどの言葉を口にしても、寒々しく響いてしまう。そりゃそうだ。俺は未練がましくも、「ガンバレ」という言葉の熱を、まだ信じたいと思っていた。

本心でない応援の言葉が、届くわけない。

「いくら考えても、わからねえんだ」

絞り出すように言うと、教室は静まりかえった。その時、どこからか、必死に笑いをこらえているような声が聞こえてきた。

引間だ。老眼鏡に手をやり、黒板に目を凝らしている。

皆の注目を集めた引間が、いつになく堂々と言った。

「答え、自分で書いてるじゃないか」

「ほえっ？」
気の抜けた声が後頭部から漏れ出た。
引間が俺のチョークを奪い、黒板に一線を書き加える。
横にいた宮瀬の顔が、花が咲いたようにほころんだ。
まじまじと黒板を見つめる。
引間はガンバレの「レ」の左横に、縦棒を一本、付け足していた。
「レ」が「ル」になった。
そして俺の書いた、斜めによれたバツを指して、「ナ」と読んだ。

ガンバルナ

その瞬間、懐かしい感覚が鼓膜を揺さぶる。
俺には「ガンバルナ」が、「よく耐えてきた」にも、「自分を大切に」にも、
「あなたを守る」にも、「一人じゃないぞ」にも、「いつかまたがんばれる」に

も聞こえた。

「ガンバルナ……」

努力を否定する冷ややかな言葉なのに、応援団が口にしてはいけない後ろ向きな言葉なのに、あつらえたマウスピースのように、心地よく口に馴染《なじ》む。

「ガンバルナって美しいね」

宮瀬が俺の背中をぽんっと叩いた。

「そもそも、がんばっていない人に『ガンバルナ』とは言わないもん。必死で努力しているのを知ってるから、限界まで踏ん張ってきたのをわかってるから、『今は自分を守るために、がんばらない道を選んでいいんだ』ってことでしょ」

「『ガンバルナ』とあえて背中を引き止めることで、休むことも、あきらめることも、逃げ出すことさえ受け入れる。否定形なのに、相手の存在を丸ごと肯定する言葉。苦しみの底にいる相手にふさわしいエールじゃないか」と引間が感心したようにつぶやいた。

「そうか……」

あの日の屋上で、柏葉に抱いた自分の本心を、ようやく理解した。

俺はおまえにもっとがんばってほしいんじゃない。

どんなおまえだろうと、これからも応援してるからな。

辛くてどうしようもなくなったら、俺を思い出せ。

おまえの幸せをおまえ以上に想《おも》っている人間が一人、ここにいるってことを。

だからどうか、幸せであれ——。

そう願っていたのだ。


「しかもこのエール、がんばらないことをガンバレって意味まで含んでるよ」

「ガンバレの面子を潰すことなく、共存させる。さすが元国語教師だな」

あらためて黒板を見上げる。

拍子抜けするほどシンプルな「ガンバルナ」という言葉の中に、「ガンバレ」の文字が居心地良さそうに収まっていた。

二人に向かい、「サンキューな」と小声で返す。

「感謝は私の老眼にしてくれ」引間が大袈裟に目頭を揉《も》む。

「必死に板書した自分にもね」宮瀬が黒板をコンコンと鳴らす。

俺は生徒たちに向き直り、端から端まで教室を見渡した。

息を深く吸い、湧き出てきた熱を一言一言に託す。

「この中に、どうしようもなくしんどい思いをしてる奴がいたら聞いてくれ。大丈夫だなんて言って、平気を装わなくていいぞ。歯を食いしばって耐えなくていいし、無理に笑わなくていいし、利口なふりして受け流さなくていいからな。嫌だって感じたのを、傷ついたのを、なかったことにすんなよ。自分を無視するなよ。泣いていいし、悔しがっていいし、怒っていいし、愚痴っていいし、悪態ついていいからな。いい子ぶんなよ。子供なのに大人のふりすんじゃねえぞ。そんでもって、大人だからって大人のふりすんなよ。苦しい気持ちに、大人も子供も、男も女も、教師も生徒もねえからな。だから……」

息を継ぐ動作に紛れさせ、進藤先生に視線を送る。

あの日言うべきだった言葉を、今こそ伝えるべき言葉を、全身で発した。

「ガンバルナ！」

言い終えると、教室には沈黙が残った。空白を縫うようにして、鼻をする音が聞こえた。誰かが泣いているのかと思った。違った。自分の頬を温かいものが流れた。

「なんで泣いてんだよ」

訳もわからず、怒鳴る。

「答えは自分の胸に聞いてくれ」

引間のツッコミが、やけに心地よく響く。

泣きながら笑う俺を見て、生徒たちは呆気《あっけ》に取られている。悪意で歪んでいるようだった彼らの顔が、一瞬、救いを求める苦しげな顔に見えた。加害者と被害者を分ける一線は、とても曖昧なものなのかもしれない。

「今日の授業を、肝だけじゃなく五臓六腑に命じとけよ。以上」

杖で教卓の横をひと叩きし、深々とお辞儀をした。顔を上げ、教室のドアへと歩き出す。

直後、背後から爆発音のような叫び声が聞こえた。

「あーーーー、ちくしょーーーー」

振り返ると、肩で息をしている進藤先生が、吹っ切れたように笑っていた。

能面のようだった生徒たちの表情が、凍りつく。後ろに並んだ親たちも顔を引きつらせている。

俺は「おい、大丈夫か？」と進藤先生に声をかけた。

「大丈夫なわけないじゃないですか」

彼女はそう言って不敵な笑みを浮かべる。

「じゃあ、大丈夫だな」

俺は頷きながら教室を後にした。

応援の言葉は、本心でこそ届く。

「ぷはー、応援後の白湯は旨《うま》いぜ」

俺は飲み干したコップを、団室のテーブルに威勢よく置いた。

「それにしても、『ガンバルナ』は傑作だったね」

宮瀬が目を輝かせ、メモにペンを走らせる。

「誰に対しても、どんな状況でも、力強く背中を押せる言葉なんてねえってことよ。相手にとって何が支えとなるのか、毎回必死に探す。それが応援だ」

「そうだ。さっき薫ちゃんからメッセージが来たんです」

希が携帯を手に番台から下りてくる。

「授業ジャックの後、自分から手を挙げて、夢を発表したらしくて、薫ちゃん、進藤先生みたいな教師になりたいんですって。ただ進藤先生からは、100年早いわって毒づかれたらしいです。先生、急に毒舌キャラに変身したって」

「熱い」俺は腹を抱えた。

「それで、思ったんですけど」希の声が近くで鳴った。「『ガンバルナ』がしっくりきたのって、板垣さんが言われたかった言葉だからじゃないんですか」

全身が固まったように動かなくなる。

「柏葉さんを救えなかったのは、自分のせいだって責めてたんですよね。ずっと一人で抱えて、無理して、がんばってたじゃないですか」

「俺は団長だぞ。大丈夫に決まってる――」

勢い任せに立ち上がったものの、前のめりに倒れ込んでしまった。

慌てて杖を掴み、顔を上げる。

意地の悪い笑みを浮かべた仲間の顔があった。

「今、大丈夫って言ったよね」

宮瀬が左手を差し出す。

「つまり、応援が必要ってことだな」

引間が右手を差し出す。

摑んでいた杖を離し、二人の手を握った。思い切って全体重を預ける。

翼が生えたかのように、ふわりと立つことができた。

――自分の足だけで歩こうとしないのが、うまく歩くコツですよ。

あの店主の声がよぎる。

「すまねえな」

なんと言っていいかわからず、そう口にした。

気にするな、と引間が首を横に振る。

「前に自分で言ってたろ。支えてる方だって、力をもらってるんだ」

「あっ」と宮瀬が急に声を上げた。

「どうした」

「卒業式の日に、巣立が『ラブ・ニヤニヤは横文字だ』って言ってたの覚えてる？　あれ本当かも。ニヤって近くって意味だから、ラブ・ニヤニヤ――近くの仲間を愛して進め」

「ほんとかよ」と返しながらも、鼻の奥がつんとして、上を向いた。

愛すべき仲間の遺影が目に入る。抱えた後悔を託すしかなかった無念を、笑えずに最期を迎えたであろう人生を、今更ながらに悼んだ。

今度こそおまえのために、応援相手を探し出してやるからな。

俺らに任せろよ。

「あれ、僕らへのラブが目からあふれてるよ」

宮瀬の指摘に「うるせぇ」と言い残し、一人で外に出る。

あの日と同じように、空が真っ赤に染まっていた。顔に当たる西日は、俺の赤らんだ頬を隠してくれようとする、柏葉なりの気遣いかもしれない。都合良く、またそんなことを思ってしまう。進藤先生に送ったエールで、柏葉にしてしまった罪が帳消しになるわけではないのに……。

その時、「ブッブー」という懐かしい声が、頭上から聞こえた。

——イタセンが背負うのは罪の十字架じゃなくて運命でしょ。直接会えなくても、応援してくれるんじゃなかったの？　天国在住とはいえ、わたしも人類なんですけど。

声のした方へ顔を上げ、静かに目をつむる。

ガンバルナ

柏葉の幸せを願い、いつまでも、祈るようにエールを捧げた。

第四話

シャイニングスマイル

巣立《すだち》希《のぞみ》は絶望を描く

希望の対極に絶望があるんだと思っていた。

でも今ならわかる。

すべての絶望は、希望から生まれる。

あの日、生まれて初めて感じた希望が、わたしの絶望の始まりだった。


小学2年生の夏休みに、初めて一人でおじいちゃんの家にお泊まりをした。翌朝、井の頭公園を散歩していたら、七井橋を渡ったところで、白髭《しろひげ》のおじいさんが絵を描いていた。緑色のベレー帽を被《かぶ》り、ところどころに絵の具がついた白衣姿で、スワンボートが浮かぶ池を、瞬《まばた》きもせず見つめている。ちょっとした好奇心で、キャンバスを覗《のぞ》き込んだ。

瞬間、視界の端々から、どっと色彩が押し寄せる。あまりに鮮やかで、あまりに美しくて、反射的に目をつむってしまった。

おずおずと瞼《まぶた》を開け、あたりを見回す。はあ、と喉の奥から息が漏《も》れた。世界にはこんなにも色があふれていたなんて、今まで気づかなかった。

わたしも描いてみたい——無意識に口にしていた。

「あいにくキャンバスが余ってなくて、これでいいかい」

おじいさんは真っ白いスケッチブックをイーゼルに置き、筆とパレットをわたしに握らせた。

「どうやって描くの？」

「どうやってでも。キミから見える世界を描いてごらん」

「うん」と頷《うなず》き、画用紙に筆を走らせる。

どのくらいの時間、描いていたのだろう。気づけば1枚の絵が完成していた。

おじいさんの絵と比べると、形はいびつで色もへんてこだ。恥ずかしくなって、下を向く。でもおじいさんは、絵の端から端までじっくりと視線を動かした後、「キミには世界がこんな風に見えているのか」と嬉《うれ》しそうに笑った。

「じつに羨ましい」

「羨ましい？」

わたしは顔を上げた。

「できれば代わってほしいくらいだ」

それが冗談でも、子供の機嫌を取るためのものでもないことは、なんとなくわかった。

思わず、口もとがゆるむ。

そんな風にほめられたのは、生まれて初めてだったから。

唇の隙間からゆっくり息を吸うと、温かくてふんわりとした空気が胸の中に広がった。

「ありがとう、おじいさん」

「おじいさんじゃない。スワだ」

「スワン？」と聞き返すと、おじいさんはほっほっほと笑った。「まあ、スワンでいいよ。わしは水曜日以外、毎日ここで描いてるから。気が向いたらまたいらっしゃい」

わたしはニヤニヤしながら頷いた。

夏休みが明け、その絵を学校に提出した。先生は興奮混じりの笑顔を浮かべ、教室の壁に張り出した。気を良くしたわたしは、パパとママに「将来は絵を描く人になれたらいいな」と言ってみた。二人は「応援するよ」と目を細めた。おじいちゃんは「いつか希《のぞみ》に壁絵を描いてもらおう」と顔をほころばせた。

絵を描けば、みんなが笑顔になる。

それが嬉しかっただけ。

わたしが描く理由なんて。

ゆ

「巣立《すだち》が応援したかった相手ってさ……」

団室でメモ帳をめくっていた宮瀬《みやせ》さんの手が止まる。

「生きてる時には応援できなかった間柄で、でも遺言に託すぐらい大切で、しかも俺らが知っている。ってそんな奴《やつ》いねえっつうの」

今頃になって遺書の謎解きに熱を入れはじめた板垣《いたがき》さんが、テーブルを叩《たた》く。

「何か重要なヒントを見落としているのかもな」

引間《ひきま》さんは遺書を透かしてみたり、封筒の中を覗いたりしている。

わたしは若干の気まずさを抱えながら、労《ねぎら》いの茶菓子を運んだ。今日は2月最後の定休日。恒例の「月末の中掃除」を三人に手伝ってもらったのだ。板垣さんのコップから上がる湯気が、差し込む西日にキラキラと揺らめいている。

「希、なんか心当たりねえのかよ」

「えっ、えーと」

急な質問に、お盆を置く手が少し震えてしまう。

「おや、なんか知ってる？」

宮瀬さんが訝《いぶか》しげに目を細めた。わたしがどう説明したらいいか迷っていると、「ははん」と言って椅子から立ち上がる。

「実は前から気になってたんだよね。あの壁絵」

メモ帳を片手に脱衣場を進み、浴室の扉を開けた。

「『最後の晩餐《ばんさん》』がどうかしたか」

「引間、いくら巣立とは言え、銭湯に最後の晩餐ってのは唐突な気がしない？」

「まあ、言われてみれば」

「きっとあの絵は、巣立のダイニングメッセージなんだよ」

「ダイイングメッセージ、だな。ダイニングメッセージだと台所の書き置きだ。『冷蔵庫に頂き物の干物の残り物が入ってます』って、今朝の我が家のことじゃないか」

引間さんの、私生活をさらけ出したツッコミにも構わず、宮瀬さんはずんずんとこちらに歩いてくる。ハットのつばの下から覗く鋭い瞳が、わたしに向けられた。

「巣立は裏切り者のユダの存在を、あの絵で予言した。そして先ほどの動揺したそぶり……希ちゃん、裏切り者のユダは、キミだ」

「裏切り者って。探偵映画の影響を受けすぎだし、その割に推理が雑だ」

引間さんがわたしを庇《かば》って間に入る。

「さっき証拠も見つけちゃったんだから」

宮瀬さんがメモ帳を突き出す。開かれたページには、こう書いてあった。

わたしではないです

「これ、再結成を決めた日の雑談メモ。わたしでは、ないってことは、他に思い当たる人がいるってことでしょ」

宮瀬さんの指摘に、頬がぴくぴくと動いてしまう。

「おい、本当か?」

板垣さんの顔面が迫る。テレビから流れてくる生放送の情報バラエティ番組の、がやがやとした笑い声が場違いに響く。

わたしは画面に視線を逸らし、白状した。

「……パパ、かなって」

「おお、巣立の息子か。小せえ頃は、よく遊んでやったよな」

「ヒーローごっこで板垣が凄《すご》むほど飛びかかってくる、勇敢な少年だった」

「会うたびに応援団の武勇伝を聞かせたから、目をシャイニングさせて僕らを見てたよね」

宮瀬さんが懐かしそうに目を細める。

「でも、なぜそう思ったんですか？」

「実は、パパとおじいちゃん、ずっとケンカしてて……」

わたしが物心ついた時には、二人は絶縁状態だった。親戚の集まりにも、パパだけ顔を出さず、その話題には触れちゃいけない空気があった。パパが大学生の時に家を飛び出して以来、二人は顔を合わせていない、と陽子《ようこ》おばあちゃんが言っていた。

「遺言を見てパパの顔が浮かんだんです。仲直りできなかったこと、やっぱり後悔してたんだって」

ただ、そのことを三人に伝えようとするたび、ミラクルホークスの貼り紙を見つけたり、宮瀬さんのメモ帳の話になったり、板垣さんが白湯をあおってむせかえったりして、言いそびれたままだった。まるでおじいちゃんが口止めしているみたいに。それに、皆にはパパのことを言いにくいのも事実だ。

「大切な人に笑っていてほしい。巣立はそうやって進路を選ぶ奴だ」板垣さんが納得した声で言った。「我が子より大切なものはねえわな」

「そうと決まれば、さっそく応援しに行こうよ」

「今は、仕事中だと思います」

「仕事は何やってるの？」

申し訳なさに肩を縮め、テレビを指した。

「あれです」

皆の顔が明らかに曇る。画面の中では、パパがあの決めフレーズを披露していた。

「ガンバレって言うおまえがガンバレよ」

わたしのパパ、巣立光助《こうすけ》は芸人だ。それも応援団を茶化す芸風で一世を風靡《ふうび》した……。

「まじかよ」

板垣さんの口が、ぽかんを通り越し、ぱかんと空いた。やっぱりパパが芸人だったことは知らなかったみたいだ。

「こいつ、すげえ嫌いだぞ」

「僕も」

「おい、希さんの前なんだから」

「いいんですよ。実際、皆さんの悪口を言ってるようなものですから」

これだから、パパのことは言い出しにくかったのだ。

「でもさ、巣立って子煩悩だったよね」

宮瀬さんが首をひねる。

「息子に関しては、ニヤニヤを通り越して、デレデレだった」と引間さんも同意する。

「そうなんですか」

信じられなかった。温厚なおじいちゃんが、パパのことになると急に黙り込んで怖かったから。まるで怒った時の板垣さんみたいに。

「で、どうする？」

宮瀬さんがハットを目深に被り直す。

「まずは……会って、話を聞く。だったよな？」

引間さんがしたり顔で答えた。

板垣さんが嬉しそうに二人を睨《にら》みつけ、「光助の仕事現場に乗り込むぞ」と杖《つえ》に体を預け立ち上がる。

「希、俺らに任せとけ」

以前にも増して三人の顔つきが頼もしく、期待が膨らんだ。

ゆ

ママに連絡をすると、パパは生放送の後に、劇場の出番があるようだった。

所属する事務所が毎月開催している、お笑いライブのことだ。

中央線の中野駅で降り、北口へ出て、中野通りをさらに北へ進む。当日券を4枚購入しロビーを抜け、関係者以外立ち入り禁止と書かれたドアを開ける。楽屋に続く廊下では、開演を控えた芸人さんたちが、壁に向かいそれぞれネタ合わせをしていた。壁の向こうに、本物のお客さんが見えているかのような熱気だった。

「すごい気迫。応援団の練習みたい」

「笑えないくらいの努力をした芸人だけが、人を笑わすことができる。パパの口癖です」

「ほう、熱いじゃねえか」板垣さんの顔が赤みを帯びる。「オヤジは教師に転職すべきだな」

ネタ合わせの邪魔をしないように、廊下の端を進む。一番奥のドアに、パパたちのコンビ名が貼り出されていた。ノックしてドアを開け、隙間から中を覗く。3畳ほどの狭い楽屋の奥で、パパがタバコを吸いながら、雑誌をぱらぱらとめくっていた。相方の松島《まつしま》さんはいないようだ。

「希、どうした」

パパが驚いたようにこちらを見た。今年で45歳だけど、娘から見ても若く見える。鼻筋が通り、口も大きくて、わたしとはあまり似ていない。一緒に歩いていると、恋人に間違えられたりするくらいだ。

「あのさ、会ってもらいたい人がいるんだけど」

「嘘《うそ》だろ。このタイミングでかよ」

パパはタバコを灰皿に押しつぶし、そそくさと座布団に座り直す。なんか勘違いさせちゃったようだ。わたしはドアを開き、三人を楽屋に招き入れた。

「うぃっす」

板垣さんが右手を挙げ、引間さんが律儀に頭を下げ、宮瀬さんがとろける笑みを浮かべた。

パパは三人の顔を訝しげに見る。しばらくして、思い当たったように、「あんたら、なんで……」と眉間に深い皺《しわ》を寄せた。

「通夜の時、希ちゃんが巣立の遺書を僕らに届けてくれてね」

「その遺言をきっかけに、俺らは応援団を再結成した」

「そして、巣立が光助さんへの応援を託した、という真相に辿《たど》り着きまして」

三人の説明にパパは、「オレを応援？　そんなわけない」と苦々しそうに唇を噛《か》んだ。

「夢を追うために頭を下げた息子を、『手助けはしない』と突き放したあの人が？」

「巣立がそんなこと言うわけねえだろ」

板垣さんが声を荒らげる。しかしパパは怯《ひる》むどころか、「言われた方は、墓場まで覚えてるんですよ」と充血した目で睨み返した。

「普通、困っている相手には手を差し伸べるでしょ。応援団時代のことを散々自慢して、期待させておきながら、本気で頼んだら、相手にすらしない。それがあんたらが偉そうに語っていた、応援ってやつですか」

パパは軽蔑するように冷めた笑みを寄越《よこ》す。

「どうせ、自分の夢を息子に叶《かな》えられちまうのが嫌だったんだろ。器の小さい男だ」

「光助さん、訂正してください」引間さんがぬっと顔を前に出す。「巣立は心の広い男です。それこそ、夜空なみに」

パパは気圧《けお》されたように、目を逸らす。「それに70過ぎた老人が応援団を再結成だなんて、ギャグのつもりですか？　だとしたら、相当寒いですよ」と吐き捨てた。

「寒いだと？」

板垣さんのこめかみの血管が膨れ上がる。

「黙って聞いてれば、いい気になりやがって」

板垣さんが唾を飛ばす。パパは顔をしかめ、「あんたらの応援団ごっこに付き合っている暇はないんだ。二度と、オレの前に現れるな」と煙たがるように手で払い、ドアを閉めた。

鍵がかかる音が乱暴に響く。他の芸人さんたちが、何事かといった様子で窺《うかが》っている。

「なんでもないんで。ネタ合わせにご集中してくださいまし」

わたしは混乱したまま、先頭を切って廊下を進んだ。


ロビーに戻った後も、板垣さんは顔を真っ赤にしながら、「あんな奴、冷《ひ》や奴《やっこ》の角に頭をぶつけて凍傷になればいい」と悪態をついていた。

「これ、どうしましょうか」

わたしはおそるおそるライブの当日券を差し出した。板垣さんはふくれっ面のまま顔を逸らす。その様子に宮瀬さんが、「今日は喧嘩《けんか》じゃなくて、巣立の一生のお願いを叶えに来たんだからね。せめて、光助くんのがんばりは観《み》ていこうよ」と諭すような口調で促した。

引間さんも出口の方に目をやって、「しかも外は寒いしな」と続く。

じっと杖の柄を見つめていた板垣さんは、「ったく、暖を取るだけだぞ」と言って、しぶしぶ歩き出した。

100席ほどの劇場は、お客さんで埋まっていた。若い人が多く、シャイニングの面々はなかなかに目立つ。舞台真正面の席に腰を下ろしてから、関係者席という張り紙が背もたれに貼ってあることに気づいた。

「他に皆で座れる席もなさそうだし、ただならぬ関係、だもんね。僕ら」

宮瀬さんは背もたれに体を預ける。

「最悪の関係だっつうの」

板垣さんがドスの利いた声で返す。椅子に浅く腰かけ、鋭い目つきで舞台を見上げる様は、お笑いライブの客というより、借金の取り立て屋だ。絶対に笑うもんか、と敵意を発している。舞台に上がる芸人さんたちは、さぞやりづらいだろう。

そんな心配をよそに、ライブが始まった。にぎやかな出囃子《でばやし》に合わせ、カラフルな照明が舞台を照らす。学芸会のような雰囲気が場を和ませる。

「どうもー」と声を揃《そろ》えて、グレーのスーツに身を包んだパパと松島さんが登場した。客席から、わっと歓声が上がる。身内が言うのもなんだけれど、パパたちは売れっ子だ。

出演する芸人さんが舞台上に集まり、オープニングトークが始まった。

「今日は若手のネタ祭りということで、司会の私たちは高みの見物といきましょうか」とパパが冗談めかして言った。家では物静かで、おしゃべりなママの聞き役って感じなのに。饒舌《じょうぜつ》なパパを見ていると、別人のような気がしてしまう。

トークが終わり、それぞれのコンビがコントや漫才を披露していく。彼らの熱演に呼応して、会場はどかんと沸いた。

「球場のスタンドみたいだね」

宮瀬さんの声に興奮が混じる。その横で引間さんが口に手を当て、舞台上を見つめていた。

「どうかしましたか?」

「あの二人、どこかで見たような」

警官と泥棒の格好でコントをするコンビだった。

「そんなことより、彼ら、すごいよ」

宮瀬さんが苦しそうに腹を抱えた。今までとは桁違いの笑いが巻き起こっている。二人が次に何をしゃべるのか、誰もが期待に耳を澄ませ、しかもそのハードルをくぐったり、あえて倒したり、裏切りながら越えていく。気がつくと、わたしも涙を流して笑っていた。

コントを終えた二人組は、客席を見据えたまま、深々とお辞儀をした。正面に座るわたしと目が合う。彼らのやり切った表情が、応援を終え、団室に戻ってきた時のシャイニングとダブって見えた。

その眩《まぶ》しさに、いたたまれず下を向いた。

「光助くん、すごくおもしろかったね」

駅までの道すがら、宮瀬さんがほくほく顔で言った。

「大したことねえよ。あんなの、俺だってできる」

板垣さんが口を尖《とが》らせる。「寒い」呼ばわりされたことを根に持っているようだ。

「会って話せばなんとかなると思っていたけどな」引間さんが天を仰いだ。

「あんなに恨みが根深いとは……。収穫はゼロどころかマイナスだ」

みんながついたため息が、夜空に溶けていく。

冬は空気が澄んで星が見えやすいはずなのに、どんよりとした灰色の靄《もや》が立ち込め、かすかな光すら探し出せなかった。


三人と別れ、阿佐ヶ谷駅で降り、実家に寄った。美大を辞めて、巣立湯に転がり込んで以来、1年ぶりの我が家だ。

「あら珍しい。家出娘じゃないの」

ママは恰幅《かっぷく》の良い体に割烹着《かっぽうぎ》をまとい、キッチンで洗い物をしていた。

「違うから。銭湯屋の孫として、新しい道に進んでるだけ」

「家出じゃなくて巣立ちってわけね。巣立だけに」

ママは「あたしに座布団10枚」と大口を開けて笑った。彼女は明るい人だ。底抜けに。ぶっちゃけ、パパよりもよっぽど芸人に向いている。

リビングを通り、自分の部屋のドアを開けた。電気をつける。1年前と変わらず、真っ白なスケッチブックがイーゼルに立てかけられ、隅に寄せてあった。

おじいちゃんに頼まれた壁絵のアイディアを練るために新調したものだった。けれど、この白を塗り潰せるようなマストなんて、わたしの中にはなかった。

呼吸が浅くなるのを感じ、部屋を出た。リビングに戻り、ソファに腰かける。

「どうなの銭湯？」

「まあ普通かな」

「普通ってことは、順調なのね。生きてくってのは普通、しんどいから」

ママは、まったくもってしんどくなさそうに言った。

「夜ご飯は？」

「まだ」

わたしの返事を聞くなり、冷蔵庫をがさごそと漁《あさ》りはじめる。

「パパどうだった？」

「まあ、普通より良かったよ」

「希がほめるなんて珍しい。今の録音して聞かせたら、パパ泣いちゃうわよ」

「ねえ、パパはなんでプロの芸人になれたのかな」

「なんでかしらね」

首を傾《かし》げながら、洗ったばかりのフライパンを布巾で拭い、カットした野菜を放り込む。ジュッと水分が弾《はじ》ける音に反応して、わたしのお腹が、ぐう、と鳴る。ママは笑いながら話を続ける。

「パパね、大学生の時は、糸が切れた凧《たこ》か、って思うくらい、ふらふらしてたのよ。就職活動も全然してなくて。あたしっていう高嶺《たかね》の花をゲットしたにもかかわらず、将来のことなんて全然。あげく、オレは芸人になるから大学を辞めて養成所に入る、とか言ってさ。夢だったらしいけど、その場しのぎで言ってるようにしか聞こえなかったね。そもそも、パパおもしろくなかったし」

これを録音して聞かせたら、パパは泣いちゃうだろう。

「それで養成所に通うお金を借りようと、進《すすむ》おじいちゃんに泣きついたのよ。パパ、うちの親父は根っからの応援団なんだから大丈夫だ、とか言っちゃってさ。そしたら『手助けはしない』って言われて、見事に撃沈。おじいちゃんを信頼してた分、相当ショックだったみたい。一生恨んでやるって、打ちひしがれてたもん」

「そっか……」

正直、恨みたくなる気持ちも理解できる気がした。わかってくれると思っていた人から拒絶されるのは、身が裂けるくらい辛《つら》いから。

「でも恨みってのは――」

ママが鍋を振る手を止めた。

「おもしろくない青年を芸人に変えるくらいの力があるのかもねえ」

おじいちゃんに断られたパパは、大学を辞め、家を出た。工事現場と警備員のバイトを掛け持ちして、お金を貯めたらしい。その後、養成所で出会った師匠に頼み込んで、鞄《かばん》持ちになった。当然、お笑いでは食べられないから、夜はまた工事現場のバイトに励んだ。

「光助さん、進おじいちゃんを見返すって必死だったわ。だってその頃の手帳には、進おじいちゃんの写真が挟んであったのよ。これを見ると怒りで奮い立つんだ、とか言ってさ。そこはあたしの写真でしょって嫉妬したもん」

ママはからからと笑った。

「その話、おじいちゃんに教えてあげればよかったね」

そこまで恨まれていたのをわかっていたら、おじいちゃんも態度を変えたはずだ。

「えっ、おじいちゃんも知ってるわよ。なにせあたしが逐一報告してましたから。あたし、スパイの才能もあるのよねえ」と言って舌をぺろっと出した。

知ってたって、どういうこと……。

わたしは混乱した。パパが恨みを募らせているのに、なぜそっけない態度を取りつづけたのだろう。応援団をネタにされたのが嫌で、意固地になってしまったのだろうか。

「へい、おまち」

山盛りの焼きそばとお椀《わん》にてんこ盛りの白飯が差し出される。ソースが焦げた香ばしい匂いに、またお腹が鳴った。ごめん、続きは明日考えるからね、と窓越しに空を見上げた。

ゆ

翌日。営業開始前の巣立湯に、シャイニングの皆が揃った。わたしも一緒に席につく。

「ママに聞いてみたら、おじいちゃん、『手助けはしない』って本当に断ったそうです。養成所に通うお金も、パパは貸してもらえなかったって」

「でもさ、やっぱり違和感あるんだよねぇ」宮瀬さんが長い脚を組み替える。

「自分の夢より息子を選んだ、あの巣立だよ」

「なんですか、それ？」

「光助さんが生まれた日に、念願だったお笑いのオーディション番組に出られることになってたんですよ。でも巣立は番組を蹴って、出産に立ち会うことを選びまして」

引間さんの説明に、宮瀬さんが身を乗り出す。

「僕らもびっくりしてさ。しばらくして巣立の家に集まった時に、板垣が問いただしたんだよね」

三人が当時の会話を再現していく。

その場にタイムスリップしたかのような錯覚に襲われた。


「オーディション出なくてよかったのかよ」

板垣さんが「夢だったんだろ?」とおじいちゃんに詰め寄る。

「うーん。笑いの世界は厳しいから、ラストチャンスだってのはわかってた。でも迷わなかったんだよなー。気づいたら、テレビ局を飛び出して病院に向かってたのよ」

おじいちゃんの腕に、可愛らしい赤ちゃんが包まれている。パパだ。

「駆けつけたところで、男親は何もできないじゃないか」引間さんが指摘する。

「出産本番でがんばるのは、母親とお腹の子だ」

「でも野球部の試合本番に、『選手でもない自分にできることはない』って球場に行かない応援団なんていないだろ。選手じゃなくたって、一緒に闘うことはできる。必死に生まれてこようとする我が子に、『オレがついてるぞ』ってどうしても伝えたかったんだ。分娩室《ぶんべん》で三三七拍子をやろうとしたら、さすがに怒られたけど」

おじいちゃんは、へへっと笑い、頭をかいた。

「出産に立ち会わなかった私には、耳の痛い話だな」

引間さんが顔をしかめた。

「お医者さんを信じてタスクのだって、立派な応援だと思うけど」

「宮瀬、託す、だな。タスクになっちゃまずい。それとも、あえてタスクを課すことで、医者のプライドをくすぐり奮起を促すという作戦か」

「よくわかったね。『タスク』は最終的に僕らを『助く』のさ」

「深いわー」とおじいちゃんが唸《うな》る。

「本当にこんな未来でよかったのかよ」

板垣さんの言葉に場が凍りつく。まだ納得がいかない様子で、おじいちゃんを睨んでいる。

「正直、あのままオーディションを受けてたらって思うことは、あるね」

おじいちゃんは答えると、テレビに視線を向けた。今も現役で活躍している有名な芸人さんが映っていた。

「こいつ同じショーパブに出てたんだ。オレの方が人気あったんだぜ。あのオーディションで優勝した今は、喜劇界の新星だってさ」

肩をすくめてから、おじいちゃんはふいに顔をほころばせた。

「でもさ、俺は誇りなんだ」

「喜劇界の新星と同じステージに立っていたことが?」

引間さんが寂しそうに眉尻を下げる。

「いや。そっちじゃなく、今の未来を選んだこと。夢をあきらめたことが正しかったのかはわからないよ。ただ、愛する我が子を世話しながら巣立湯で働く毎日は、最高に楽しいぞ。こないだも、オムツを替えようとして、おしっこをひっかけられた跡が星形だったのには、『遺伝かよ』って家族で笑い転げたもんなー。だから断言できる。オレは、こんな未来がよかったんだ」

口もとをゆるめるおじいちゃんを見て、パパがきゃっきゃと声を上げ笑った。

「それに、いざという時には、ドーピングすればいい」

「ドーピングだと？」

板垣さんの太い眉がつり上がった。

「光助の笑顔を見てると、オレはどこまでもがんばれるのよ」

おじいちゃんが腕の中のパパをデレデレと見つめた。

「おまえはオレの人生のドーピングだ」

その声はいつも通り楽しげで、いつも以上に頼もしく聞こえた。

「巣立にとっては、息子の存在が一番の応援団なんだね」

「うーん。一番ってわけじゃないけどなー」

意味ありげに目を逸らすおじいちゃんに、「そっか、陽子先輩がいるもんね」と宮瀬さんが憧れの眼差《まなざ》しを向けた。

意識が現実へと引き戻される。

「こっちのおじいちゃんの方が違和感ないです。『人生のドーピング』とか言いそうだし」

それに、怒り顔よりもデレデレしている方が、やっぱりお似合いだ。

「じゃあなぜ、最愛の我が子を応援しなかったんだ？」引間さんが言った。

「息子に本気で嫉妬した、わけねえしな」板垣さんが答える。

「家族だから、かもね」

皆の視線が宮瀬さんに集まる。

「一番近しい人ほど、気持ちを伝えるのって難しいんだよ。最初は相手が嬉しいと自分も嬉しかったのに、いつしかその笑顔が憎たらしく思えてきてさ。本当は愛してるけど、つい裏腹なことを言っちゃったりするんだ。きっと心の中では、何度も何度も、弁解してたのかもよ」

その潤んだ瞳は、特定の誰かを思い浮かべているようにも見えた。

「だからこそ、ちゃんと言葉にしておくのが大事なんだけどね。言わなくてもわかってもらえるなんて、通用しない。言葉は呑み込むものじゃなくて、尽くすものだよ。これでもかってぐらい言葉にしてこそ、初めて気持ちは伝わる」

引間さんも板垣さんも、黙ったまま、じっと耳を傾けていた。

宮瀬さんがおじいちゃんの遺影を見て、愛《いと》おしそうに目尻を下げた。しかしみるみるうちに顔が歪《ゆが》んでいく。

「『オレがついてるぞ』って、死んだらもう、一生応援できないじゃないか」

病室のベッドの上で、おじいちゃんはどんな気持ちだったんだろう。我が子から恨まれて一生を終えるなんて、孫のわたしが想像したって、耐えられない。

「しょうがねえ奴だ」

板垣さんが杖で床をひと叩きする。立ち上がり、遺影の前まで歩を進めた。

「お望み通り、光助を応援してやる。おまえの最期の願いを叶えられるのは、託された俺らしかいないもんな」

「でもあの様子じゃ、私たちの話なんて取り合ってくれないと思うが」

「希ちゃんから言ってもダメ？」

「ママがお葬式に出てって言ったのに、『後輩を代わりに行かせる』とか適当な言い訳をして来なかったくらいですから」

「なら、強制的に応援を聞かせるしかねえな」

板垣さんが不敵に笑う。

「そんなチャンスないだろうよ」

引間さんの言葉に、わたしは「あっ」と声を上げた。

冷蔵ケースの横を見る。

「あります。チャンス」

そこには、今度の4月に行われる『ブロッサムフェスティバル』のポスターが貼ってあった。巣立湯も協賛している、地元を巻き込んだ一大イベントだ。

仕掛け人は、市役所の村下《むらした》さん。

「村下がプラネタリウムをやると言っていたお祭りですね」

「ステージの目玉企画でお笑いコンテストをやるんですけど、パパが審査員なんです」

「まじかよ」

板垣さんの鼻息が荒くなる。

「本当にお笑いコンテストをやることになったのか」

引間さんが目を丸くした。

「村下さんが地元にゆかりのある芸人さんを探していて、パパに行き着いたみたいで。わざわざ劇場終わりに出待ちして、頼み込んだらしいです。パパ曰《いわ》く、『あんなに必死に頭を下げられたのは初めてだ』って」

ポスターを見つめていた引間さんが、はにかみながら俯《うつむ》いた。

「これなら巣立の無念も晴らして、俺らを寒いギャグ呼ばわりした光助にも、一泡吹かせられるぜ」

板垣さんが口の端に泡を作りながら言った。

「一世紀二鳥《いっせいきにちょう》だね」

宮瀬さんが白い歯を見せる。

「一石二鳥、だな。一世紀二鳥だと、『100年に一度現れる幻の鳥が、二羽同時に飛来するぐらいの幸運』みたいな意味のことわざになっちゃうだろ」

丁寧《ていねい》なツッコミを入れた後、引間さんは動きを止め、板垣さんを見た。

「一泡吹かせるって、お笑いコンテストに出るってことか？」

「当たり前だろうが。光助を笑わせて、降参したあいつをここに連れてきて、巣立に線香をあげさせようぜ」

「さすが団長。美しい閃《ひらめ》きだね」

宮瀬さんが拍手を送る。

「全ホモ・サピエンスを笑わせるコント集団。その名も――シャイニング！」

板垣さんが上機嫌で前方を指す。

「いざ行かん、巣立の弔い合戦へ」

「勝手に殺さないでくれ――って、死んでるか」と引間さんが遺影を見上げる。

相変わらず、ニヤニヤと口もとをゆるめたおじいちゃんがそこにいた。

そしてあっと言う間もなく、1週間が過ぎた。

「余生と言うのは、よせい！」

真っ昼間の公園に、板垣さん渾身《こんしん》のダジャレが轟《とどろ》く。脇に植わった桜の蕾《つぼみ》たちが、ぶるっと震えたように見えた。

初コントを披露し終えた三人が、ビデオカメラに向かい満足げに頭を下げる。

わたしは視線を落とし、気づかれないようにため息をついた。録画ボタンを押し忘れましたとでも言おうかな。けれど迷っている間に、宮瀬さんにカメラを奪われてしまう。ベンチに座り、画面を反転させ、手慣れた様子で画面をタッチしていく。モニターにコントが映し出された。

ぎこちない身振り、たどたどしい台詞、脈絡もなく差し込まれるダジャレの数々――。

コントが進むにつれ、三人の顔が引きつっていく。

「あれっ、まだ終わらないや」

宮瀬さんの顔が、失敗した福笑いみたいに崩壊している。

「たったの3分なんですけど」

私は肩をすくめる。3分が30分に感じられてしまう退屈なコントだった。

「カメラにユーモアセンス補正機能があればよかったけどな」

引間さんの言葉に、シャイニングの初練習を思い出す。また打ちひしがれて、応援をやめるって言い出すかもしれない。なのにフォローの言葉が出てこない。

「こりゃ……寒いぜ」

板垣さんが唇をわなわなと震わせた。

わたしは空を睨みつける。ほら、やっぱり神様は人間の絶望が大好物なんだ。手応えを感じている時ほど、非情な現実を突きつけてくる。やりきれず、ぎゅっと目をつむる。

次の瞬間、「僕らは社会貢献したかもよ」という宮瀬さんの声が、耳の中で弾んだ。

驚いて目を開ける。

「こないだ常連さんに聞いたんだけど、桜って、冬が寒い時ほど一斉に咲き揃うらしいのさ。僕らのコントの厳しい寒さを乗りきった今年の桜は、さぞ美しく皆の目を喜ばせるだろうね」

宮瀬さんは陽だまりのような笑みを浮かべ、ピンクのシャツをなびかせた。

「桜には暖冬の方が良さそうなのに」と引間さんが返す。

「寒さに晒《さら》されることで、芽がしゃっきりと目覚めるんだって。朝に冷水で洗顔するみたいなものかもね。僕はお肌のためにぬるま湯派だけど」

「世の中には寒さも必要ってわけか。うちの団にブルーが必要なのと同じで」

板垣さんが深い声を響かせた。

「おい、私は冷え性なだけで寒くはないぞ。ただ必要と言ってくれたのは、サンキューな」

引間さんがすべてを几帳面《きちょうめん》に拾い終え、皆の笑顔が一斉に咲いた。

予想外の展開に、「ちょっとは落ち込んでくださいよ」と口走ってしまう。

本当は「落ち込まないで」と言おうとしていたはずなのに。

「俺らが暇な老人でもな、落ち込んでいる暇はねえんだよ」

板垣さんが鼻を鳴らし、「行こうぜ」と立ち上がる。

意気揚々と公園の出口へ歩いていく三人を、呆然《ぼうぜん》と見送った。

巣立湯に戻ってからも、ネタ作りは迷走していた。

「そういえば、コントの締めのダジャレはどういう意味だったの？」

宮瀬さんの質問に、板垣さんが身を乗り出す。

「余生っつうけどよ、人生に余りなんかない。そうだろ？」

「有り余る暑苦しさだな」

引間さんの言う通り、板垣さんのダジャレは笑いより熱さが勝っていた。ただクオリティはどうであれ、一週間で５００個以上もダジャレをひねり出すなんて、並大抵のことじゃない。毎晩団室に居残って、頭を悩ませていたのをわたしは知っている。

板垣さんの横では、引間さんが老眼鏡を外し、目頭を揉《も》んでいた。

「あんまり無理しないでくださいね」

ミックスジュースとコーヒー牛乳を取り出し、テーブルに置く。その時、引間さんの鞄の中身がちらっと見えた。たくさんの本が、詰め込まれていた。

「なんですか、それ」

引間さんは「ああ」と照れたように頭をかき、「参考書です」といくつかを並べた。

『なぜあなたの話はウケないのか』

『誰にでもできる心を摑《つか》む話し方』

『喜劇王の影に埋もれた男』

どの本からも、大量の付箋がはみ出している。さらにページをめくると、たくさんの書き込みがしてあった。四方の余白が、小さな文字でびっしりと埋まっている。目も疲れるわけだ。これだけ読み込まれたら本も嬉しいだろうな、と思わず本に感情移入してしまった。

「何かわかりましたか」と期待を込めて訊《き》いた。

引間さんはため息混じりに首を振る。

「笑いのことを何もわかっていなかった、ということがよくわかりました」

「そりゃ、ムチウチだね」

「無知の知、だな。それとも『無知な自分を知り、打ちのめされ、心の頚椎《けいつい》を捻挫した感覚』を表す比喩か。だとしたら、『哲学の祖父』だな」

「相変わらず、優しいね」宮瀬さんの頬がピンクに色づく。「でも実際、コメディアンって大変だよ。笑わせようと欲をかくほど、笑えなくなるんだもん」

「ハードルは高けりゃ高いほど、越えがいがあるだろうが」

板垣さんが杖を横にして、目の前にかざした。

「すでに1つ目のハードルで転倒してるけどな」

引間さんが参考書を閉じ、天を仰いだ。

「ハードルの高さって、本気で努力してみたからこそ痛感できるんですよね」

わたしの言葉に三人が黙り込む。

途方に暮れる気持ちが、痛いほどわかった。わたしにとって、絵を描く行為がそうだったから。遠くから眺めているだけだったら、客として観ているだけなら、「あれくらい、自分だってできる」とお気楽に思えるのだ。けれど美大に入り、画家になるという夢が目視できる距離になった途端、超えられない差が浮き彫りになった。プロは、観ている側にすごいと思わせないくらい簡単にやってのける。それゆえ、プロなのだ。

あんな世界、あんな眼差し、あんな渇望、知らない方がよっぽど幸せだった。

「自分が無知だったと知ることは、容赦なく心をえぐるんですよ。そこから流れた血を、無知の血と呼ぶのかもしれないです……」

板垣さん風のダジャレを口走ってしまうくらい、感情移入が止まらない。

「フフフッ」

ふいに宮瀬さんが肩を揺らした。皆の眉間に皺が寄る。

「高すぎるハードルは、くぐっちゃえばいいんだよ」

ハットのつばを人差し指で軽く持ち上げ、壁の時計に視線を送った。

「ちょうど時間だ」

そこに、男湯の暖簾《のれん》をくぐり、二人の若い男性が入ってきた。一人は黒髪のモヒカン頭で、トゲトゲが無数についた革ジャンを着ていた。ひょろひょろとしていて、顔も白く、栄養失調のハリネズミみたいだ。もう一人は、赤茶色のパーマヘアだった。顔のまわりに広がった髪の毛が、ライオンのタテガミに見える。ふっくらと肉が重なる顎《あご》のラインは、百獣の王というより、百重顎の王といった佇《たたず》まいだ。

この二人組、どこかで見たような……。

「おーい、こっちだよ」

宮瀬さんが手招きした。二人組はおっかなびっくり近づいてくる。

「ハードルのくぐり方を教えてくれる師匠をお呼びしました」

「師匠?」

板垣さんがにじり寄る。すると「あっ、おまえら」と吠《ほ》えた。

「巣立の通夜で、かわいそうって言った野郎じゃねえか」

二人組はびくっと肩を震わせた。

彼らは「その節は、すみませんでした」と板垣さんを見据え、深々と頭を下げた。その光景に、お笑いライブでの一場面が重なった。

「警官と泥棒のコントの人だ」

「ご名答」宮瀬さんがウインクする。「まさかの同一人物でさ。えーと、名前なんだっけ？」

「日本列島というコンビをやってます、佐々木《ささき》と照屋《てるや》です」

モヒカンさんが声を張る。彼が佐々木さんで、タテガミの方が照屋さん。

「僕ね、お店のスタッフにいつも言ってるんだよ。一流の美容師になりたいなら、一流の師匠に弟子入りするべきだって。それはコメディアンも同じでしょ。だから、こないだ一番おもしろかった二人に、弟子入りを志願したのさ」

板垣さんは無言のまま彼らを睨みつける。

「ここで会ったが100年目だな」

「まだ1年もたってないぞ」という引間さんの指摘には耳を貸さず、ドンッと杖を床に打ち込む。そして、後ずさる二人に告げた。

「師匠……！」

板垣さんは曲がった腰をさらに折り曲げ、深く頭を下げた。

「おもしろいコントがしたいです……」

佐々木さんと照屋さんは戸惑うように顔を見合わせた。

「わたしからも、お願いします」

「あっ、光助さんのお嬢さん。頭を上げてください。僕らも協力するために来たんで」

佐々木さんはなぜか顔を赤くし、モヒカンを両手で整え始めた。

「でも、こんなこと、よく引き受けてくれましたね」

引間さんが尋ねた。

「急にバイト先にいらっしゃって」佐々木さんが宮瀬さんをちらりと見た。

「最初はお断りしたんですけど……」

「僕の必死の説得でね」宮瀬さんが親指を立てる。「板垣と引間のがんばりには負けてられないからさ」

「ぶっちゃけ、宮瀬さんの店の永久へアカット券に釣られたっす」

照屋さんがあっさり白状する。

「それは言わない約束じゃん」

「モノで釣ってんじゃねえか」

板垣さんが飛ばした唾をひらりとかわした宮瀬さんは、「僕の永久へアカット券は喜ばれるんだよねえ」と頬を上気させた。

「なぜコンビ名が日本列島なんですか」引間さんが訊く。

「僕が北海道出身で、こいつが沖縄なんで。北から南まで日本列島をまるごと笑わせるみたいな……」佐々木さんが恥ずかしそうに首をすくめる。「なんか真面目な答えで、すみません」

宮瀬さんが「真面目は――」と言いかける。すると引間さんが横から、「長所ですから」と断言した。佐々木さんと照屋さんは顔を見合わせ、「そうっすかね」とはにかみ、下を向く。

「師匠、さっそく俺らのコントを見てくれよ」

板垣さんが口火を切り、三人による3分が30分に感じられるコントが披露される。案の定、二人はくすりとも笑わなかった。

「予想を遥《はる》かに下回ったっすね。ぶっちゃけ、くそつまんねえっす」と照屋さんが遠慮なく言い、「動きが固いし、間が悪いです。なんでもオーバーに演じればいいって考えは、素人そのものですよ」と佐々木さんもダメを出す。

恐縮しがちだった態度は一変し、辛辣《しんらつ》な言葉が続く。ただ、どれも鋭く的確な指摘で、さすがプロの芸人さんだと感心した。意外だったのは、シャイニングの三人、特に板垣さんが、文句も言わず従ったことだ。何度やり直しをさせられても、懸命に食らいついている。

一旦休憩となり、宮瀬さんが団室の椅子にもたれかかった。

「応援練習より、声がかれちゃった」

「自分がコメディアンに向いていないことだけは、よくわかりました」

横に座った引間さんが、ミックスジュースを一気に飲み干す。

向かいの板垣さんは、指摘された台詞の間を確認しながら、ぶつぶつと口を動かしている。

「芸人さんって、すっごく細かい部分まで見てるんですね」

「一応プロなんで」佐々木さんはわたしを見つめ、決め顔を作る。「素人は客がわかる部分にしか拘《こだわ》らず、プロは客がわからないところまで拘る。相手の無意識に訴えてこそ、笑いは生まれますから」

どきりとした。画家も一緒だ。そんなことも見抜けず、呑気《のんき》に感心しているわたしは、やはりプロにはなれない側の人間なんだろう。

落ち込むわたしをよそに、佐々木さんは険しい顔つきに戻り、「このコントじゃあ、どれだけ稽古しても、おもしろくなる気がしないんですよね」と切り出す。

「うちの実家で作っている琉球《りゆうきゆう》ガラスと一緒っすよ。もとがくすんでたら、がんばって磨いてもくすんだままっす」と照屋さんも同意する。

「本番まで3週間ちょっとかあ」佐々木さんが腕を組む。「僕らですら、渾身のネタを仕上げるのには半年以上かかるんですから。70歳の素人さんたちには、ムリがあるんじゃ……」

「そんなこと――」

咄嗟《とっさ》に声を被せる。でも、できない理由ばかりが浮かんでしまう。

シャイニングの面々も肩を落とし、反論する気力さえないようだった。

努力は残酷だ。

三人が必死にがんばってきたという事実が、これ以上がんばっても意味がないことを証明していた。

沈黙が続く中、おもむろに板垣さんが口を開いた。

「俺らが古希のじじいだから、見下ろしたような言い方しやがって」

鋭い視線が日本列島の二人を射貫く。団室に緊張が走る。

「これが本当の……」

板垣さんの右の口角がニヤリとつり上がる。

「古希下ろしってか。怒りで、拳が古希ざみに震えちまうぜ」

「板垣、指を古希古希と鳴らすな。暴力はダメだ」

引間さんは懸命に笑いをこらえる。

「団長、頭に血が上った時こそ、深古希ゅうだよ」

宮瀬さんが渾身のスマイルを浮かべる。

三人の小気味よい、いや、古希味よいやり取りに、わたしの頬もゆるんでしまう。けれど同時に、喉の奥に小骨が刺さったような痛みを感じた。これほど絶望的な状況で、なぜ彼らは笑っていられるのだろう。

その後も起死回生の妙案が降りてくるわけでもなく、この日は解散となった。


営業を終えた巣立湯は、昼間の賑《にぎ》やかさが幻だったみたいに静かだった。脱衣場の姿見に映る自分を見て、ため息をつく。金色に染めた髪は、根元の黒が目立つようになった。何者にもなれない、本当のわたしの色。憧れの人と同じ髪色にすれば、変われると思ったのに……。まるで背伸びをした高校生みたいに、金髪が浮いて見えた。

すべてを消してしまいたくて、蛍光灯のスイッチを押した。けれど、浴室の窓から月明かりが漏れてくる。青白い光が、壁絵をぼんやりと浮かび上がらせた。吸い寄せられるように近づく。わたしが裏切り者のユダだ、という宮瀬さんの言葉は正解だ。パパもママもおじいちゃんも、わたしの夢を心から応援してくれていた。その期待を、裏切った。夢を投げ出し、逃げた。

絵の表面に手を触れた。ザラザラとした細かい凹凸が、指先に伝わってくる。つい1年前までは、毎日のように触れていた懐かしい感触だった。

けれどあの日を境に、わたしは筆を置いた。


「一色《いっしき》先生の授業楽しみだね」

凛子《りんこ》の声が普段よりいくらか高い。彼女だけじゃない。教室にいる学生全員が、ふわふわと浮ついていた。かく言うわたしも、この学校への進学は、一色先生の授業が目当てだった。本校の卒業生であり、今、世界から最も注目を集める日本人画家、一色龍臣《たつおみ》。彼が年度の最後にたった一度だけ、特別講師として授業を持つ。しかも学生ひとりひとりの絵を、その場で講評してくれるのだ。一色龍臣はわたしの憧れだ。美術館で彼の絵を前にして、立ち尽くしてしまったほどに。そんなの、スワンさんの絵を見た時以来だった。

教室前方のドアが、ガラガラと音を立てる。学生の目が一斉に注がれる中、すらりとした長身の男性が入ってきた。金髪を後ろで一本に束ね、黒い細身のジャケットを羽織り、ブーツの踵《かかと》を規則的に鳴らしながら、彼は教壇についた。サイドにたれた前髪から覗く目を見た瞬間、金縛りにあったように動けなくなってしまった。

切れ長の瞳に浮かんでいたのは、飢えだった。

まるで世界から美しさを吸い取らなければ死んでしまう病にかかっているかのように、とても綺麗で、それでいて満たされない渇望をたたえた残酷な眼差し。先輩が、メドゥーサみたいな人、と言っていた意味がわかった気がした。

ジャケットの袖をまくり、彼は開口一番に尋ねた。

「画家の使命ってなんだと思いますか」

答えが返ってこないことは想定済みだったのか、短く息を継ぐ。「なんのために、画家はこの世界に存在するんでしょうか」と問いを重ねた。

静まり返った教室内を見渡し、一色先生はにっこりとほほえむ。何かの雑誌に40歳だと書いてあったけれど、無垢《むく》な少年のような、あどけない少女のような、そんな笑みだった。そのほほえみに促されるように、最前列の女子学生が
「美しい世界を描くため」と答えた。

「そうですね」一色先生は、口角を上げたまま頷《うなず》く。「この世界が美しく輝く一瞬をキャンバスに切り取るのが、画家の仕事です。でもそれは、使命じゃないです」

彼は視線を学生から外し、窓の外に向けた。

「世界は美しい。だからそれを描きたいと思う。でも描けば描くほど、自分の目が捉えたはずの美しさには到底及ばなくて、画家は苦悩します」

天から降ってきた言葉をそらんじるかのように、淀《よど》みなく続ける。

「世の中には描くことのできない美しさがある、という戒めを内包した覚悟を描くのが、画家の使命です」

教室中が一斉に息を呑む。何人かの学生が前のめりに姿勢を正し、何人かの学生は目をとろんとさせた。日頃の授業では、好きなバンドへの称賛と嫌いなバイトへの愚痴を延々と口にしている凜子ですら、目の色を変えて、彼を見つめていた。

「偉そうに言いましたが、これ、私の言葉ではないんですけどね」

その瞳には、いくらかの寂しさがにじんでいた。

彼は1つ咳払《せきばら》いをし、続ける。

「私の授業は、学生といえども遠慮はしません。だって皆さん画家になるんでしょう？　良いものは正直にほめますが、悪いものは容赦なく指摘します。そのどちらでもないものは手短に。さっそく作品を拝見しましょう」

一色先生の講評は、繊細かつ濃密だった。作者の創作の根元を、たちどころに丸裸にしたかと思えば、露《あら》わになったいびつな美のかけらを、丁寧に愛撫《あいぶ》するように言葉を重ねた。微動だにせず、作品をひたすらに見つめる様は、芸術の女神に捧《ささ》げる神聖な儀式にすら見えた。

鼓動を抑え切れず、胸に手を当てる。美大の合格発表の帰りに、真っ白なキャンバスを買った。その日から毎日、正確に言うなら、インフルエンザで40度の高熱を出した日は、イーゼルの前で気絶したから、毎日マイナス一日。朝も夜も休日も、授業で出された課題はそこそこにして、彼に見せるこの1枚にすべてを注いできた。

一色先生が、わたしの絵の前で静止する。合わせて、わたしも息を止めた。

「巣立さんは、上手に描けてますね。はい、次の絵——」

わずか3秒。

わたしの絵に割いた時間は、たったそれだけだった。

酷評されたとしても、辛辣な言葉を並べられたとしても、受け入れるつもりだった。画家になるためには、それくらい乗り越えて当然だし、憧れの人からの指摘なら、むしろ励みになる。授業前、震えそうになる自分にそう言い聞かせて、臨んだ。

でもまさか、言葉にするに値しない、なんて。

授業前に幾重にも張った予防線が、わたしの首を締め上げていく。

酸素が行き渡らない頭で、数字をなぞる。わたしの1年間は、一色龍臣にとっては3秒の価値しかない。わたしの10年は彼の30秒で、50年はたったの150秒。つまり、生涯をかけて創作に心血を注いだとしても、一色先生のような絵は描けないということだ。

——なんて愚かだったのだろう。

悔しいと思うより、ただ、恥ずかしかった。

数秒前まで、画家になると息巻いていた自分を、なかったことにしたかった。身の程知らずに希望を抱きつづけてきた自分を、消してしまいたかった。

12年前、「絵を描く人になれたらいいな」と言ったあの日から、うまくなることだけを考えてきた。うまくなれば、先生も両親もおじいちゃんも喜んでくれた。なのに、画家の世界において「上手」という評価が、「無価値」と同じ意味だったなんて、知らなかった。

先ほど「下手くそだ」と罵られたクラスメイトを羨ましく思う。少なくとも一色先生の心に、なんらかの爪痕を残せたのだから。

力が入らず、首が折れ曲がっていく。他の学生への講評が続く間、机に刻まれた彫刻刀の跡を、ぼんやりと見つめていた。

「はあ、終わったね」

凛子の声がして、顔を上げる。視界から色が抜け落ちたみたいに、のっぺりとした教室が広がっていた。

教壇にはまだ一色先生が立っていて、「最後に、質問ある人はいますか」と訊いた。すると一人の男子学生が、「画家になりたいです。どうすれば一色先生のようになれますか」と発言した。

息を詰める私たちをよそに、一色先生は質問した学生を見つめ返し、さらりと告げた。

「ウォントじゃ足りないですね。マストじゃないと。画家になりたい人ではなく、画家になるしかない人。そんな渇望を抱えた人が画家になっていくのだと、私は思いますよ」

男子学生は、焦点の合わぬ目で、口をぱくぱくと動かした。死刑宣告を受けた罪人のようだった。わたしは自分が質問しなくてよかったと安堵し、安堵している自分を情けなく思った。みんなが笑顔になってくれたらいいな、なんていう生ぬるい希望しか持ち合わせていないわたしは、あの男子学生にすら遠く及ばない。

次の日、初めて学校をさぼった。

一日中絵を描いていた生活から一転して、丸一日筆を持たなかった。なのに、食事は喉を通り、心配した凛子のメッセージには軽口を返し、パパが出ているバラエティ番組を観て笑った。夜、お風呂に入り、鏡を見た。いつもと変わらない、絵を描かなくても普通に生きていけてしまう自分が、そこにいた。

翌日、退学届を提出した。

講評に提出した絵を引き取り、井の頭公園に向かった。もしかしてスワンさんなら、またほめてくれるのではという淡い期待があった。画家になる覚悟はないくせに、守りたいプライドだけは一丁前に持っていた。

「スワンさん」

彼はこちらに気づくと、「ずいぶん大きくなった」と目を細めた。

「あいにく、今日もキャンバスが余ってなくて……」

「描くのはいいんです。見てもらいたいだけなんで」

絵をイーゼルに置く。彼は何も言わず、あの時と同じようにキャンバスの端から端までじっくりと視線を動かした後、あの時と同じようにつぶやいた。

「キミには世界がこんな風に見えているのか」

思わず口もとがこわばる。

それがほめ言葉ではないことがわかったから。

「あの頃のキミの絵が好きだったな」

目に悲しみの色をにじませて、口惜しそうに言った。

彼は何か続きを言おうとしていたけれど、これ以上聞きたくなくて、「ありがとうございました」と頭を下げ駆け出した。

なんとなく家に帰りづらく、巣立湯に寄った。


「どうした、こんな昼間に。学校でも辞めたのか」

番台に座っていたおじいちゃんが、軽い声を出す。

「うん、辞めた」

「まさかの的中かい」おじいちゃんが目を丸くする。「大丈夫か?」

「大丈夫なわけないじゃん。たった今、夢破れたばかりだよ?」

「そりゃ大丈夫じゃないよな」

おじいちゃんはなぜかほっとしたように言った。

「でもなんでまた？」

「現実がわかったの。画家になれるような人とは、そもそもの出発点が違ったみたい。『みんなが笑顔になってくれたらいいな』なんて、マストでもなければウォントですらない、軟弱なウィッシュだもん。希って名前からして、もうムリって感じ」

「みんなが笑顔になってくれたらいいな、だっていいじゃんか」

「そんなしょうもない覚悟じゃ、画家にはなれないのよ」

「しょうもないって……」

おじいちゃんが珍しく口ごもる。

「画家の世界ってのは大変だねえ」

「うん。ちょー大変」

「じゃあ、こないだ頼んだ壁絵の塗り替えは？」

「ムリ。わたしの絵なんて、価値ないから」

「そんなー。やる気満々で、スケッチブック買ってたじゃないか。そもそも、何かをやるのに価値も勝ちも必要ないだろー」おじいちゃんはいつもの口調で言った後、「大事なのは……」と秘密を教えるかのように声をひそめた。

——ラブ・ニヤニヤ。


「なにそれ」

「人生の極意」

おじいちゃんは懐かしむように、そう口にした。

「オレしかオレを生きられないのにオレがオレを信じてやらなくてどうすんだってことよ」

「前向きなオレオレ詐欺みたい」

「そうだっ。口もとのゆるむ方に未来を振り込めばいい」

「とにかく、変な気休めはいいから」

適当に放った言葉は、思っていたより冷たく響いた。言い直そうとしたけれど、それこそ適当な言葉が見当たらず、黙り込む。

おじいちゃんは沈黙を吸い込み、つぶやいた。

「気休めじゃない。応援してるんだ」


あの時の寂しげな声が、鼓膜を引《ひ》っかくようにリフレインする。

自分が傷ついたふりをして、大切な人を傷つけた。

わたしの絵を世界で一番楽しみにしていた人なのに。

壁絵からそっと手を離す。急に床のタイルの冷たさが足裏に伝わり、急いで脱衣場へ戻った。悴《かじか》む思考の中で、シャイニングの三人を思う。このまま進んだところで、彼らを待っているのは惨めな結果でしかない。もはやコントというより、悲劇にしか見えなかった。

そんなことを思ったからだろうか。翌日、さらなる悲劇が湧《わ》いて出た。

「おっ、光助じゃねえか」

頭頂部から湯煙を漂わせた板垣さんが、テレビを見上げた。司会の大御所タレントに名前を呼ばれたパパが、声を張り上げている。出演者がエピソードトークを披露する人気の番組だ。

向かいに座る宮瀬さんの目が輝く。

「こんな番組に出られるなんて、やっぱり光助くんはすごいんだね」

しかしパパが話し始めた途端、顔が曇った。

「赤アロハとピンクシャツと青ジャージを着たじいさんたちに、『応援団』とか言われてもねえ。応援が必要なのは、よぼよぼのあんたらだろって感じですよ。今思うと、学ランを買う金を無心しに来たのかもしれないな。あんな応援団、いや詐欺団には絶対に貸さないですけど」

「おじいちゃんたち、悲しすぎるー」

パパの横に座っていた若い女性タレントが、芝居じみたリアクションを返す。

「まさに悲劇。シェイクスピアが生きてたら、密着取材を頼み込むレベル」

パパの返しに、一際大きな笑いが起こる。それを見る三人は顔を歪めたまま、凍りついていた。

唐突に「おいっ」という声がした。板垣さんの横に、キャップ型の帽子を手に持った小太りの男性が立っている。たまに巣立湯に来てくれるお客さんの一人だ。シャイニングの皆と同じ歳ぐらいだろうか。

「これ、おまえらのことだろ」

男性はテレビを顎で指す。

「だからなんだよ。ってか、おまえは誰だよ」

「忘れちまったか」男性は持っていたキャップを被る。「高校時代、おまえらが散々応援した相手だぞ」

「もしかして、野球部の弓削《ゆげ》くん？」

宮瀬さんが声を高くした。

「ようやく気づいたか。去年から何度も巣立湯ですれ違ってたろ。ここの常連客でキャップを被った老人はおれくらいだ」

「だとしても気づくかよ。あの頃のキャプテンとは、体型も雰囲気もだいぶ変わっちまった」

板垣さんがほほえみながら立ち上がる。旧友との再会を祝うように、右手を差し出した。しかし男性はそれを無視し、「変わったのはそっちだ」と苦虫を嚙み潰したような顔になった。

「あの頃のおまえらは輝いてたけどよ。今のおまえらは、みっともない」

「みっともないだと」

板垣さんの目尻が鋭く尖る。

「こんな真似はさっさとやめて、老人らしく、慎ましく暮らしておけばいいんだ。おまえらも、引退した身だろうが。再アンコールはかからねえよ」

「別に、弓削さんには迷惑をかけてないのでは」

引間さんが返す。

「おまえらみたいなのがでしゃばるから、年寄りのイメージが悪くなるんだよ。老人のくせに『応援する』なんて、何様のつもりだ」

彼は吐き捨てるように言い、下駄箱に向かって歩き出した。その背中を、三人は虚《うつ》ろな目で見つめる。選手と応援団。球場で共に汗を流した仲間からの言葉はショックだったようだ。

私の、一色先生からの言葉のように――。

もう塞がったと思っていた傷口から、生温かいものが流れていく。あの日、一色先生の授業を前に、本当はこう思っていた。彼が美しいと感じるものを同じように美しく思い、彼の足跡を追うように同じ学校に進み、彼が絵にすべてを捧げるのと同じように心血を注いだわたしの作品を、他ならぬ一色龍臣は、きっと評価してくれるはずだ。

だからこそ、あの3秒は、絶望でしかなかった。

同じ側だと思っていたのは自分だけ。

似ていると浮かれていたのは自分だけ。

理解してもらえると信じていたのは自分だけ。

拒絶するように引かれた一線は、わたしの心をへし折るには十分だった。

嫌な予感がふくれ上がる。三人はどんな状況にもへこたれず、気を張っていた。そこに突きつけられた鋭利な言葉。張り詰めた糸ほど、切れやすい。

「何様かって？」

板垣さんが掠《かす》れた声を出した。

弓削さんが立ち止まり、振り返る。板垣さんは杖を握りしめたまま、「俺らは……」とつぶやいた。

次の瞬間、きりっと眉を上げ、眼光鋭く言い放った。


「無様だ」


引間さんと宮瀬さんが、同時に破顔した。

「現役時代に比べて、声はカッサカサ、肌はパッサパサ、体はガッタガタだ。

でもな、体が動かなくなった分、心の運動量はあの頃を超えてんだよ。できねえことが増えるってのは、できた時の喜びが増すってことだからな。いや、ちげえか。できねえってことすらも愛おしく思える瞬間に出会えるんだ」

そして、曲がった腰をそのまま突き出し、続ける。

「だから引間の投げた球を捕るのと同じで、みっともなくたってへっちゃらだっての」

引間さんが、「周《あまね》くんとの練習でピッチャーをやれなかったこと、まだ根に持ってるのか」と呆《あき》れたように笑い、「平均台と同盟を結び、板垣からのとばっちりには断固抗議する」と声明を発表した。そして弓削さんに対し、「お言葉ですが、無様に足掻《あが》く姿が、誰かの背中を押すこともあるんですよ」と丁寧に、しかし、力強く付け加えた。

悔しそうな顔で立ち去ろうとする弓削さんに、「悔しがれるってのは、情熱の炎が消えてない証拠だぞ」と板垣さんが声をかける。弓削さんは一瞬足を止めたものの、振り返ることなく暖簾の向こうへ消えた。

あんなこと言われて、ダジャレで返すなんて――。

予想外の展開に笑ってしまう。

「なんかシャイニングの日常って、コントみたいですよね」

すると三人が急に黙った。

「それだ！」と板垣さんが杖を打ち鳴らす。「俺らがコントをやるんじゃない。俺らのことをコントにすればよかったんだ」

「おおっ」宮瀬さんが歓喜して飛び跳ねる。

「私たちをコントにするって、どうすればいいんだ？」

引間さんが首をひねる。

「ねえ、思い出しちゃった」宮瀬さんが指をパチンと鳴らす。「巣立の迷言」

「なんだよ」

「悲劇と喜劇は、たったの一文字違い」

団室が句点10個くらいの間で埋まる。

そして、ぶはーっと皆が笑い転げた。

「そのまんまじゃねえか」

板垣さんが息も絶え絶えに言う。

「でもこの迷言、なんかいいでしょ」

宮瀬さんが遺影を見上げた。わたしも、なんだかわかる気がした。

「だからさ、僕らの悲劇を集めたら、コントになるのかも」

「宮瀬、ナイスアイディアだぜ」

板垣さんが、一気に白湯を飲み干す。

「引間、なんかねえのか？　悲劇」

「そうだな……、声がかれると戻すのに1ヶ月かかる」

「ナイス悲劇だ！　もっと寄越せ」

「拍手を打ったら、手首にヒビが入った」

「骨粗しょう症も併発の悲劇！　もっと」

「応援団をやるって言ったら、妻から『私の応援はしてくれないのに？』と嫌味を言われた」

「くう、悲劇のデパートめ！　引間の才能が開花してるぜ」

二人のラリーを書き留めていた宮瀬さんが、ぽつりとつぶやく。

「ピンチはチャンス、って言うけどさ、あれは言葉足らずだよね。ピンチは、後になったら笑えるチャンスだよ」

「適当に避けたピンチだけは、後々になっても笑えねえけどな」

板垣さんが真っ赤なアロハの裾を握る。

「それなら、この1年はまるまる笑えますね」

だってわたしが知っているシャイニングは、いつも必死だった。必死にぶつかって、必死に頭を抱えて、必死にぼやいて、必死に悔やんでいた。けれど、そんな三人の必死さに触れると、まわりは笑顔になった。周くんや山田《やまだ》さんや進藤《しんどう》先生の顔が、次々と浮かぶ。

「でもこの1年間の悲劇なんて、よく覚えてないだろうよ」

「引間、そこにとっておきのメモリーがあるだろうが」

板垣さんがニヤリと笑い、宮瀬さんのメモ帳を杖で指した。

「これっ？」

「俺らの1年間が詰まってる。しかも最高に笑える悲劇ばっかりだろ」

宮瀬さんの顔がぱっと明るくなった。「うん。くだらないやつばっかり」

そこからは、あっという間にコントらしきものができた。シャイニングの日常を繫《つな》げただけなのに、今となっては笑えるから不思議だ。

「コントの締めは、巣立の『オレがついてるぞ』って言葉をエールにしようぜ」

引間さんが「ほう」と感心し、宮瀬さんも「さすが団長」と指を鳴らす。

「このエールを受けたら、光助もさすがに笑うだろうな」

板垣さんが勝ち誇ったように言う。

「きっと『怖いわ！』ってツッコミを入れるだろうよ」

引間さんが頷く。

「なんでですか？」

「そりゃ死んだ人間から言われたら、こう聞こえるからだよ」

宮瀬さんが合図をし、三人が声を揃えエールを叫ぶ。

「オレが憑《つ》いてるぞ」

げらげらと笑う皆につられて、わたしも笑い声を上げた。

「たった2日で、よくこんなネタできましたね」

コントを見終えた佐々木さんが、興奮した声を出した。

宮瀬さんが「ノーン」と優雅な手つきで自分の胸を叩く。

「2日じゃないよ。70年と2日」

「これは、磨きがいがあるっすよ」

照屋さんがふっさふっさと髪を揺らした。

その日から稽古に明け暮れた。ネタができても、それだけで笑いが取れるわけではない。

「一歩進んで二歩下がり、二歩進んで三歩下がり、調子が良い日に二歩取り返す、って感じ」

宮瀬さんがハットを脱いで汗を拭う。

「全部を均《なら》すと一歩も進んでないじゃないか」

「いいじゃねえか」板垣さんがふんぞり返る。「停滞を自覚する者の足踏みは、もはや前進だ」

「なるほど」と引間さんが頷きかけて、慌てて首を振る。

「いや、それはやっぱり停滞だろ」

「さすが、ブルー。手痛い指摘だぜ」

板垣さんのダジャレを、宮瀬さんがにこにこしながらメモした。練習中、何度も絶望的な空気が流れるのに、三人はこの調子だ。誰も止めようとも、辞めたいとも、言わなかった。

練習後、シャイニングの三人がお風呂に入っている隙に、日本列島の二人に尋ねてみた。

「毎日付き合ってくれて、大変じゃないですか?」

「へっちゃらですよ」

お風呂に入ったわけでもないのに、佐々木さんの顔が少し赤い。

「もともとは、一旦引き受けるふりして、断ろうって言ってたんすけどね」

照屋さんが言葉を被せる。

「それは言うなよ」

「じゃあなんで今も？」

「いやあ」佐々木さんが苦笑いを浮かべた。「おじいさんたちが思ってたよりマジだから、断りづらくなっちゃって。ストイックに白湯以外飲まないし、細かい指摘も全部メモするし、年下の僕らにも敬語を使ってくれるんで」

それは単純に三人の習性ですよ、とは言わないでおいた。

「でも一番は」佐々木さんの声に力が入る。「どれだけすべっても、コント終わりに、僕らの目を見てお辞儀するとこですね」

「すべった時にお客を見るなんて、地獄でしかないっすからねー」照屋さんが笑う。「普通は客席なんか見ないで、みんな逃げるように袖にハケちゃうっす」

「けど僕ら、養成所時代に光助さんに言われたんですよ。『すべった時ほど、お客を見ろ。嫌なものを直視できる奴は売れる』って。実際、それをやりはじめたら笑いが取れるようになりましたから」

「そうそう」と照屋さんが髪を揺らす。「ホント光助さんには、頭が下がらないっす」

「下げろ。ムチウチか」

佐々木さんがトゲトゲした髪の毛で、照屋さんの顎の肉をつついた。

その話に、一色先生の授業を思い出す。自分の講評が終わった後、ずっと机に刻まれた彫刻刀の跡を見ていた。現実を直視する覚悟なんて、持ち合わせてはいなかった。

「おじいさんたちも、僕らのダメ出しに悔しそうな顔はするんで、堪《こた》えてないわけはないと思うんですけど。だから、ちょっとマジなのかなって」

「まあぶっちゃけ、オレらのためでもあるっすよ」照屋さんが続ける。「あれだけ必死にコントを練習する姿を見せられたら、こっちだって負けてられるかって思うじゃないっすか。下手なエナジードリンクを飲むより、気合い入るよな？」

「まあな」

二人は顔を見合わせて笑う。

その時、「くう、熱いぜ」と男湯から沁《し》み入るような声がした。その声の主に、「ついにエナジードリンクに勝ちましたよ」とわたしは大声で告げた。

ゆ

4月1日。駅前ロータリーから井の頭公園に伸びる遊歩道に植えられた桜は、満開を迎えていた。空はどこまでも青く、降り注ぐ光が、そこらじゅうを包み込む。

通行止めの道路には人があふれ、ロータリーを背に立派な野外ステージが設置されていた。ステージの横には、関係者用の簡易テントがあり、その一角が参加者の控え室となっている。お笑いコンテストには、10組ほどのエントリーがあったらしい。テント内に控えているのは、わたしと同世代くらいの若い人が多い。芸人を志していたりするのだろう。素人のコンテストとは思えないほど、真剣にネタ合わせをしている。

シャイニングの三人は、横ならびにパイプ椅子へと腰かけた。

「ドキドキするね」

「不整脈とかじゃないだろうな」

「舞台で死ねるなら本望じゃねえか」

「ベテラン風を吹かせるな。コントに関しては青七十歳だろうよ」

真っ青な顔の引間さんは、今日も右へ左へ忙しそうだ。

「どうもー」

テントがめくられ、パパが中に入ってきた。他の参加者はネタ合わせを止め、緊張した面持ちを向ける。パパも家にいる時とは違い、営業用の高いテンションで参加者に話しかける。

「がんばってくださいね。僕はどこぞの詐欺団とは違い、ちゃんと応援してますから」

ふっと緊張が緩和し、参加者たちに笑いが広がった。

「俺らは詐欺団じゃねえぞ。新進気鋭のコント集団だっての」

その空気を一喝するように、板垣さんが啖呵《たんか》を切る。

「ぐえっ」とパパが蛙《かえる》みたいな声を出した。

「なんであんたらが。希、おまえまで」

「こないだ『寒い』ってほざいたことを、後悔させてやろうと思ってな」

「は？　もしかしてお笑いコンテストに出る気ですか？　素人の芸でこちらが笑うとでも？」

「言ったな。じゃあもし俺らのコントで笑ったら、巣立に線香あげに来いよ」

「笑わなかったら？」

板垣さんは考え込むように頭をさすった後、条件を告げた。

「俺らは……、坊主にしてやんよ」

「歴史的不平等条約だ」

口をついて出たパパの返しに、他の参加者から笑い声が漏れた。パパは居心地が悪そうに咳払いをし、踵《きびす》を返す。板垣さんが「坊主が不満なら、応援団を解散してやる」と声をぶつけた。

「おい、変な約束するなよ」

引間さんがたしなめる。

「任せとけ。ぜってえ笑わせるから」

「その自信の根拠はなんだ」

「自信に根拠なんてねえよ。根拠がないから、自信の出番なんじゃねえか。根拠があったら、ただの確認作業だろ」

板垣さんの言っていることはめちゃくちゃなのに、その言葉が頭に残った。

急に大きな歓声が聞こえた。テントから出て、ステージを覗く。村下さんが午前の目玉だと言っていた、ヒーローショーが始まったのだ。悪役を懲らしめるヒーローに、子供たちが声援を送る。ヒーローの必殺技を浴びた悪役が、大《おお》袈裟《げざ》な断末魔を叫び、倒れた。

その瞬間、「あっ」と声が出た。ネタ合わせを始めた三人が、何事かとこちらを見る。わたしはスマホを取り出し、宮瀬さんに倣って書き留めていたメモを見返した。皆が懐かしんでいたおじいちゃんの迷言が、星座のように、線で繋《つな》がっていく。


「正義のヒーローにとって一番の応援団は悪役」

おじいちゃんは引間さんに訴えた。

「自分から応援を求めてくるような奴には、手助けをしちゃだめだ」

おじいちゃんは宮瀬さんに力説した。

「怒り顔を教えてくれ」

おじいちゃんは板垣さんに頼み込んだ。


――もしかしておじいちゃん、わざと応援しなかったの？

悪役に徹するほどパパががんばるから、憎まれたままでいることにしたんじゃないだろうか。それが我が子への一番の応援になると思って。だからパパの話題が出る度に、板垣さんに習った怒り顔を作った。デレデレしちゃうのを抑えるために。勝手な想像でしかないけれど、間違ってはいない気がした。

ただそれだと、パパを応援するために、再結成を託したわけじゃないってこと？

そんな疑問を口にしかけて、やめた。

ネタ合わせをする三人の目が、キラキラと輝いて見えたから。

この際、再結成を託した理由なんてどうでもいいと思わせるほど、今を必死に生きる顔。

ステージに上がる前から、すでに奇跡が舞い降りているみたいだった。

羨ましくて――違う、妬ましくて、胸が詰まる。

午後になり、会場はたくさんの人で埋め尽くされた。

板垣さんがテントをめくり、客席を覗く。

「俺らも人気になったもんだな」

「私たち目当てのお客さんなんていないだろうよ」

「引間、いるかもしれないよ」

宮瀬さんが誰かを探すように目を凝らす。

「あっ、ほんとにいましたよ」

わたしは客席の中央を指さした。

「おお、周じゃねえか」と板垣さんが手を振る。彼はこちらに気づいて立ち上がると、何かをつぶやき、右手をパーに開いた。

「アフレコするなら、『引間、約束を破ったらダッシュ50本』ってとこね」

すると彼は、調子に乗った自分を正すように背筋を伸ばし、几帳面に揃えた指先を体に沿わせ、うやうやしく頭を下げた。

「謝罪《しゃざい》ニングエールも受け継がれたってわけだな」

板垣さんが愉快そうに杖を打ち鳴らす。

引間さんは「おかげで、元気が出てきました」と青白い顔で頭を下げ返した。

「あっちには山田と香奈《かな》も来てるぞ」

板垣さんが客席の奥に視線を向けた。

二人は肩を寄せ合いながら、ブラブラと屋台を見て回っている。

「あいつらいいご身分だな。こちとら解散危機だっつうのに」

「今日の日記には、僕らのことなんかほとんど出てこないだろうね」

宮瀬さんが目を細める。

結局何も買わず、二人は客席についた。誰もいないステージをぼんやりと眺めているだけなのに、とても幸せそうに見えた。

「あの人、誰でしょうね」

山田さんの手前に座っていた品のあるおばさまが、控えめに手を振っていた。

「あっ」

宮瀬さんが息を止める。

「知り合いか？」

引間さんが尋ねると、宮瀬さんは「大切なお客さん」とだけ答え、手を振り返す。まるで恋をした少年のようだった。

「あっちにはシャイニングのファンもいるじゃないですか」

最前列の端に黄色の横断幕が見えた。持っているのは薫《かおる》ちゃんとその友達だろうか。隣には進藤先生の姿もある。横断幕には丁寧な文字で、『ガンバルナ☆シャイニング』と書かれていた。

「もし俺が立ちすくんだら、後は頼んだぞ」

板垣さんがニヤリと笑い、引間さんと宮瀬さんの背中を叩いた。

そして薫ちゃんたちを見つめ返し、「俺らに任せろよ」とつぶやいた。

「失礼しまーす」

その声に振り返ると、日本列島の二人がテントに入ってきた。

「本番は一度きり。絶対に失敗は許されないですよ」

佐々木さんがフランクフルトをかじりながら言った。

「70年の集大成を、超期待してるっす」

照屋さんがチョコバナナをかじりながら言った。

「ってことで」佐々木さんがやわらかな笑みを浮かべる。「もしコントがうまくいかなかったら、僕らのプレッシャーのせいにしてください。皆さんはここまでよくがんばりましたから」

「師匠……」板垣さんの顔が泣き出しそうに歪む。「俺らの晴れ舞台、しかと見届けてください」

「ついにケセラセラから主役の座へ」

宮瀬さんが引間さんの背中をさする。

「エキストラ、だな。ケセラセラだと、ドリス・デイが歌った、映画『知りすぎていた男』の主題歌になっちゃうぞ。この言葉を知らなすぎていた男め」

「ブルーさん、その調子です」と佐々木さんが親指を立てる。引間さんは、

「ちなみに映画もコントも、主役だけが主役ではないと思う」と畳み掛け、ジャージのファスナーをてっぺんまで上げた。

果たしてシャイニングの運命は、なるようになるのだろうか。

コンテストが始まった。参加者は衣装と小道具を持って、ステージに飛び出して行く。会場からは笑い声が聞こえたり聞こえなかったり、それぞれだった。けれどステージから帰還した演者は、一様に顔を上気させている。まるで試合を終えたアスリートのようだ。ステージの脇に待機する板垣さんたちに視線を移す。先ほどまでの和やかさは消え、必死な空気がビリビリと伝わってくる。

「俺らは絵になるだろ。もう一度描きたくなったか？」

板垣さんが、自信満々に言う。返事をする代わりに、訊き返した。

「前に、絵を描かなくなった理由を話したの、覚えてますか」

「才能がないって言ってたやつか」

「あれ、嘘です。才能がないんじゃなくて、才能がないことに向き合うのが怖くて、逃げただけです。才能がなくても、覚悟さえあれば、画家にだってなれるかもしれないのに。わたしは適当にピンチを避けたんです。なんでだろう。自分はもっとがんばれると思ってたんだけどなあ……」意思に反して、声が震えてしまう。「いっそまわりのせいにできたらよかったんですけどね。残念なことに、恵まれてるんですよ、わたし。パパもママもおじいちゃんも、みんな応援してくれてた。だから、言い訳できないんですよね。覚悟がないのも、期待に応えられないのも、もう一度絵を描こうとしないのも、全部、自分のせいです。わたしが、足りないだけ」

だから応援されるたびに、苦しかった。応援してもらっておきながら、苦しいと感じてしまう自分が、たまらなく嫌いだった。

「それは辛かったね」

宮瀬さんが気遣うように笑みを浮かべた。

「わたしが辛いなんて言ったら怒られますよ。散々まわりに支えてもらってるのに、甘えたこと言うなって」

その言葉に、板垣さんが声を荒らげる。

「この世の中に、辛いって言っちゃいけない奴なんていねえぞ。恵まれていようが、恵まれてなかろうが、悲しみは同じ分だけ降りかかるからな」

「誰かの期待に応えられるはずだ、という自分の期待に応えられないのは、一番堪えます」引間さんがしみじみと言った。

「そういえばさ……」

宮瀬さんがメモ帳を取り出し、ぱらぱらとめくる。

「これ、希ちゃんにぴったりな言葉だと思ったんだ。確か、絵描きのおじいさんが言ってたの」

差し出されたページには、こんな言葉が走り書きされていた。

描けなくなってからが画家のスタートだ

両目から入ってきた言葉が、ふんわりと胸の中に広がった。

「じゃあ、描けないっていう悲劇を、必死に描けばいいじゃねえか」

アイディアを自画自賛するように、板垣さんが胸を張る。

「必死って、どうやったらなれるんですかね」

そう口にせずにはいられなかった。

この1年、わたしはずっと、彼らに自分を重ねていた。三人に向けた励ましも疑問も肯定も否定も、すべては自分に言いたかったこと。シャイニングがその言葉に発奮し、逆境を打開していく姿に、自分の無念を晴らしてもらっているような気がした。

でも、本当は気づいていた。

どれだけシャイニングが輝いても、部屋の隅に追いやられたスケッチブックは真っ白なままだって。

わたしの無念は、わたしが晴らすしかないのだと。

考え込むように俯いていた引間さんが口を開いた。

「正直、よくわかりません」

「そうですか」

「ただ、本当に必死な時は、自分が今必死だなんて思いもしないですよ。世界から色が抜け落ちたみたいに、虚しくて、ひたすら苦しいだけです。だからもし、そんな絶望のどん底に自分がいると思うなら、案外もう、必死なのかもしれません。まあ、私はそれに気づくのに、70年ばかしかかりましたけど」

引間さんは恥ずかしそうに笑った。

暗闇に一筋の光が射し込む。

ふいに涙があふれそうになり、上を向く。

空の青と雲の白の境界がにじんで、絵の具で描いたみたいに見えた。

「よし、集合」

アロハの襟を立てた板垣さんが、右手を差し出す。引間さんと宮瀬さんも手を重ねる。

「希もだ」

慌てて右手を重ねる。おじいちゃんと同じ、しわしわの手だった。

「どうせもうすぐお迎えが来るんだ。必死にやろうぜ」

板垣さんが短く息を吸った。

「ラブ」

声の振動が、手から身体へと伝わってくる。三人に息を合わせ、声を出した。

「ニヤニヤ！」

手を離しても、まだ身体が熱かった。


「それでは、最後の出場者です」

司会者の声が聞こえてくる。

「エントリーナンバー10番。全ホモ・サピエンスを笑わせるコント集団。シャイニング！」

昨日わたしのスマホで急遽《きゆうきよ》録音した「イサミ・ポンパイエ」が流れる。板垣さんの音程の外れた熱唱に合わせて、彼らは全速力で、側《はた》から見るとまるで牛歩戦術のような速度で、ステージに飛び出していった。

引間さんが、挨拶代わりの悲劇をつぶやく。

「年々心配ごとが増えていく者、略して年配者です」

あれだけ練習したとはいえ、ただの素人だ。普段テレビで見るようなコントのそれとは、だいぶ差があった。

「俺らはな、烈火のごとく劣化してんだよ」

それでもシャイニングは、必死に舞台をのたうち回り、悲劇的な再結成の日々を汗だくになってぼやいた。

「メモしたことすら忘れちゃう自分に、開いた瞳孔が塞がらないよ」

「口、だな。瞳孔だと、天国への扉が開いてしまう」

人生に本気で途方に暮れる様子が、私には愛おしく思えて、自然と笑みがこぼれる。

訝しげだった観客も、「カ行変格活用・70歳バージョン」での、「古、希、く、くる、くれ、こよ」のコール&レスポンスあたりから、根負けしたように笑いが起こりはじめ、ゆるやかなうねりが会場に広がった。

そしてコントの終盤になった。

「人間つうのは、肝心なことほど、伝えそびれちまうんだ」

板垣さんが、おじいちゃんの話を語りはじめる。

「明日が来るのは当たり前なんかじゃない。伝えたいときに、伝えたいやつへ、本当に伝えたいことを伝えなきゃ、一生後悔すんだ。巣立はな、ずっと光助を応援してた。死ぬまでおまえの幸せを願ってたんだよ」

亡き仲間の想《おも》いを必死に伝えようとする姿に、会場の誰もが温かな笑顔を浮かべていた。

ただ一人を除いて。

客席中ほどに設けられた審査員席に座ったパパは、眉間に皺を寄せ、口もとを固く結び、静かに目頭を押さえていた。

板垣さんが右拳を胸元につけ、エールの構えを取る。

「巣立進から、息子、光助に送る」

三人が、ありったけの力を込めて叫んだ。

「オレがついてるぞ――」

エールを聞いたパパが、ツッコミを入れるかのように、つぶやく。その口もとは、ほんの少しだけゆるんで見えた。

わたしは空に向かって、小さく声を上げる。

「この勝負、引き分け」

その瞬間、春の風が心地よく肌をかすめ、桜の花びらが世界中にほほえみかけるように、キラキラと宙を舞った。

思わず、口もとがゆるむ。

ああ、やっぱり人生は悲劇だ。

努力は報われないし、

気持ちはすれ違うし、

後悔は何度も傷をえぐり返すし、

いつまでたっても、楽にはならない。
でもそんな、理不尽で、いじわるで、
救いのない世界だからこそ、
ふいに輝く未来が、息を呑むほど美しく、
どうしようもなく心を揺り動かす。

きっとそうなのだ。
希望から絶望が生まれるように、
絶望からまた、希望は生まれる。

だからわたしは、
いま、
こんな悲劇のど真ん中で……、

生きるのが楽しみでたまらない。

気づけば、巣立湯へ駆け出していた。

ゆ

翌日から巣立湯を臨時休業した。ひたすら浴室の壁に向かう。これが一色先生が言うマストってやつなんだろうか。でもやっぱり違う気がした。だって頭の中には、みんなの笑顔が、ずっと浮かんでいたから。

4月15日。おじいちゃんの一周忌に、巣立湯を再開した。しばらくして、すっ、ひらっ、ぺらっ、と男湯の暖簾が揺れる。

「あれっ、壁が変わってるよ」

浴室を覗いた宮瀬さんが声を高くした。

「気づきました？」

真顔の奥に笑みを隠す。

「こないだのフェスティバルじゃねえか。ってなんで俺らが端っこなんだよ」

板垣さんが怒り顔を作る。

桜の花びらが舞い散る中を、老若男女がそれぞれの楽しみ方で、わいわいとやっている。

「この世界も、主役だけが主役じゃない気がしたんですよ」

たわいもない、平凡な、地域のお祭りの一場面。一色先生には、きっとまたスルーされるだろう。ただ誰に何と言われようと、逆に何も言われなくても、わたしはこの絵を気に入っていた。

「また描いたんですね」

引間さんが目尻に皺を寄せる。

「みんなが笑顔になってくれたらいいなって、もう一度、思えたんです。マストでもウォントでもなくウィッシュ。やっぱりわたしは、希なんで」

「あっ、巣立もいる！」

宮瀬探偵が、ステージ袖からひょっこり顔を出すおじいちゃんを見つけてくれた。

「コントを観てたら、おじいちゃんも一緒に舞台にいるような気がして……」

「奇遇だね。僕もそんな気がしてたよ」

「実は、私もそんな気がしてました」

「もちろん俺は、巣立の存在を確信してたぞ」

「結局、みんな同じこと思ってたんですね」

わたしは嬉しくてニヤけてしまう。

「巣立も一緒に、四人でコントをやることになるとはよ」

板垣さんが感慨深げな表情で、「未来は俺らの手に余る、だったな」と妙な格言を口にした。

「未来かあ」

宮瀬さんが反応し、つられて皆の口もとがニヤニヤとゆるむ。

「そういえば皆さん、昔話をしなくなりましたよね」

「売れっ子コメディアンには、過去を懐かしんでいる暇なんてねぇよ」

「板垣、私たちは応援団だろうが」

そのツッコミを待ってましたと言わんばかりに、板垣さんが「もちろん」と杖を鳴らす。

「謝罪も、物忘れも、否定の言葉も、コントをすることだって応援になる。俺らの言動は全部応援だってことよ」

その通りだった。シャイニングの再結成のおかげで、わたしは応援された。

1年前なら、もう一度絵を描くなんて未来は想像できなかった。

おじいちゃんの遺影を見上げる。まさか、わたしを応援するために再結成を託したなんてことはないよね？　そうだとしたら、ちょっぴり嬉しい気もする。

ニヤニヤと口もとをゆるめるおじいちゃんに、心の中でありがとうとお礼を言った。

戸を叩く音が聞こえ、「郵便です」と声が続いた。

真っ白な封筒を受け取り、番台に戻る。誰からだろう？　裏返して、「ふびっ」と変な声が出た。

差出人は巣立進《すすむ》。

「お、おじいちゃんが、生き返った」

わたしが封筒を差し出すと、板垣さんが受け取り、乱暴に封を開けた。

そこにはたった一言、こう書かれていた。

これでおしまい

唐突にシャイニングの活動は幕を閉じた……？

第零話

シャイニングフューチャー

巣《す》立《だち》進《すすむ》の時間は戻る

死んだような顔で、ずっと生きていた。

あの三人に出会うまでは……。


物心ついた時から入退院を繰り返し、学校よりも病院での生活の方が遥《はる》かに長かった。当然、友達なんかできないし、院内で仲良くなった同世代は、しばらくすると、転院してしまうか、永遠に会えなくなるかの二択のみ。体の弱い自分を変えたくて、地元の野球チームに入りたいと息巻いたこともあった。けれど両親からの、「無理しないで」という言葉の前では、黙って頷《うなず》くしかなかった。親戚の集まりでも、オレの話題になった途端、皆が憐《あわ》れむように眉を寄せる。


生きているだけで、大切な人の笑顔を奪ってしまう。

その事実は、オレが笑うのをあきらめるには十分だった。まわりを不幸にする人間が、笑みを浮かべていいわけがない。

——人生は悲劇だ。

そう言い聞かせ、現実を見て見ぬふりをしてやり過ごす。

病室のベッドの上で悟った、人生の極意だった。

だから退院許可が下りた日に、親が「進《すすむ》にも学校生活を味わってもらいたい」と、今までを埋め合わせるように張り切り出したのには、嬉しさよりも、不安が上回った。

小学校も中学校もまともに通ったことのないオレが、今更高校に行ったところで、味わうのは「居場所がない」という苦痛な気がした。

ただそれを口にしたら、悲しむ両親の顔が容易に想像でき、黙って頷いた。

迎えた入学の日。

憧れのコメディアンに倣ってたくわえたちょび髭《ひげ》は、不安を抑えるためのお守りみたいなものだった。

校門に着いて早々、大柄な教師に睨《にら》まれた。

「なんだその髭は？」

「えーっと、その、お守りというか……」

「お守りだと？　ふざけるなっ。おまえもここに並べ」

教師が竹刀で示した先には、不貞腐《ふてくさ》れた顔の生徒が二人いた。一人はリーゼントの優男、一人は刺繍《ししゅう》入り学ランのソース顔。どちらも、やばそうな奴らだ。

「おまえら、入学早々遅刻したあげく校則まで破るとは、いい度胸だな」

教師が竹刀を手に迫ってくる。

咄嗟《とっさ》に顔を背けた。

不貞腐れた二人の生徒が視界に映り込む。

その時、バチッと何かが弾《はじ》ける音がした。


リーゼント、刺繍、ちょび髭……。


まるで連想ゲームのようにアイディアが湧《わ》き、口からこぼれた。

「校則違反じゃねえっす。オレら応援団を作るつもりなんで、団的には、全員正装っす」

そんなことを口走った自分に、オレ自身が驚いた。しかし動き出した口車は止まらない。たまたま通りかかった眼鏡をかけた優等生風の生徒も巻き込みながら、必死に応援団だと言い張った。

幸運だったのは、眼鏡の彼が新入生代表の言葉を任されていた本物の優等生だったこと。遅刻して気が動転していたのか、真っ青な顔で説得に加勢してくれたのだ。教師は「成績一位のおまえが言うなら、信じてやる」と言い残し、去っていった。

まだ震えの残る手を、ぐっと握る。

「応援団、美しい閃《ひらめ》きだったね。僕は宮瀬実《みやせみのる》」とリーゼントの優男。

「応援団、血がたぎる言葉だぜ。俺は板垣勇美《いたがきいさみ》」と刺繍入り学ランのソース顔。

「応援団、本当にやるんですか？　私は引間広志《ひきまひろし》です」と犬顔の優等生。

「そりゃ……」

普通に考えたら問題山積だろう。誰も応援団の経験などなさそうだし、体の弱いオレには絶対に向いていない。個性的な彼らとうまくやっていけるかも、大いに不安だ。

ひとしきり考え、「ムリだろー」と答えようとして、彼らの顔を見渡した。

みんなの口もとが、ニヤニヤとゆるんでいた。

オレが適当に口走った未来に期待しているのか？

呆気《あっけ》に取られていると、彼らは意味ありげな視線をこちらに寄越《よこ》した。

自分の顔に手を当ててみる。

思わず戸惑い、息が止まる。

自分の未来にニヤニヤするなんて、生まれて初めてだった。

温かな鼻息が漏《も》れる。地球が自ら発光しはじめたかのように、見えるものすべてがキラキラと輝きを放っていた。出会ったばかりのへんてこな三人も、やけに頼もしく思えた。

「で、どうする?」

まるで親友に話しかけるみたいに、彼らが訊《き》いてくる。

オレは三人の瞳をまっすぐに見つめ返す。

ゆっくりと息を吸い、本心を告げた。

「やるでしょー」

その答えに三人は、いや、オレも含めた四人は、いっそう口もとをゆるめた。

——どんな未来だろうと、オレたちはニヤニヤしながら生きていける。

正体不明の確信が全身を貫く。

そしてこの、理不尽で、いじわるで、救いのない世界に、宣戦布告する。

死んだような顔で生きるのは、もうやめだ。

死ぬまでニヤニヤしつづけてやる。

ゆ

「おじいちゃん、これ捨てていい？」

希《のぞみ》が両手に抱えていた段ボールを、番台の前の床に置いた。どしんっという音が、終業後の脱衣場に響く。中を覗《のぞ》くと、応援団の学ランや太鼓のバチが放り込まれていた。

「ダメだよ。大事なものなんだから」

「屋根裏部屋の奥に、ほったらかしだったくせに」

「大切にしまっておいたんだって」

「こんなのいつ使うのよ」

「いつかだよ」

番台を下り、中身を取り出す。底面に、1枚の写真を見つけた。拾い上げ、しげしげと眺める。

「それなに？」

「仲間と撮った、卒業写真」

「おじいちゃん、ずいぶん幸せそう」

撮影してくれた安永《やすなが》先生の「応援団が名残惜しいなら、もう1年留年するか？　おまえら、延長戦になると張り切ってただろ」という馬鹿げた冗談にさえ、こんなにニヤニヤできたなんて……。

「人生で一番のお気に入りだよ」

どんな未来だろうと、オレたちはニヤニヤしながら生きていける。

その証《あかし》のような写真。

ただ、それもすべて過去のことだ。

歳を取るにつれて三人は、こんな風に笑わなくなった。

現実から逃げるような、いや、逃げることにも疲れ果て、為《な》す術なくやり過ごしているような表情。

その顔は見たことがある。
死んだような顔で生きていた、昔のオレだ。
なんとかしなきゃ――。
オレの人生を変えてくれた、恩人である仲間が、こんな顔で老いていくのを、
黙って見てられるか。

大切な人が笑っていないと、オレは嫌なんだよ。


けれど、高校時代を思い出してほしくて応援団の話題を振っても、あからさまに避けられてしまう。励ますためにかけた言葉も、彼らの自嘲を助長させるだけだった。

どうすれば、みんなを笑顔にできる？

入学式の日、なんでオレはニヤニヤできた？

自分の口もとのゆるみを、なぜ信じられた？

ああ、そうだ。

あの日のみんなの顔が浮かぶ。

まるでオレを映す鏡のように、三人がニヤニヤと口もとをゆるめていたのだ。

だからオレは自分の本心に気づけた。

みんなみたいに、未来を信じてみようと思えた。

人間は一人きりだと、自分を見失っていく。口もとに芽吹いた希望は、簡単になかったことにされてしまう。

ならばやるべきことは1つ。

せめてオレだけは変わらずに、ニヤニヤしていよう。

いつかまた、みんながあの頃の気持ちを思い起こせるように。

今度は、オレがみんなの鏡となれるように。

もう一度、みんながニヤニヤと生きられるように。

でもそんな希望を胸に、オレが口もとをゆるめて生きるほど、三人は気まずそうに口もとを歪めるだけだった。

気づけばもう70歳。抱いた希望もだいぶ古ぼけてしまった。

「まさに古希かー」

「なんの話？」

眉をひそめる希に、「ただのダジャレ」と応え、写真を段ボールに戻した。

太鼓のバチを手に取り、固く握る。高校時代に戻れた気がして、手のひらが汗ばんだ。脳内で仲間たちのエールが再生される。それに合わせ、勢いよくバチを振り下ろした。

刹那《せつな》、頭の奥の方でバチッと何かが破裂した。バチだけに――、とオチをつけようとしたが声は出ず、代わりに目の前の景色が、ガタガタと崩れ落ちた。


目を開けると、灰色の天井が広がっていた。

機械音が心拍を刻む。無機質な響きに、ここが病室であることを、否が応でも意識させられた。

ベッドの脇には、心配そうにこちらを見つめる希と、無表情にこちらを観察する白衣姿の男性がいた。彼が主治医なのだろう。

あの日、倒れた後、救急車で病院に運ばれたらしい。10時間にも及ぶ緊急手術により、意識を取り戻すことはできた。しかし主治医は、「予断を許さない状況です」と告げた。

一通りの説明が終わり、主治医が病室を後にする。目を落とすと、無数の細い管が全身から伸びていた。命綱にしてはずいぶん頼りない。

沈黙に耐えかねたように、希がテレビをつけた。軽快なメロディが流れ出し、お昼の情報番組が始まる。

冒頭、大御所の男性司会者が「今日、4月15日は遺言の日」という豆知識を披露した。語呂合わせとしては、無理矢理な感じもする。けれど高校時代に板垣が、「湯豆腐」と書いて「しあわせ」と読むと言い張ったことを思い出し、少し気持ちが軽くなった。

「よりによって遺言の日かよー。本当に死ぬみたいだな」

冗談のつもりだった。なのに、マスクに反射した声は、湿り気を帯びて響いた。希が気まずそうな顔でテレビを消す。真っ暗な画面に、自分の顔が浮かび上がる。

虚《うつ》ろな目、皺《しわ》の寄った口もと、卒業写真とは真逆な表情の老人がいた。

その瞬間、なぜか、でもはっきりと、自分はここで死ぬ運命なのだと悟った。

これがオレの死顔……。

「大丈夫？」

希が心配そうに覗き込んでくる。

笑ってみせようと、頬に力を入れる。けれど皮膚が引きつるだけで、宮瀬みたいにうまく笑えなかった。

「生きてるうちは、『いつか』ってのは希望の言葉だったのになー。いざ死を前にすると、『人生でやり残したこと』を示す、呪いの言葉になっちまったよ」

当たり前に来ると思っていた明日が、いきなり消えた。

「未来のどこかに希望があるんじゃなくて、未来があること自体が希望だったなんて。盲点だったわー。もう、悲しさと悔しさと虚しさとやるせなさを足して、3で割ったような気分」

するとと希が首を傾《かし》げる。

「4つの感情を3で割ったら、余りがでるよね?」

まさかのケアレスミス。このままだと、孫娘にポンコツだと思われながらあの世に逝くことになる。オレは必死の思いで、左手の指を4本上げた。

「死は、割り切れないってことよ」

窓の外には、52年前の卒業の日と同じうららかな青空が、憎たらしいぐらいに広がっていた。あの時、安永先生の冗談に便乗して、応援団を1年延長していたら、こんな末路にはならなかっただろうか、と今更ながらに妄想する。本当に今更だけど……。

――ピッピッピ。

刻まれる心拍が、臨終へのカウントダウンに聞こえた。

「今、生まれて初めて、死にたくないって思ってるよ」

「おじいちゃん……」

「本気で死にたくないって思うのは、死ぬしかなくなった時なんだな」

喉の奥が震える。

徐々に視界がにじんでくる。

息を吸うと、酸素マスクが、駄々をこねるように、カタカタと音を立てた。

黙ってこちらを見つめていた希が、「人生でやり残したことって?」と訊いた。

「ああ、応援団の――」

すると希は、はっとしたように眉を上げ、「誰か応援したい人がいるんだね」

と期待を含んだ声を返した。

「いや、応援したいというか、借りを返したいというか、むしろオレがすっきりしたいだけというか……」

「わかるよ。なかなか言いづらいよね」

希が前のめりに返事を被せてくる。もしかしたら自分への応援だと勘違いしているのかもしれない。ただ、希に関しては何の心配もしていなかった。「大丈夫じゃない」と口に出せるから。しんどい時にちゃんと落ち込める人間は、大丈夫だ。そう伝えようとしたが、彼女の方が一瞬早く言葉を繋《つな》いだ。

「わたしに手伝えることはない？」

「どうかなー。ないと思うけど」

そもそもあの三人のことを、希は知らない。

「あるでしょ」

やけに確信に満ちた物言いをする孫娘に対し、頼みごとをひねり出す。

「じゃあ、あの卒業写真を遺影に使ってくれよ」

せめて遺影ではニヤニヤと笑っていたかった。

「それだけ？」

「ああ、それだけ」

胸に詰まっていた息を吐き出す。引間と流れ星を見つけた時みたいに、視界の隅々まで目を凝らしてみる。けれど、のっぺりとした灰色の天井が広がるだけだった。

「だってオレはもう、死ぬことぐらいしかできない」

「ちょっと、トイレに行ってくるね」

希が俯《うつむ》いたまま病室を出て行く。

一人になった途端、意識が朦朧《もうろう》としてくる。自分の呼吸音すらうまく聞こえない。無音の空間は、もはや死後の世界のように思えて、抗うようにリモコンの電源を押した。

画面に現れた女性キャスターが、神妙な面持ちでニュースを読み上げる。海外のミュージシャンが死んだらしい。オレらの世代は皆熱狂した、世界的なロックバンドのドラマーだった。彼らが絶頂期に解散したことをよく覚えている。演奏は荒かったけれど、身体を揺さぶるビートを奏でるバンドだった。

キャスターの声色が、少しだけ明るさを取り戻す。なんでも、彼の追悼公演のために、バンドが再結成されるようだ。ボーカルのインタビューが流れた。

「久しぶりのメンバーとの再会が、あいつの葬式だなんてね。でもこの歳になると、そんなことはよくある話だ」

残された三人のメンバーは、自分たちにできるのは、音をかき鳴らすことぐらいだと言って、1年にも及ぶ追悼ツアーを決めたらしい。過去に思いを馳《は》せるのではなく、行動すると覚悟した皺だらけの顔は、絶頂期のジャケット写真のそれよりも、なかなかに良かった。

その時、火花が散るように、バチッと大きな音がした。

「はううっ」

ひやりとしたが、すぐに落ち着きを取り戻す。知っている、これはひらめきの音だ。破裂音の中で繋がった言葉を、脳内でなぞる。

葬式、再会、再結成……。

灰色の天井に、52年前の卒業写真が映し出される。

年賀状は返ってこなくなったとはいえ、オレが死んだら、さすがにみんなも集まるだろう。その再会をきっかけに、応援団を再結成することになったらどうだろうか。あの日、みんなでニヤニヤと想像した延長戦を——。

ただ1つ問題がある。葬式に集まったからといって、自然に再結成するとは思えない。特に引間は、「今更応援団なんて、無理だろうよ」と臆病風を吹かせるに決まってる。

そこでまたバチッと音が鳴った。

頭の中で、大御所司会者が披露した無理矢理な語呂合わせがリフレインする。

——4月15日は遺言の日。

そうだ。遺言だったら？

仲間からの一生のお願いなら、さすがに三人も聞く耳を持つよな。

もう死ぬことしかできないと思っていたけど、必ず死ぬことが、最後の切り札になるなんて。

この命が尽きる時、52年前の延長戦の開始を告げる時限装置が発動する——。

おもしれえ。

オレの一世一代のアンコールで、みんなにニヤニヤする未来を贈るんだ。


その瞬間、目の前がチカチカと瞬いた。

窓の外を見上げると、52年前と同じうららかな青空が、眩《まぶ》しいぐらいにきらめいていた。


病室の扉が遠慮がちに開き、希がそろりと入ってきた。

目が合うと、驚いたように口を開く。

「なんか変わった?」

「相変わらず、死ぬことぐらいしかできないよ」

「それにしては、いきいきとしてるけど」

「そりゃ、死は生への最高の応援だからな」

「なにそれ」

「『人間は必ず死ぬ。だから必死になれる』ってことよ。そんでもってオレは、今から必死に死ぬんだ」

「ふーん。よくわかんないけど、おじいちゃんが幸せなら、必死に死んだらいいよ」

死なないで、と言わないところが、陽子《ようこ》さんに似て肝が据わっている。

「頼みごと追加。便箋を買ってきてくれないか」

「何に使うの？」

「遺書」

希は何も聞き返さず、「そっか」と頷き、そのまま踵《きびす》を返した。

数分後、病室に戻ってきた希は、真っ白い便箋とペンを手渡すと、「わたしがいたら書きづらいよね」と妙な気を利かせ、巣立湯へと帰ってしまった。

病室で一人、ペンを握る。

ただでさえ力が入らないのに、利き手でもない左手ではペン先が震えてしまい、文字にならない。

なんでだよ。

もうそこまで光が見えてるってのに。

頼むよ神様。力を貸してくれ。

命はくれてやるから、この遺書だけは書かせてくれよ。

「いや、ガンバレって言うおまえがガンバレよ」

突然、聞き慣れた声が耳に飛び込んできた。驚いてテレビに視線を向ける。

大勢の出演者の中に、あいつがいた。

光助《こうすけ》だ。

画面がアップに切り替わる。光助の口もとが、わずかにゆるんでいた。

同時に、尽きたはずの力がみなぎってくる。

ああ、そうだった。

光助の笑顔を見てると、オレはどこまでもがんばれる。

おまえはオレの人生のドーピングだ。
息子が必死こいてやってるのに、危うく自分だけ神頼みをしようとしてたわ。
やってやるよ。
力を振り絞り、もう一度、ペンを握った。

みんなへ
みんなは自覚なんてないだろうけど、
オレにとって板垣と引間と宮瀬は、
最初の友人であり、
最高の仲間であり、

最強の味方であり、
最大の恩人なんだ。
ここだけの話、家族よりも一番特別な存在だよ。

なのに、
支えたいと思うほど、
救いたいと思うほど、
みんなは離れていった。
自分の何が悪かったのかわからない。でも、何かが悪かったんだろうな。
すまなかった。
オレはただ、大切な人に笑っていてほしかっただけなのよ。

だから、今から死ぬんだけどさ、
めちゃくちゃ嬉《うれ》しいんだ。

だって、ようやくみんなを応援できる。

オレの死が、52年前のニヤニヤから続く道となれたら幸せだ。
オレの死が、ニヤニヤした自分を信じる後押しになれたら幸せだ。
ただ正直な話、まったくの空振りに終わっても、
そんなオチにオレが笑えるから、やっぱり幸せだ。
結局、おまえがニヤニヤしたいだけじゃないかって？
その通り。
最期までみんなを利用させてもらうよ。

そう考えると、
オレの人生はもらってばかりだなー。

みんながいたから、ニヤニヤと生きてこられた。
みんなをニヤニヤさせたいから、死ぬことすら希望に変わった。

もしかすると、三人に出会えた時点で、
人生はとっくに報われてたのかもな。
奇跡ってのは、起きるものじゃなくて、後から気づくもの。
そんな気がするよ。

というわけで、
オレがニヤニヤしながらあの世へ逝くために……

応援団を再結成してほしい　一生のお願いだ

そんな想《おも》いを綴《つづ》ろうと思ったけれど、結局は、最後の一行だけを書いた。理由は特にない。そっちの方がいい気がした。瀕死《ひんし》の状態で長文を書くのはさすがに疲れる、という本心は墓場まで持っていこう。

そしてもう1通、延長戦のゲームセットを告げる遺書もこしらえた。いくら三人が暇を持て余した老人だとはいえ、オレの妄想に巻き込むわけだ。渡したバトンは自らの手で回収する。それも逝ける者から生ける者への礼儀であり、敬意だ。それに、「託す」が「助く」になれど、「タスク」になったら大変だ。

そうだろ？　宮瀬。

結局、一画ずつ書いていたら、たった一行を書くのに半日かかってしまった。空には、赤とも黄とも群青とも言えない、不思議なグラデーションの夕焼けが広がっていた。

ナースコールを押す。看護師さんに2通とも手渡し、1通は孫娘に預け、もう1通は1年後に巣立湯に届くように出してほしいと頼んだ。彼女は怪訝《けげん》な顔をしたけれど、一生のお願いだと言うと、薄い笑みを浮かべて頷いた。「一生のお願い」は無敵だ。

遺書をみんなが読むと思うと、無機質な機械音をかき消すくらい、心臓が高鳴る。あらためて目を閉じ、よぼよぼの三人が応援している姿を思い浮かべた。

ブラボー。コントにしか見えない。

どう考えても応援が必要なのは自分らなのに、そんなことは棚にぶち上げて、「ガンバレ」と必死にエールを送るなんて……。下り坂の人生にふさわしい、くだらなさだ。

すると、浮かんだシーンがぐるぐると早送りされていき、ある場面でピタッと止まった。再生ボタンが押されたように、続きの場面が動き出す。そこには、オレが知っているよりも少し老けた三人が、団室に座っていた。

「これでおしまいか……」

手にした遺書を眺め、板垣がため息をついた。

「まさかシャイニングを解散するつもり？」

宮瀬がメモ帳を握りしめる。

「本当にやめるのか？」

引間の声が硬くなる。

「元々は巣立の頼みで始まったことだ。巣立がおしまいだって言うんだから、解散するしかねえだろ。こないだのコントも大ウケだったし、俺のギャグは寒くないってのは証明できたからな」

板垣はぐいっと白湯《さゆ》を飲み干す。

「解散かあ……」

宮瀬が泣き出しそうな表情を浮かべる。引間も名残惜しそうに唇を噛《か》んだ。

そんな二人に対して板垣は、杖を鳴らしながらこう言った。

「じゃあ、今日はお開き。明日は16時に巣立湯集合な」

「はっ?」

引間と宮瀬の声が重なる。

「シャイニングは解散したが、明日、新生シャイニングの再結成式を挙行する」板垣がニヤニヤと口もとをゆるめた。「きっかけは巣立でも、シャイニングは俺らがやりたいからやってんだ。あいつの手のひらの上で転がされてたまるか。未来はオレらの手に余るんだっつうの」

「美しいね」宮瀬が完璧なスマイルを浮かべ、ウインクをする。「僕もマンホールって叫ぼうかと思ってたとこだよ」

「アンコール、だな。マンホールも急にスポットを当てられて戸惑ってるぞ」

マンホールに感情移入した引間が、ツッコミを入れる。そして遺影を振り返り、念を押すように言った。

「止めても無駄だ。もう一生のお願いは、使い切ったからな」

そこでシーンは途切れた。

今のはなんだったんだ。予知夢か？　でも板垣がコントとか言ってたぞ。まさか応援団がコントをやるわけはないしな。さっき、三人の応援団姿をコントだと思ったことが、記憶とごちゃ混ぜになったのだろう。しかも壁絵が塗り替えられて、謎の野外ステージに、板垣と引間と宮瀬とオレの四人で立ってるなんて。オレもあの日の延長戦に参加できたみたいじゃないか。

ああ、こんな夢のような妄想をしちゃうとは……。いよいよ末期か、というか既に末期か。

ただ、久しぶりに見たあいつらの顔は、高校時代よりも、よっぽどニヤニヤとしていた。それに関係ないはずの孫娘まで、吹っ切れたようにニヤついていたのは、まさに手に余る未来だ。

――自分のために貫いたことは、意外と誰かのためになったりする。

陽子さんの声が、耳元で響く。
その時、遠くでバチッという音が聞こえた。
線香花火の最後みたいに寂しげで、名残惜しさを感じる音だった。
命が蒸発するかのごとく、身体から温度がなくなっていく。
声はもう出ない。
だから最期の言葉は、無音に託した。

——ラブ・ニヤニヤ。

ゆっくりと瞼《まぶた》を閉じながら、
これから始まるオレたちの輝かしい未来に、思わず口もとがゆるむ。

完

※この物語はフィクションです。実在する人物、店、団体等とは一切関係ありません。

［プロフィール］
遠未真幸（とおみ・まさき）

1982年、埼玉県生まれ。失われた世代であり、はざま世代であり、プレッシャー世代でもある。ミュージシャン、プロの応援団員、舞台やイベントの構成作家を経て、様々な創作に携わる中で、物語の持つ力に惹かれていく。『小説新潮』に寄稿するなど経験を積み、本作を6年半かけて書き上げ、小説家デビュー。
「AかBかではなく、AもあればBもある」がモットーのバランス派。いつもの道を散歩するのが好きで、ダジャレと韻をこよなく愛す。

本作の執筆過程を綴った後書き
「おかげで、書くのが楽しみになった」は下記で公開中。

https://note.com/tomi_masaki

おかげで、
死ぬのが楽しみになった

2023年5月15日　初版印刷
2023年5月25日　初版発行
著　者　遠未真幸

発行人　黒川精一
発行所　株式会社サンマーク出版
〒169-0074 東京都新宿区北新宿2-21-1
☎03-5348-7800（代表）

印　刷　株式会社暁印刷
製　本　株式会社若林製本工場

ISBN978-4-7631-4058-6　C0095
ホームページ　https://www.sunmark.co.jp

『この嘘がばれないうちに』の7年後の物語。
なぜ数は北海道にいたのかの謎が明かされる！

思い出が消えないうちに

●定価：1,540円（10%税込）　ISBN978-4-7631-3720-3

『コーヒーが冷めないうちに』翌年の物語。
家族、愛犬、恋人との関係で、後悔はありますか？

さよならも言えないうちに

●定価：1,540円（10%税込）　ISBN978-4-7631-3937-5

我が子、夫婦、父親とのあいだの後悔がなくなる、
救いの物語。

やさしさを忘れぬうちに

●定価：1,540円（10%税込）　ISBN978-4-7631-4039-5 C0093

＊電子版はKindle、楽天〈kobo〉、またはiPhoneアプリ（iBooks等）で購読できます。